IRGENDWOHIN UND ZURÜCK

für Susanne

viel Freude beim Lesen!

Heinrich

Wien, 28.1.24

Heinrich Thaler,

geboren 1953 in Bad Gastein, aufgewachsen ebendort und in einem Internat nahe Salzburg, lebt heute in Wien. Er ist Facharzt für Innere Medizin sowie Arzt für Psychosomatik und Geriatrie und war Lehrender an den Universitäten Graz und Wien. Habilitation an der MedUni Graz. Bis 2018 war er leitender Internist im Traumazentrum Wien-Meidling.

Neben zahlreichen wissenschaftlichen Publikationen in österreichischen und internationalen Fachjournalen erschienen ebenfalls in der EDITION ROESNER:

Echo der Heimat, Gedichte, 2016

TRÄUME, GÖTTER, LEBEWESEN, Gedichte und Abhandlungen, 2013

Vergessene Landkarten, Gedichte und Stimmungsbilder, 2009

Heinrich Thaler

IRGENDWOHIN UND ZURÜCK

Erzählung

Mit einem Vorwort von Franz Schausberger

EDITION ROESNER
artesLiteratur

Titelbild: © EDITION ROESNER, Georg Baier

Gefördert durch
das Bundeskanzleramt

BUNDESKANZLERAMT ÖSTERREICH
KUNST

Zweite Auflage

Maria Enzersdorf

Printed in Austria
ISBN 978-3-9505217-4-0
www.edition-roesner.at

Vorwort

„Kriege sind Krankheiten am Leben der Völker, sonderbare, schmerzliche und oft furchtbare Wunden, Erschütterungen, Heilvorgänge", schrieb der Salzburger Schriftsteller Erik G. Wickenburg in einem Rückblick auf das Salzburg zu Ende des Krieges 1945.[1]

Die verheerenden Auswirkungen von Krieg und Gewalt darzustellen anhand von Aufzeichnungen seines Onkels und zusätzlicher Erzählungen seiner Mutter, durchmischt mit teilweise erdachten Einschüben, war die Absicht Heinrich Thalers mit seinem neuen Buch. Der habilitierte Arzt und Schriftsteller, bekannt durch Gedichte und Abhandlungen, schildert anhand des Schicksals seines Onkels dessen furchtbare Erlebnisse in der letzten Kriegsphase einschließlich des langen Wegs von der Ostfront in der heutigen Ukraine nach Baden bei Wien, der abenteuerlichen Flucht vor den Russen über Weyer an der Enns über Stainach-Irdning, Schladming, Bischofshofen nach Bad Gastein. Schließlich kann er sein Medizinstudium in Innsbruck fortsetzen und zu Weihnachten 1945 in die von den Sowjets besetzte und zerstörte Stadt Baden zurückkehren.

Mehrere Salzburger Gemeinden, vor allem Bad Gastein, bilden die wesentlichen Schauplätze der Erzählung. Der Historiker Ernst Hanisch hatte eindrucksvoll das Ende der nationalsozialistischen Herrschaft in Salzburg nachgezeichnet.[2] Die Hoffnung der Menschen auf den *„Endsieg"* war verschwunden, der Glaube an die geheimnisvolle Wunderwaffe erwies sich als Irrglaube, nur mehr die nationalsozialistische Kernschicht wartete verzweifelt auf ein Wunder. Desertierte Soldaten zogen sich gruppenweise in die Berge zurück und wurden von der SS und der geheimen Feldpo-

---

[1] Robert Kriechbaumer: Lederhose, Mozart, Jeans und Jazz. Salzburg 1945 – 1955. In: Ulrike Engelsberger, Robert Kriechbaumer: Als der Westen golden wurde. Salzburg 1945 – 1955 in US-amerikanischen Fotografien. Wien, Köln, Weimar 2005. S. 9.

[2] Ernst Hanisch: Gau der guten Nerven. Die nationalsozialistische Herrschaft in Salzburg 1938 – 1945. Salzburg-München 1977. S. 177 – S. 186.

lizei gejagt. Rabiate Ortsgruppenleiter tyrannisierten die Alpendörfer und erteilten Befehle zum Erschießen noch in den letzten Tagen. Auf der anderen Seite herrschte große Furcht vor den Russen. Noch am 2. Mai 1945 notierte ein Soldat aus Salzburg: *„Die SS kennt kein Pardon. Flüchtende Soldaten wurden von ihr gnadenlos erschossen."*

Am 2. Mai wurde in Salzburg der Tod Hitlers bekannt, am 3. Mai zog sich Gauleiter Gustav Adolf Scheel hinter den Pass Lueg nach Goldegg zurück und erwartete die Kapitulation, die kurz darauf erfolgte. Am Pass Lueg hätte der Vormarsch der alliierten Truppen noch vor Eintritt in die *„Alpenfestung"* gestoppt werden sollen. Es wurde allerdings nicht mehr gekämpft. Entscheidend war: Das Land wurde nicht von den Russen, sondern von den Westalliierten besetzt. Oberst Hans Lepperdinger hatte die Stadt Salzburg – entgegen dem Befehl, sie unter allen Umständen zu verteidigen – den Amerikanern kampflos übergeben und damit vor der Zerstörung bewahrt.[3]

In diesem Umfeld erlebt die Hauptperson der Erzählung das unzerstörte, von den Amerikanern besetzte Gastein, kommt bei seinen Verwandten unter und kann im dortigen Krankenhaus mitarbeiten. Das Leben in Bad Gastein war ein besonderes. Kein einziges Gebäude war im Krieg zerstört worden, es hatte den Anschein, als hätte diese mondäne Welt den Krieg völlig unbeschadet überstanden. Aber die Wirklichkeit war offenbar doch eine andere: Die vielen sehr gut gekleideten Menschen waren zum Teil Kurgäste, aber auch Waffenhändler, Spekulanten, Opportunisten, die mit den Amerikanern ihre Geschäfte machen wollten, amerikanische Soldaten, Sanitätspersonal, die alle im erschütternden Kontrast zu den vielen, überwiegend KZ-Überlebenden standen, die in großen Hotels einquartiert waren. Schwerwiegende Divergenzen der sogenannten Displaced Persons mit der einheimischen Bevölkerung waren an der Tagesordnung. Straßenhändler und zwielichtige Figuren des Schleichhandels ergänzten dieses Bild der

---

[3] Johannes Hofinger: Nationalsozialismus in Salzburg. Opfer – Täter – Gegner. Innsbruck, Wien, Bozen 2016. S. 342 ff.

verschiedenen, teils gegensätzlichen Welten dieses Ortes.[4] *„Es war die Welt der unschuldigen Opfer, der Vollstrecker, der Mitläufer und am deutlichsten die der Leugner und Realitätsverweigerer."* Eine Erfahrung, die man in vergleichbaren Phasen der Geschichte immer wieder machen musste.

Der Verfasser dieser Vorwort-Zeilen erinnert sich, neuerlich bewegt, an die - privat niedergeschriebenen - Erzählungen seines eigenen Vaters über dessen letzte Wochen des Partisanenkrieges in Jugoslawien. An die vielen Wochen der heimlichen Rückführung seiner Kompanie Richtung Norden und die gefährliche und beschwerliche Fußwanderung vom heutigen Slowenien in die Heimatstadt Steyr. Geradezu erschreckend vieles deckt sich mit der vorliegenden *„freien Nacherzählung"* Heinrich Thalers.

Die letzte Feststellung in diesem Buch: *„Lange Zeit habe ich gehofft, dass unser Kontinent bereit sei, aus der Geschichte zu lernen und der Krieg – das Schlimmste, was Menschen einander antun können – nie mehr nach Europa zurückkehren würde. Diese Hoffnung ist enttäuscht worden"* erhält gerade durch den aktuellen Krieg Russlands gegen die Ukraine eine furchtbare Bestätigung.

Franz Schausberger
Univ. Prof. für Neuere Österreichische Geschichte
Ehemaliger Landeshauptmann von Salzburg

[4] Laurenz Krisch: Die jüdischen „Displaced Persons" in Bad Gastein während der unmittelbaren Nachkriegszeit. In: Mitteilungen der Gesellschaft für Salzburger Landeskunde (MGSL), Nr. 148. Salzburg 2008, S. 357–382.

Prolog

Nichts von der wahren Dramatik war mir in den Augenblicken des Erlebens tatsächlich bewusst. Ich ahnte nur dunkel, dass ich ein Stück meines Lebens hinter mir hatte, das meine gesamte Zukunft beeinflussen würde, mein ganzes Leben … Etwas Unfassbares war geschehen –, mit mir, mit meiner Familie und mit der ganzen Welt.

Alles, was um mich passierte, hatte sich von mir gewissermaßen abgespalten. In jedem Moment gab es nur unfassbare Einsamkeit … und mich, fest umschlossen von einem Meer des Verlustes: Ich hatte etwas verloren, für das es niemals mehr die Gelegenheit geben würde, es wieder zurückzuerlangen: Vertrauen.

Wenn ich mich heute zurückerinnere, sehe ich alles wie durch ein Fernrohr oder wie in einem alten Film. Wie ich da sitze, gänzlich fern von mir, aber trotzdem hellwach und konzentriert … beim Reinigen meiner Uniform, die bei der Bergung von Verwundeten blutig und schmutzig geworden war.

Im leeren, verlassenen Elternhaus schaltete ich den Hauptwasserhahn, die Gaszufuhr und den elektrischen Hauptschalter ab –, wohl für immer, dachte ich. Denn der Abschied fühlte sich wie eine logische Folge alles zuvor Geschehenen an: Die vielen Ereignisse, auf die ich niemals den geringsten Einfluss gehabt hatte. Sie stellten eine Kette von Tatsachen dar, die zu hinterfragen niemand gewagt hatte. Dabei empfand ich weder Trauer noch Angst, vielmehr war es, wie wenn ich schon einer der Toten wäre, von denen ich schon zu viele gesehen hatte …

Während ich mechanisch meine Tätigkeit verrichtete, formierte sich in meinem Kopf wie von selbst ein Satz, der mich mein Leben lang begleiten sollte:

Der Sinn all dessen, was geschehen ist, was geschieht und geschehen wird, kann nur mit einem Wort umschrieben werden: Nichts!

Dieses Nichts als riesiges dunkles Loch trage ich seither in mir.

Ich habe gelernt, damit zu leben.

1

Kein Mensch kann bestimmen, wann, wo und als was er auf die Welt kommt - und keiner weiß, was sein Leben bringen wird. Ich hatte von klein auf das Gefühl, dass entscheidende Fragen am besten nicht gestellt werden sollten. Beunruhigende Gedanken waren zwar Tag und Nacht in meinem Kopf, es war aber unmöglich, sie in Worte zu fassen -, weder als Kind noch als junger Erwachsener. Die kleinbürgerliche Familie, bestehend aus einem auf Autorität Wert legenden, unnahbaren Vater und einer liebevollen, wiewohl einfachen Mutter, kannte nur ein Ideal: Gehorsam und Pflichterfüllung.

Also war ich während der ganzen Gymnasialzeit ein braver, überdurchschnittlich guter Schüler.

Damals entwickelte ich das Prinzip, eine Anforderung nach der anderen zu erledigen und sodann abzuhaken. Dabei führte ich mir immer wieder vor Augen, welche Aufgaben ich bereits erfüllt hatte und was noch zu erledigen war. Es war mir bald in Fleisch und Blut übergegangen, Erwartungen der anderen zu erfüllen und eigene Wünsche oder Bedürfnisse nach Möglichkeit nicht zu beachten. Ich spürte, dass große Katastrophen in der Luft lagen, die ich nicht verhindern würde können -, ein Grund mehr, in kleinen Bereichen - in der Schule oder zu Hause - den Überblick zu behalten und Ordnung zu wahren. Ängste, Zweifel und Irritationen waren entweder zu ignorieren, oder sie mussten als eigene Schwächen erkannt und überwunden werden. So könnte ich womöglich unbeschadet durchs Leben und vielleicht auch zu Anerkennung und Erfolg kommen.

Ab der siebten Klasse war nahezu die Hälfte meiner Mitschüler nicht mehr an der Schule. „Sie sind weggezogen", war die lapidare Antwort auf meine Fragen. Lehrer und auch meine Eltern erklärten mir, das wäre eben eine Folge des *Umbruchs*. Je öfter ich dieses Wort in immer den gleichen Zusammenhängen hörte, desto mehr bekam es für mich eine bedrohliche Bedeutung. Da ich sehr wohl wusste, was geschehen war und geschah, galt es, ab jetzt vorsichtig zu sein, sonst würden womöglich auch wir wegziehen müssen. Und … umgebrochen werden wie der Acker vor unserem Haus.

Mein Lieblingsfach während der Mittelschulzeit war Latein. Dass Latein eine abstrakte Sprache ohne Bezug zur aktuellen Realität und in der gelehrten Weise auch nicht für alltägliche Kommunikation geeignet ist, entsprach, ohne dass ich mir dessen bewusst war, meinem Bedürfnis, mich von der spürbaren Unruhe um uns herum abzulenken.

Lateinische Bezeichnungen für verschiedene Krankheiten sowie für Gemüts- und Seelenzustände, die zu erwähnen im Alltag eventuell gefährlich werden könnte, faszinierten mich ebenso wie die Funktionen des menschlichen Körpers. Schon vor der Matura hatte ich mich daher entschlossen, Medizin zu studieren. Kranken Menschen helfen zu können, betrachtete ich ganz allgemein als lohnenswertes Ziel. Weder mein Vater - er war Polizist - noch meine als Hausfrau tätige Mutter hatten studiert, sie wären sicher stolz auf mich, wenn ich den angesehenen Beruf des Arztes ergreifen würde.

Den Sommer nach meiner Matura konnte ich noch nahezu unbeschwert genießen. Oft fuhr ich mit dem Rad hinaus aus meiner Heimatstadt Baden bei Wien in die schöne Umgebung, durch Felder und Weinberge oder in den Wald.

Ich erinnere mich noch gut, wie ich an einem heißen Sommertag plötzlich und unerwartet in ein heftiges Gewitter geriet. Ein Blitz schlug akkurat neben mir ein, und ich stürzte vom Rad. Wie durch ein Wunder kam ich durch Sturm und Regengüsse unversehrt nach Hause –, wie der Soldat, der ich später werden musste …

Ich las in dieser Zeit gern und viel, nicht nur die vielen Heldengeschichten aus dem und über den Ersten Weltkrieg, sondern auch die Romane von Knut Hamsun - über Hunger und Entbehrung. Und natürlich ‚Ein Kampf um Rom', der germanische Mythos vom Untergang der Ostgoten. In der Schule erhielt ich nur wenige Anregungen, aber in der letzten Klasse hatten wir einen Philosophie-Professor, der sich deutlich von den anderen Lehrern unterschied. Er sprach mit uns über Schopenhauer, Nietzsche und über – den damals weitgehend unbekannten – Kierkegaard. Es gelang mir mittels unseres Buchhändlers ‚Angst und Schrecken' und ‚Die Krankheit zum Tode' zu besorgen. Damit hatte ich meine eigene Welt gefunden: Bücher, die nur ich las und die, so war ich überzeugt, nur ich verstehen würde.

Es war in unserer Familie viel von ‚Otto', dem Sohn des letzten Kaisers, die Rede. Mein Vater hielt zwar nichts von einer Wiedererrichtung des Habsburgerreiches, er glaubte aber, dass ‚der Otto' noch immer genug Einfluss in der Welt hätte, um einen neuen Krieg zu verhindern. Immer öfter wurde von diesem neuen Krieg gesprochen, der angeblich unvermeidbar wäre und der das Unrecht, das uns angetan worden war, wieder gutmachen könnte. Dafür würde es sich auch lohnen, erneut zu kämpfen. Weiters wäre es notwendig, der dubiosen, unheimlichen ‚roten Gefahr' aus dem Osten mit allen Mitteln entgegenzutreten. Da wir bereits ein Radiogerät, einen Volksempfänger, besaßen, den mein Vater günstig erstanden hatte, hörten wir ständig diese Botschaften, meistens kombiniert mit der ‚jüdisch-bolschewistischen Weltverschwörung'.

Die aus dem Gerät schrill geschrienen deutschen Worte, vor allem die Stimme des Führers, lösten in mir ein dumpfes Unbehagen und häufig reine Angst aus. Dazwischen gab es Musik zu hören, was für mich etwas völlig Neues war. Durch sie eröffnete sich mir eine verträumte Gefühlswelt ... Häufig wurde Wagner gespielt, und einmal konnte ich sogar den gesamten ‚Tannhäuser' hören! Ich war von der Musik derart begeistert, dass ich mir nichts sehnlicher wünschte, als einmal in Wien in die Oper zu gehen.

Obwohl wir die teuren Karten schon hatten, kam es aber nicht dazu, denn just an diesem Tag des ersehnten Ereignisses musste mein Vater dringend auf die Polizeiwache: Es hatte Unruhen in der Stadt gegeben, Synagogen brannten ..., es war der 9. November 1938 ...

Nach dieser Nacht war alles anders: Viele Menschen verstummten, waren wie versteinert, wagten nicht mehr laut zu sprechen. Mein Vater verbot mir und meinen Schwestern, irgendetwas von unseren privaten Gesprächen nach außen dringen zu lassen, auch keine Andeutungen. Ein Nachbar, der in einem Geschäft Hitler als Verbrecher und Verräter bezeichnet hatte, wäre spurlos verschwunden! Und schließlich wurde auch innerhalb unserer Familie nur mehr über das Essen und das Wetter gesprochen. Wir verständigten uns über ängstliche Blicke, und immer wieder sah ich Tränen in den Augen meiner Mutter. Ab diesem Zeitpunkt wurde ich immer weiter von meinem friedlichen, normalen Leben weggetragen, wie von einem dickflüssigen, zähen Fluss. Alles begann sich zu verdunkeln, bekam eine andere Farbe und ein gänzlich anderes Gewicht.
Dann brach der Krieg tatsächlich aus! Ich hörte es aus dem Radio: „Ein Volk steht auf, und Sturm bricht los." – Langsam bekamen alle Angst. Ich dachte an meinen Fahrradunfall und den Gewittersturm, in den ich geraten war. Für mich war es nun das Wichtigste, umgehend zu inskribieren und das Studium zu beginnen –, vielleicht würde ich dann nicht eingezogen werden.

„Nicht noch einmal dieser Wahnsinn", waren die Worte meines Vaters. „Bitte, nicht noch einmal!", aber es war zu spät.

Fast alle aus unserer Stadt hatten beim Einmarsch der Deutschen gejubelt. Mein Vater war zwar nicht begeistert gewesen, hatte aber auch nichts dagegen eingewendet, da ja nun endlich Ordnung herrschen würde, wie er beteuerte.

Über dem Mann meiner älteren Schwester, ein engagiertes Mitglied des christlich-sozialen Bauernbundes, aber schwebte die dauernde Gefahr, in eines der gefürchteten Lager deportiert zu werden. Das würde angeblich, so hörte man, sehr schnell gehen: Meist in der Nacht würden Leute abgeholt werden – zuweilen von Männern, die jene schon lange gut zu kennen geglaubt hatten.

Mit großem Bangen fuhr ich nach Wien, um an der Universität zu inskribieren, was sich dann als leichter als gedacht herausstellte.

Nötig waren lediglich ein Personalausweis, mein Maturazeugnis und als wichtigstes Dokument: mein Ahnenpass.

In der Aula des Hauptgebäudes fiel mir auf, dass einige Büsten von den Sockeln entfernt worden waren …

Ich sah viele Männer in Uniformen, und es herrschte von Anfang an eine angespannte, trügerische Ruhe. Die Vorlesungen wurden oft in knapper, reduzierter Sprache und in zynischem, menschenverachtendem Ton gehalten. Einigen Professoren merkte man ihre Befürchtungen und Unsicherheiten an, vielleicht auch ihr schlechtes Gewissen gegenüber den vielen, die von der Universität ‚entfernt' worden waren. Für mich hieß es jetzt, mich auf das Wesentliche zu konzentrieren und fleißig zu lernen. Ich fuhr täglich von zu Hause mit der Badener Bahn nach Wien, besuchte jede Vorlesung und war fasziniert von den Knochen, Muskeln und Organen, aus denen der menschliche Körper besteht.

Die erste Hürde, das ‚Knochenkolloquium', schaffte ich ohne Schwierigkeiten, und somit war ich endlich ein ‚echter' Medizinstudent. Der anatomische Sezierkurs war, neben den Prüfungen in Physik und Chemie, der Höhepunkt des ersten Rigorosums.

Der Krieg war bereits allgegenwärtig –, viele von uns jüngeren Studenten, die die in Formalin eingelegten Körper zerschneiden und die Muskeln, Sehnen und Nerven präparieren mussten, sahen zum ersten Mal Leichen. In Anbetracht der Ereignisse und Berichte aber begann man sich nun bald selbst als Toter zu sehen … irgendwo in einem fernen Land. Und wenn man nicht sich selbst sah, dann den Vater, die Mutter, den Bruder, die Schwester …

2

Es war zwar zu erwarten gewesen, aber dann geschah es wirklich: Am 1. Mai 1941, einem wolkenlosen Frühlingstag, musste ich einrücken. Für mich war es der erste wirkliche Abschied von zu Hause. Anstatt stolz auf meine Uniform zu sein, fühlte ich zunächst nur Angst.

Da ich aber Medizinstudent war, musste ich zu meiner großen Erleichterung nicht an die Front, sondern wurde als Sanitäter eingesetzt und kam zu einer ‚Kriegs-Sanitäts-Offiziers-Nachwuchs-Kompanie' nach Graz.

Ich verhielt mich dort möglichst unauffällig –, wie ein nicht zu beachtendes Tier oder eher wie eine bedeutungslose Pflanze. Auf diese Weise konnte ich mein erstes klinisches Semester an der Grazer Universität gut absolvieren. Natürlich war es für mich ungewohnt, in einer Kaserne zu wohnen und eine Uniform tragen zu müssen, sonst aber fiel mir kein wesentlicher Unterschied gegenüber Zuhause und Wien auf. Graz, als ‚Stadt der Volkserhebung', befand sich allerdings noch viel mehr als Wien in einer Art deutsch-nationalem Rausch, was sich vor allem durch lautes Grölen in den Bierkellern bemerkbar machte. Aber auch hier fanden Kollegen, Väter, Brüder oder andere Verwandte, die bereits an der Front kämpften, kaum Erwähnung.

Am Ende des Semesters kam der Befehl, dass alle Angehörigen der Sanitätseinheit eine sechsmonatige ‚Erdkampf-Frontbewährung' nachzuweisen hätten. Nun hatte der Krieg für mich tatsächlich begonnen. Zu meinem großen Schrecken wurde ich ohne jede spezielle Vorbereitung gleich direkt an die Ostfront geschickt.

Was ich dort, am Asow'schen Meer, sah und erlebte, war der blanke Horror: Die Russen waren gerade dabei, den sogenannten ‚Krim-Hals', die enge Landverbindung zwischen der Ukraine und der Halbinsel, abzuschneiden. Es war ein Inferno aus Schnee, Eis, Schlamm und Blut. Ich hoffte und betete, dass ich als Sanitäter die sechs Monate irgendwie überleben und nicht unmittelbar an die Frontlinie geschickt werden würde. Die Einheit, der ich zugeteilt wurde, war aber durch die Rückzugsgefechte bereits so dezimiert, dass sie aufgelöst werden musste. Rundherum hatte ich Verletzte zu versorgen und Blut zu stillen, teils auf mich allein gestellt, teils unter Anordnung eines Sanitätsoffiziers. Die Sicherung der Transporte unter nahezu ständigem Feuer war ein einziger Albtraum, weder der Strom der Verwundeten noch der der Flüchtenden riss ab.

Schließlich kam ich zu einer Flak-Einheit, wo ich dafür eingesetzt wurde, die Infanterie bei den Abwehrkämpfen zu unterstützen.

Ein Offizier schrie laut: „Rückzug gibt es nicht! Wir werden siegen!"

Ein Soldat aus Deutschland, den ich schon kannte und mit dem ich einige Male gut und vertraulich gesprochen hatte, erlaubte sich, dem Mann ein Zitat aus Goethes ‚Faust' zu erwidern: „Allwissend bin ich nicht, doch viel ist mir bewusst."

Am nächsten Tag wurde er an die vorderste Front geschickt. Er kam nicht mehr zurück ..., ein gebildeter, kluger und freundlicher junger Mann.

Knapp bevor mein Einsatz zu Ende gehen sollte, erlitt ich mitten in der Nacht, in einem dreckigen Schützenloch liegend, einen fürchterlichen Schüttelfrost. In der Früh musste ich, hochfiebernd und von den Mänteln meiner Kameraden zugedeckt, zwei Angriffe miterleben. Mit letzter verbleibender Kraft schleppte ich mich, hinter einem Geschütz herwankend, einen Hügel hinauf, um zwei schwer verletzte Kameraden zu versorgen. Ich weiß nicht, ob ich den Verwundeten wirklich helfen konnte, und ich weiß auch nicht, wie ich das selbst überlebt habe, aber irgendwie kam ich wieder zur Ausgangsstellung zurück und wurde vom Meldefahrer zu einer Krankensammelstelle gebracht.

Dort lagen hauptsächlich an Fleckfieber Erkrankte, falls ich diese Krankheit nicht hatte, so würde ich sie sicher jetzt bekommen. Ich fühlte mich aber so elend, dass sogar die Kleiderläuse an mir abstarben –, eine durchaus beruhigende Beobachtung, denn daraus schloss ich, dass ich kein Fleckfieber hatte.

Nach drei Tagen war meine Temperatur gesunken. Um der verseuchten Station so schnell wie möglich zu entkommen, bat ich entlassen zu werden. Der Weg zurück führte an einer Feldküche vorbei, wo ich Gulasch und sauberes Wasser bekam. Kaum hatte ich etwas zu mir genommen, wurde mir derart übel, dass ich alles erbrach. Es kam mir vor, als würde es mir alle Eingeweide aus dem Körper reißen …

Endlich im Quartier angekommen, warf ich mich auf das erste freie Bett. Da merkte ich, dass meine Haut gelb wurde und zu jucken begann. Am nächsten Tag war ich wieder in der Krankensammelstelle und wurde in einen Autobus verladen. Als ich endlich, nach zweitägiger Fahrt, im Lazarett ankam, war ich beinahe tot –, mein ganzer Körper brannte und juckte, zudem war ich fast blind. Zwei Tage lang hatte ich keinen Harn, hohes Fieber und fürchterlichen Durst. Aus dem Gesicht des ersten Mediziners, der mich untersuchte, konnte ich nur Bedauern und Resignation ablesen. Ein anderer Arzt, der früher Dozent an der medizinischen Klinik in Königsberg gewesen war, verabreichte mir mehrere Infusionen – und stellte eine klare Diagnose: Weil'sche Gelbsucht mit Nieren- und Lungenentzündung. Von dieser Krankheit – einer bakteriellen Infektion namens *Leptospirosis icterohaemorrhagica* – hatte ich schon gehört. Die Überlebenschance war gering …

Wie durch ein Wunder ging es mir nach einigen Tagen etwas besser, und ich konnte wieder halbwegs klar denken. Daher bat ich den Chefarzt, mich mit der täglich abfliegenden Militärmaschine nach Hause zu schicken. Dieser erklärte mich aber als nichttransportfähig.

Da die Russen immer näher kamen, musste das Lazarett geräumt werden. Die Verletzten und Schwerkranken wurden mit Lastwägen abtransportiert. Die anderen, dazu wurde auch ich gezählt, obwohl ich schwach und kaum gehfähig war, mussten sehen, wie sie selbst weiterkommen. Man gab uns Transportzettel, auf denen ein Kriegsspital angegeben war: irgendwo im zerstörten Niemandsland. Niemand kümmerte sich um uns –, nur die Richtung wurde uns gesagt, in die wir marschieren sollten. Meine Schuhe und die löchrigen Socken schützten mich davor, in dieser Nacht zu erfrieren.

Als ich in eine Decke gewickelt total erschöpft und fast bewusstlos am Rand einer Straße im Schlamm saß und nicht mehr weiterkonnte, blieb ein alter Mann mit weißem Bart, ein Russe, mit seinem Pferdewagen bei mir stehen und sagte: „Du sehr krank. Wohin?"

„Lazarett, Spital, Balnitsa", brachte ich mit brüchiger Stimme heraus.

Er lud mich auf seinen Karren, der von einem ausgehungerten Gaul gezogen wurde und brachte mich tatsächlich in das Lazarett nach Cherson, etwa eine Tagesreise entfernt. Er bot mir auch Essen an, ein Stück von seinem harten Brot. Trotzdem ich fürchterlichen Hunger hatte, brachte ich keinen Bissen hinunter. „Russkii chleb", meinte ich verstanden zu haben. So viel zu unseren ‚Feinden' …

Im Kriegsspital angekommen, fühlte ich mich hundeelend. Ich war viel zu schwach, um entlaust zu werden.

Am nächsten Tag wurde ich mit einem Transportzug nach Odessa befördert, wo ich mit den anderen Kranken auf ein Lazarettschiff kommen sollte. Doch dieses war torpediert worden und lag am Grund des Schwarzen Meeres …

So wurden wir in Papierschlafsäcke gesteckt und in einen Zug für Verwundete verladen, wo wir, in Viehwaggons eng aneinandergedrängt, auf harten Holzbrettern gelagert wurden. Ähnliche Züge, aus denen Schreie und Stöhnen zu hören gewesen waren, hatte ich schon öfter von Bahnhöfen abfahren gesehen.

Die Weiterreise im November 1943 war eine einzige Schreckensfahrt –, es war eiskalt, wir bekamen kaum etwas zu essen, nur manchmal eine dünne Bohnensuppe. Ich musste immer wieder erbrechen, mein Harn war dunkelbraun, der Stuhl, den ich in einen Kübel im Waggon absetzen konnte, stank fürchterlich und sah aus wie heller Lehm. Ich war sicher, nicht mehr lange zu leben.

Niemand sprach auch nur ein Wort, nur das dauernde Wehklagen der Verwundeten war zu hören. Zwei von ihnen starben während des Transportes, die Leichen wurden an irgendeiner eisigen Station ausgeladen – ohne Verzögerung, ohne Abschied.

Nach drei Tagen und Nächten, von denen ich nicht sagen kann, wie ich sie überlebt habe, gelangte der Zug nach Schlesien, und wir wurden in ein Spital gebracht. Ich hatte kaum noch genug Kraft, mich auf das Eisenbett zu legen und schlief sofort ein, wie ein toter Stein.

Langsam, sehr langsam erwachte ich –, es war wie das Erwachen aus einem langen Albtraum. Nachdem meine stinkenden Kleidungsstücke entfernt worden waren, wurde ich das erste Mal seit Wochen gesäubert und gewaschen. Und ich erhielt ein sauberes Hemd, was ein unvorstellbares Glücksgefühl in mir auslöste.

Medizinisch wurde ich so gut wie möglich versorgt. Geistliche Schwestern, Elisabethinen, die mir wie wahre Engel erschienen, pflegten mich. Nach und nach verließ die Kälte meine Knochen, die gelbe Farbe wich von meiner Haut, ich konnte wieder essen und bekam reines Wasser zu trinken. Noch war ich sehr schwach und unendlich müde, aber durch die Infusionen und das Heizkissen auf meinem Bauch, durch die unvorstellbar saubere Umgebung und die Ruhe, begann ich mich langsam zu erholen und wieder als menschliches Wesen zu fühlen.

Die Schüsse aber, das Explodieren der Granaten und die Todesschreie meiner Kameraden waren weiterhin pausenlos in meinem Kopf …

Im Dezember 1943 konnte ich schließlich aus dem Kriegsspital entlassen werden und zu meiner Einheit nach Graz zurückkehren. Es gelang mir dort, mein siebtes Semester nachzuinskribieren. Da ich aber noch nicht gesund war, die Gelbsucht wieder zunahm, erhielt ich Genesungsurlaub bis Jänner des nächsten Jahres. Und so geschah das nächste Wunder: Ich durfte Weihnachten in meiner Heimatstadt Baden verbringen, mit meinen Eltern und meinen beiden Schwestern feiern.

Es war kein fröhliches Fest, kein Christbaum, ein nur mäßig geheizten Zimmer … Mein Vater, der bereits im Ersten Weltkrieg an der Isonzofront gewesen war, wusste alles über den Horror des Krieges. Er war als Polizeiinspektor bisher nicht eingezogen worden, erwartete aber ständig die Nachricht.

Meine ältere Schwester bangte um ihren Mann, der tatsächlich in ein Lager für politische Häftlinge gebracht worden war. Seit drei Monaten hatte sie nichts mehr von ihm gehört.

Und unsere Mutter betete fast ununterbrochen, gleichzeitig flehend und dankend.

Nur meine jüngere Schwester schien relativ unbeeindruckt. Sie hatte im Frühsommer maturiert und die meiste Zeit im Badener Strandbad verbracht, wo sich, wie sie stolz berichtete, einige fesche Offiziere um sie geschart hatten.

Am Nachmittag saßen wir im Wohnzimmer zusammen, und mein Vater, der gerne und gut sang, versuchte uns mit seinem Gesang aufzuheitern. Ich erinnere mich an das Lied ‚Archibald Douglas', das er, von meiner Schwester am Klavier begleitet, darbot. Bei: „Ich hab es getragen sieben Jahr, und ich will es nicht tragen mehr", wussten alle, worum es ging. – Abends aßen wir ein Huhn, das unser Vater irgendwo aufgetrieben und unsere Mutter zubereitet hatte, dazu in Schmalz gebratene Kartoffeln. Mir war nach dem Essen sofort wieder übel, und ich musste mich übergeben. Zum Singen von ‚Stille Nacht, heilige Nacht' kam es nicht mehr …

Anfang Jänner 1944 war ich wieder in Graz, fühlte mich aber noch immer müde und schwach. Im Laufe der nächsten Wochen war mir immer öfter übel, die Gelbsucht war zurückgekehrt. Der Kompaniechef schickte mich auf meine Bitte hin heim nach Baden, damit ich in das dortige Lazarett eingewiesen werden konnte.

Hier wurde eine *Hepatitis* – Leberentzündung – diagnostiziert, und ich musste für sechs Wochen strenge Bettruhe einhalten. – Alles besser als die Ostfront, eine Schussverletzung oder der Tod im Schützengraben, dachte ich, und meine Eltern waren froh, mich zumindest in ihrer Nähe zu wissen.

Nachdem es mir etwas besser ging, durfte ich als Hilfsarzt im Spital mitarbeiten. Ein älterer Wiener Internist wurde zu meinem Mentor. Er vermittelte mir viel von seinem Wissen, vor allem bezüglich Erkrankungen der Leber. Bereits damals vermutete er – also lange vor der Entdeckung der Hepatitisviren –, dass die meisten Fälle von Gelbsucht eine Folge von Infektionen wären.

An der ersten medizinischen Universitätsklinik in Wien, wo er gearbeitet hatte, hätte man viel über die Leber geforscht, aber die besten Ärzte und Wissenschaftler wären alle vertrieben worden. Das sagte er ohne Scheu, und er erzählte mir auch, dass er von schrecklichen Menschenversuchen an dieser Klinik unter der Leitung des Professors Eppinger gehört hätte, einem früher sehr angesehenen Ordinarius.

Obwohl meine Befunde schlecht blieben, konnte ich nach dem Sommer 1944 neuerlich nach Graz zu meiner Studentenkompanie zurückkehren und das nächste Semester inskribieren. Die Vorlesungen waren tatsächlich nur mehr Vorlesungen, getragen entweder von Fanatismus, Zynismus oder Resignation.

Im Oktober 1944 fielen die ersten Bomben auf Graz, die von Tag zu Tag mehr wurden: Zuerst wurde das Blindenheim neben der Klinik getroffen, dann das Stadtzentrum. Sechzehn Kameraden meiner Studententruppe kamen bei den Angriffen ums Leben. Bald gab es keine Möglichkeit mehr, ernsthaft zu studieren: Jeden Tag mussten wir in den Luftschutzkeller. Unter diesen Umständen war auch eine Genesung naheliegenderweise nicht möglich.

Im Dezember wurde ich schließlich zu einer Untersuchung vorgeladen, die feststellen sollte, ob ich wieder kriegsverwendungsfähig wäre. Der untersuchende Internist, ein Grazer Professor, schlug entsetzt die Hände zusammen: „So laufen Sie herum? Sie müssen sofort in eine Klinik!" Erleichtert bat ich ihn, mich in meine Heimatstadt zurückzuschicken. So kam ich wieder in das Badener Lazarett im Sauerhof, wo mich mein Leberspezialist sehr freundlich begrüßte.

Auch das Weihnachtsfest konnte ich neuerlich mit meiner Familie verbringen, jedoch verlief es noch trauriger als im Jahr zuvor. Meine Mutter betete und brach dabei immer wieder in Tränen aus, mein Vater sang – diesmal mit brüchiger Stimme – ‚Der Leiermann' von Schubert, meine Schwester war weiterhin in gro-

ßer Sorge um ihren Mann, und mir wurde nach dem Essen wieder derart übel, dass ich mich übergeben musste.
Im Badener Kriegsspital bekam ich diesmal ein Einzelzimmer –, um Ruhe zum Studieren zu haben, meinte der Chefarzt. Da sich mein Zustand aber nicht besserte, veranlasste er die Überstellung auf eine Spezialabteilung für Leberkranke in Karlsbad. Dort herrschte noch Frieden, sodass ich hier vielleicht genesen würde können.

Ohne Probleme gelangte ich mit dem Zug nach Karlsbad. Der Facharzt im Lazarett ‚Hotel Post' studierte die Befunde gründlich und verordnete strikte Bettruhe, Diät und eine Karlsbader Trinkkur mit Mühlbrunnwasser. „Die Leber ist ein sehr robustes Organ", meinte er. „Sie werden sich wahrscheinlich erholen und können sich zudem – so Gott will – den nicht enden wollenden Schrecken draußen ersparen."

Leider war dem nicht so: Es ging mir nach der Kur zwar wesentlich besser, ich musste jedoch im Februar 1945 neuerlich zu meiner Truppe nach Graz. Obwohl es praktisch keine Vorlesungen mehr gab, gelang es mir, das angefangene Semester abzuschließen. Fast jeden Tag gab es schwere Luftangriffe, das Bahnhofsviertel war ein einziger Trümmerhaufen, große Teile der Innenstadt waren zerstört.

Die Kriegsberichte bestanden nur noch aus unrealistischen Durchhalteparolen. Ich wusste, dass der Krieg sich dem Ende näherte und wir alles, was wir anderen angetan hatten, vielfach büßen würden. Die apokalyptischen Reiter waren schon sehr nahe, und so wollte ich raschest zu meiner Familie nach Baden. Nach vielfachem Bitten erhielt ich die Abkommandierung an das Badener Krankenhaus, und ich eilte sogleich zum Bahnhof. Die Eisenbahn verkehrte nur mehr unregelmäßig. Als ich einen Zug gefunden hatte, zwängte ich mich in einen Waggon, auf dem in großen Lettern stand: ‚Räder müssen rollen für den Sieg.' Unwillkürlich dachte ich an mein eigenes Rad und hoffte, es noch unbeschadet zu Hause vorzufinden.

Auf der Strecke wurde der Zug angehalten: Es gab Fliegeralarm, und alle mussten in den Luftschutzkeller. Bald darauf kamen die Bomber. Die Erde bebte und zitterte ..., so wie ich. Nach vielen Stunden konnte ich den Keller endlich verlassen, doch der Bahnhof existierte nicht mehr, und der Zug war verschwunden ...

Im Luftschutzkeller hatte ich einen Franzosen kennengelernt, der als Kriegsgefangener auf einem Bauernhof gearbeitet hatte, nun aber vom Bauern nach Hause geschickt worden war. Irgendwie war es ihm gelungen, einen Lastwagen aufzutreiben. Und erstaunlicherweise gab es diesen Wagen noch! Er nahm mich mit, ohne dabei viele Worte zu verlieren.

Als wir uns Wiener Neustadt näherten, sahen wir schon aus der Ferne dichte Rauchschwaden, und beißender Brandgeruch lag in der Luft. Die ganze Stadt war eine brennende Ruine, alles war mit Asche überzogen. Die Flugzeugwerke waren komplett zerstört worden, und außer einigen Lastautos, mit denen Verletzte abtransportiert wurden, bewegte sich nichts ..., es herrschte eine gespenstische Stille. Die Stadt zu durchqueren, war unter diesen Umständen gänzlich unmöglich.

Da mir die Gegend zwischen Wiener Neustadt und Baden vertraut war, konnten wir über Schotterstraßen und Feldwege ausweichen. In der Nähe meiner Heimatstadt ließ mich der Franzose aussteigen. Als ich mich bedankte, murmelte er zitternd: „Bon voyage!“

Der über dem Horizont liegende, qualmende Feuerschein erleichterte es mir in dieser ansonsten stockdunklen Nacht, den Weg und schließlich mein Vaterhaus zu finden. Völlig erschöpft und kaum der Sprache fähig schloss ich meine Lieben in die Arme. Sie hatten den ganzen Tag im Keller verbracht, Fliegerangriffe, Bomben und Zerstörung erwartend ...

3

Ich war nun zwar wieder daheim, und meine Eltern und meine Schwestern waren am Leben, aber die Verzweiflung und die Angst vor dem, was jetzt noch alles kommen könnte, ließen sich nicht verdrängen. Jeden Morgen ging ich ins Spital, um meinen Famulaturdienst zu leisten, hoffend, dass das Gröbste vielleicht schon überstanden wäre, gleichzeitig wissend, dass es noch schlimmer kommen würde. Alle sprachen vom bevorstehenden Zusammenbruch –, nach dem Aufbruch und dem Umbruch schien dieser die geradezu logische letzte Konsequenz zu sein …

In den dienstfreien Stunden arbeitete ich gemeinsam mit meinem Vater im Haus. In dumpfem resignierten Schweigen trafen wir die notwendigen Vorkehrungen, denn ich war nicht in der Lage, über die letzten traumatischen Erlebnisse zu reden. Unter der Kellerstiege richteten wir ein Versteck ein, in dem wir Büchsenfleisch, Zucker, Mehl, Haferflocken und eine große Dose Schmalz deponierten, dazu auch Nägel, Schrauben, Werkzeug, Koch- und Essgeschirr sowie Decken und Kleidungsstücke. Das Versteck mauerten wir zu. Zuvor hatte ich noch ein Büchlein mit Gedichten von Rilke hineingelegt.

Einige Tage später erwachten wir im Morgengrauen durch dumpfes Dröhnen, und dann waren laute, donnernde Explosionen zu hören: Die sogenannten ‚russischen Mähmaschinen' warfen ihre Bomben auf die Stadt. Die ganze Familie eilte sofort in den Keller, wo wir schweigend und zitternd einen Treffer – und den Tod erwarteten.

Als es still wurde und wir uns abends wieder hinauf wagten, waren Rauch und heller Feuerschein in der Umgebung zu sehen. Doch zu unserem Entsetzen mischte sich auch Erleichterung, denn unser Haus war verschont geblieben, lediglich zwei Fensterscheiben waren zerbrochen …

Auch das Krankenhaus war unzerstört geblieben, sodass ich am Gründonnerstag 1945 morgens wieder zum Dienst antreten konnte. Autobusse standen im Hof, Soldaten und Pflegerinnen liefen aufgeregt umher, auf Liegen wurden Patienten in die Fahrzeuge gebracht.

Der Primarius kam auf mich zu und rief: „Das Spital wird nach Oberösterreich verlegt. Sie werden den Transport führen."

Für mich war in dem Moment aber klar, dass meine Familie nun wichtiger war, und so entgegnete ich ihm, dass ich als Soldat verpflichtet wäre, in Baden zu bleiben.

Unbehelligt marschierte ich nach Hause, wo mich ein Melder vom Volkssturm erwartete und sich nach meinem Schwager erkundigte. Als ich ihm vorschlug, sich um Wichtigeres zu kümmern - mein Schwager wäre, wie er selbst sehen könnte, nicht anwesend -, drohte er: „Wir kommen wieder“, und verschwand grußlos.

Am Abend aber tauchte der Schwager tatsächlich auf, packte rasch seinen Rucksack und machte sich sofort auf den Weg in seinen Heimatort im Waldviertel. Dorthin waren bereits zuvor meine Schwester und ihre Tochter geflüchtet.

Mein Vater war als Revierinspektor in Baden sehr beliebt, er kannte viele Leute und hatte immer versucht, möglichst vielen zu helfen. So gelang es ihm, trotz der chaotischen Zustände, einen Frächter zu finden, der meine Mutter und meine jüngere Schwester in den Westen bringen würde. Diese hatte inzwischen einen Arzt aus Kärnten geheiratet, den sie im Badener Strandbad kennengelernt hatte. Über Umwege hatten wir erfahren, dass sie nach Oberkärnten zur Familie ihres Mannes flüchten könnte. Der Frächter traf am Karsamstag bei uns ein, er packte meine Mutter und meine Schwester mit je einem Koffer in großer Eile auf das Plateau seines Lastwagens. Meine Mutter hatte zusätzlich einen Leinensack mit ihrer Tuchent dabei, von der sie sich nicht trennen wollte, obwohl der Wagen schon voll mit Flüchtlingen und Gepäck war.

„Kostet mehr“, sagte der Frächter und erhielt von meinem Vater zwei Packungen Zigaretten. Er könnte sie aber nur nach Oberösterreich bringen, wie sie dann weiterkämen, müssten sie selbst schauen, beteuerte der Mann schulterzuckend.

Beide Frauen weinten beim Abschied, mein Vater und ich blieben zurück, sorgenvoll, aber ohne Tränen.

Es war nun an der Zeit zu reflektieren: Nur der Weg nach Westen stand offen … Kurz hatte ich überlegt, einfach die Uniform auszuziehen und zu warten, doch letztlich wollte auch ich schnellstmöglich weg, bevor die Russen hier ankamen. Zwischen uns im Osten und den Amerikanern waren noch Einheiten der Wehrmacht und verstreute Gruppen des Volkssturms unterwegs. Weiters gab es über das ganze Land verteilt die gefürchteten Kriegsgerichte, die völlig willkürlich Todesurteile vollstrecken ließen. Und sie hätten auch mich, wenn sie mich in Zivil aufgriffen hätten, als Deserteur erkannt und sofort erschossen. Ich musste also trachten, irgendwie einen Marschbefehl Richtung Westen zu bekommen.

Glücklicherweise gab es in Baden noch eine Einheit der Sanitätsbereitschaft, deren Kommandanten ich bat, mich in seine Kompanie aufzunehmen. Ihm war klar, dass ich nur einen Marschbefehl nach Westen brauchte, aber keinesfalls kämpfen wollte. Seine Truppe war gerade im Begriff, die Stadt zu räumen, und er stellte mir ohne Umschweife einen Reiseschein aus: Ich sollte mit dem zweiten Transport mitfahren, sofern dies noch möglich wäre. Er schlug mir vor, inzwischen mit dem Rest der Truppe im Sonnhof zu übernachten, was ich ablehnte. Lieber bliebe ich in meinem Elternhaus. Das sollte mir das Leben retten, denn in der Nacht wurde das Quartier bombardiert, wobei die Hälfte der dort untergebrachten Soldaten umkam …

Am nächsten Vormittag kam mein Vater vom Dienst nach Hause, müde und völlig aufgelöst. Die Polizei sollte am nächsten Tag ins Weinviertel verlegt werden. Wir begannen unsere Rucksäcke zu packen, als plötzlich russische Bomber auftauchten –, dem dumpfen Krachen nach waren die Einschläge ganz nahe. Nur zwanzig Meter von uns entfernt wurde ein Haus völlig zerstört.

Wir mussten uns beeilen! In die Rucksäcke steckten wir hastig unsere Dokumente, die alten österreichischen Ausweise, Karten von Österreich, einen Kompass – ich vergaß auch nicht mein Studienbuch, in dem jedes absolvierte Semester eingetragen war – und natürlich Reservewäsche, Waschzeug, Feldflasche und etwas Proviant. Außerdem packte ich den Schlafsack, meinen Ledermantel, eine Wollweste, Handschuhe und die Taschenlampe in meinen Fliegersack, wodurch er randvoll und ziemlich schwer war. Meine Kartentasche hatte ich zu einer Ärztetasche umfunktioniert, in die Fächer gab ich Pinzette, Schere, Skalpell und ein kleines Messer. Im großen Fach verstaute ich Verbandszeug, einen Abbindeschlauch sowie Jodtinktur und auch Morphium, das ich mir aus dem Lazarett besorgt hatte. Für meine Pistole und die Patronen fand ich auch noch Platz.

Ich hatte vor, mit dem Fahrrad zu flüchten. Es war ein solides Steyr-Waffenrad, auf das ich immer sehr gut geachtet hatte. Der Gepäckständer wurde mit Metallschienen vergrößert, um Platz für den Rucksack und den Kleidersack zu schaffen, ein Fahrradschloss, Reserveschläuche und eine Pumpe kamen noch dazu. Mein Vater gab mir zweihundert Reichsmark in Münzen und kleinen Scheinen sowie drei Goldmünzen, die ich im Innenfutter meiner Jacke verstaute.

Am Abend marschierten wir zum Rathaus. Die ganze Stadt war auf der Flucht –, mit allen möglichen Vehikeln, Fahrrädern, Pferdewägen und von Eseln gezogenen Karren. Kinder schrien und suchten ihre Eltern, Verwundete hielten Ausschau nach Möglichkeiten, mitgenommen zu werden, und viele Flüchtlinge zogen ziellos durch die Stadt …

Mein Vater bemühte sich, auf der Polizeistation inmitten des Chaos' seinen Dienst zu versehen, aber Ordnung herzustellen war mittlerweile unmöglich. Es galt nur mehr, irgendwie die schlimmsten Auswüchse der Anarchie im Zaum zu halten. Ich lief nach Hause, verbrachte dort eine schlaflose Nacht und fuhr gleich am Morgen mit dem Rad wieder in die Stadt, um nach meinem Vater zu sehen. Als ich am Hauptplatz ankam, gab es Fliegeralarm. Kaum war ich im Luftschutzkeller des Rathauses, fielen schon die ersten Bomben.

Nach der Entwarnung sah ich, dass einige Häuser schwer getroffen worden waren. Ich hatte meine Sanitäter-Uniform an und wurde von zwei Männern in den Keller des Mädchenlyzeums geführt. In einer Ecke hockte eine schwer verwundete, fast bewusstlose Frau mit Splitterverletzungen an den Beinen. Mit dem vorhandenen Verbandsmaterial konnte ich die Wunden versorgen. Die beiden Männer, die mich geholt hatten, trugen die Frau hinaus, denn ich hoffte, das Spital würde noch stehen.

Auf dem Weg zurück zum Rathaus hörte ich aus einem der eingestürzten Häuser ein leises Wimmern. Es gelang mir, eine Frau aus den rauchenden Trümmern herauszuziehen und in die gegenüberliegende Konditorei zu tragen, dort legte ich sie auf ein Sofa im Hinterzimmer. Die Verletzte stöhnte leise, bekam kaum Luft und blutete am Oberkörper. Die Wunde konnte ich verbinden, und wieder fanden sich zwei Männer, die sie ins Spital tragen sollten. Anschließend wurde ich noch zum Markt geholt, zu einem Schwerverwundeten. Er war bereits tot, Blut rann aus seinem Mund …

Wie immer funktionierte ich in dieser schrecklichen Situation wie eine Maschine. Es gab in meiner damaligen Lage keine Vergangenheit und auch keine Zukunft, nur den Willen, irgendwie zu überleben … Heute kann ich mir nicht mehr erklären, woher meine Kräfte kamen, denn ich war ein ziemlich kranker, abgemagerter und verlorener junger Mann.

Dann machte ich mich eilig auf den Weg zu unserem Haus, die Russen waren nicht mehr weit! Ich ließ die Badewanne ein – im Boiler war noch warmes Wasser –, wusch mir schnell die Haare, rasierte mich und zog frische Unterkleider an.

Wie eingangs erwähnt, reinigte ich meine Uniform und schaltete im leeren, verlassenen Elternhaus den Hauptwasserhahn, die Gaszufuhr und den elektrischen Hauptschalter ab.

Dann packte ich den Rucksack und den Kleidersack auf mein Fahrrad …, wohl für immer, dachte ich.

Vorbei an rauchenden Trümmern, fuhr ich zum Rathaus, um meinem Vater Lebewohl zu sagen. Er war unverletzt geblieben, und wir waren beide unendlich froh, uns lebend zu sehen.

Dennoch hatte ich das Gefühl, wir wären zwei Gespenster, die sich in einer anderen Welt noch einmal trafen, nur um sich endgültig schweren Herzens zu verabschieden.

4

Ich setzte mich auf mein Rad und fuhr los Richtung Westen – hoffnungslos, verzweifelt und voller Trauer. Von allem Erlebten wollte ich nichts auf die Fahrt mitnehmen, keine Last mehr tragen und am besten blind in die Zukunft gehen. Diese Reise war nicht meine eigene Entscheidung –, die Generation vor mir hatte dafür gesorgt, dass ich mich auf den Weg machen musste! Sie hatte weder brauchbare Landkarten noch einen Kompass hinterlassen, nur Trümmer, Chaos, Verwirrung und Leid. Ich wollte keine Rettungsweste und tauchte endgültig in das große Unbekannte. An den fauligen Kadaver unserer sogenannten Zivilisation wollte ich mich nicht klammern, aber andererseits gab es keine andere Welt als diese, in der ich irgendwie weitermachen musste, um zu überleben …

Es war ein heller Tag. Die Straße westwärts aus der Stadt hinaus erschien halbwegs passierbar. Vor einer Engstelle am Anfang des Helenentals stand aber bereits eine bewaffnete Gruppe des Volkssturmes. Der Hauptmann kontrollierte meinen Ausweis und wollte mich bei seiner Truppe behalten, da er die Straße verteidigen müsste und er – wie er beteuerte – jeden Mann bräuchte.

Der Kommandant war mein ehemaliger Volksschullehrer. So nahm ich allen Mut zusammen und entgegnete: „Herr Lehrer, die Russen sind schon vor Baden. Ich glaube, es wäre am besten, Sie gehen mit Ihren Leuten nach Hause und verteidigen Ihre Familien!"

Er warf einen Blick zu den anderen Männern und nickte kurz: „Du hast recht", sagte er achselzuckend und zog mit seinen Leuten Richtung Baden ab.

Ich fuhr weiter, überrascht vom plötzlichen Sonnenschein und den leuchtend gelb und blau blühenden Wiesen. Mein Vorderrad quietschte ein bisschen, aber die Bremsen funktionierten gut, und die Pedale liefen rund. Auch an die anfänglichen Schwierigkeiten mit dem neuen Gepäcksträger und der auszubalancierenden Last hatte ich mich schnell gewöhnt, obwohl mir das Fahren in meinem geschwächten Zustand viel Kraft abverlangte. Ein leichter Frühlingswind wehte mir entgegen. Die Straße war leer, vor mir lag das Tal vollkommen still und friedlich, als ob nichts geschehen wäre.

Dies war nur ein kurzer Traum von Frieden und Glück, denn nach etwa einer halben Stunde Fahrt sah ich bei einer Kapelle einen Mann der Waffen-SS mit seinem Adjutanten. Er schrie laut: „Halt!“, befahl mir abzusteigen und besichtigte mein Rad. Ich wurde befragt, woher ich käme und wohin ich führe.

Jetzt bewährte sich der Marschbefehl, den ich mir in Baden besorgt hatte. Ich kannte das herrische und unberechenbare Gehabe der SS, ließ mir aber meine Angst nicht anmerken –, das hatte ich gut gelernt.

Nach einer strengen Überprüfung, während der ich neben meinem Rad Haltung annehmen musste, ließ er mich weiterfahren. Er rief mir noch: „Heil Hitler!“, nach, einen Gruß, den ich nicht erwiderte.

Im nächsten Ort sah ich vor dem Gasthaus eine größere Menschenmenge. Die Leute hörten vor dem Fenster stehend die neuesten Radionachrichten aus Wien.

Baldur von Schirach schrie mit seiner hysterischen Fistelstimme, dass die Stadt bis zur letzten Stunde und bis zum letzten Mann verteidigt werden müsse. Die meisten wussten, dass er selbst die Stadt bereits verlassen und sich in einem Bunker verschanzt hatte.

Da überall Lastautos herumstanden und Pferdewägen mit Flüchtlingsfamilien die Straße verstopften, gelangte ich nur sehr langsam zum nächsten Dorf.

Von dort ging es auf einer Waldstraße bergauf, und ich kam zu einer kleinen Wallfahrtskirche. Das Kirchentor stand offen, also ging ich hinein und musste plötzlich bitterlich weinen –, zum ersten Mal seit Monaten. Ich versuchte, Gott um Hilfe zu bitten, aber ich wusste nicht, zu wem ich beten sollte. Es konnte keinen Gott geben, und wenn es einen gäbe, wäre es sicher keiner, der es gut mit den Menschen meinte. Und mit einer anonymen, gleichgültigen himmlischen Macht zu sprechen, die mir ohnehin nie eine Antwort geben würde, erschien mir völlig sinnlos. Also setzte ich mich auf die Stufen vor der Kirche, aß zwei Scheiben Brot und trank Wasser aus meiner Feldflasche.

In der Nacht schaltete ich meine Lichtmaschine ein und fuhr die Serpentinen hinunter in das nächste Tal. Aus dem Wald auf der anderen Seite hörte ich plötzlich Maschinengewehrsalven, es war ein russisches Maxim-Gewehr. Hastig schaltete ich das Licht aus. Von Angst getrieben radelte ich so schnell als möglich in der Dunkelheit weiter.

Als längere Zeit keine Schüsse mehr zu hören waren, wagte ich es, den Dynamo wieder einzuschalten. Ein einsamer Soldat kam mir entgegen, ich hielt an und fragte ihn, wohin er ginge.

„Ich geh über den Berg nach Haus", antwortete er mit matter Stimme.

Ich warnte ihn, dass ich ein Maschinengewehr gehört hätte, aber der Mann sagte nur, er hätte keine Angst. Er ginge durch den Wald und würde sich notfalls im Türkenloch am Ende der Schlucht verstecken. „Dort haben schon unsere Vorfahren überlebt, sonst gäbe es uns alle hier nicht mehr", meinte er resignativ und lachte kurz.

Ich wünschte ihm noch viel Glück auf seinem Weg.

Um etwa drei Uhr morgens kam ich völlig erschöpft in Traisen an, dem Ort, wo ich mich laut meinem Marschbefehl melden sollte. Ich fragte mich, ob ich mich nicht besser alleine durchschlagen könnte? Aber ich war nach der langen Fahrt fast am Ende meiner Kräfte. Meine Krankheit war noch nicht überwunden, alle Knochen und Muskeln schmerzten. Und mich überkam, am Straßenrand sitzend plötzlich ein heftiger Schwindel, sodass ich befürchtete, ohnmächtig zu werden. Ich raffte mich also auf, und begann nach der Sanitätseinheit zu suchen, die in der Gegend stationiert sein sollte.

Im ersten Morgenlicht entdeckte ich die getarnten parkenden Fahrzeuge. Auf der Ladefläche eines Wagens saß, hinter einem Tisch dösend, der Offizier vom Dienst.

Er schickte mich sogleich zur Verpflegungsstelle: Ich solle zuerst einmal etwas essen und mich dann hinlegen. Erst jetzt machte sich mein heftiger Hunger bemerkbar.

Nachdem ich etwas Brot gegessen und heißen Tee getrunken hatte, wickelte ich mich in meinen Schlafsack und schlief mindestens drei Stunden lang, bis ich unsanft geweckt wurde. Der Offizier überprüfte mit gleichgültiger Miene meine Dokumente und gab mir einen Quartierzettel. Auf diesem stand: ‚Baronin Babo' und eine Adresse.

Bei dem Haus angekommen war ich etwas enttäuscht, denn was ich mir als feudales Haus erwartet hatte, stellte sich als kleine Hütte dar. Das Holztor stand offen, und ich trat in einen niedrigen, finsteren Raum –, nur durch die Tür fiel ein fahler Lichtstrahl. In der hinteren Ecke konnte ich eine sitzende Gestalt erkennen, ein leicht süßlicher Geruch lag in der Luft.

„Du bist ein Wassermann", erklang eine dunkle, fast männliche Stimme.

Ich blieb wie angewurzelt stehen und fing zu stottern an: „Wie –, wie, wo-, woher wissen Sie das?"

Die Frau, die ich nun deutlicher sehen konnte, antwortete: „Das sehe ich dir an."

Ich fasste mich wieder: „Sie sind die Baronin Babo!? Ich bin bei Ihnen einquartiert."

„Ja, das bin ich, aber ich kann dir nicht mehr bieten, als dieses löchrige Dach über deinem Kopf. Ich musste selbst aus Ungarn flüchten und darf jetzt hier wohnen." Nach kurzer Pause redete sie weiter: „Meine Mutter war eine Zigeunerin, und bei ihr habe ich ein wenig Wahrsagen gelernt. Davon versuche ich jetzt zu leben", sie lächelte. „Du hast wahrscheinlich Morphium in deiner Tasche", stellte sie fest, und ich erschauderte neuerlich. „Ich würde es gerne haben, denn vielleicht will oder muss ich meinem Leben ein Ende setzen."

Ich räusperte mich und entgegnete ihr mit brüchiger Stimme: „Frau Baronin, als Hellseherin wissen Sie, dass ich niemals bereit wäre, jemandem zum Selbstmord zu verhelfen. Das Morphium brauche ich, um Menschen Schmerzen zu nehmen und Leben möglich zu machen."

Sie stand auf, entzündete eine Kerze und ging auf mich zu –, ich stand noch immer wie angewurzelt im Türrahmen.

Sie hatte ein hübsches Gesicht, lange schwarze Haare und grüne Augen, an ihrer Oberlippe zeigte sich ein zarter dunkler Flaum. Wahrscheinlich war sie nicht viel älter als ich, wirkte aber viel selbstsicherer. Sie blieb vor mir stehen und meinte: „Du bist ein guter Mensch, und du gefällst mir." Dann streckte sie die Hand aus, fuhr mir durchs Haar und streichelte über meine Wange. Mich durchfuhr von Kopf bis Fuß ein warmer Schauer. „Was du brauchen würdest, ist ein bisschen Liebe. Aber die kann ich dir leider nicht geben. Bleibe tapfer und halte durch." Sie setzte sich wieder und forderte mich auf, ebenfalls Platz zu nehmen.

Wir schwiegen für längere Zeit, und ich schaute verlegen auf meine schmutzigen Schuhe, dann stammelte ich – mehr zu mir selbst: „Ich habe viel mitgemacht, aber eigentlich noch nichts erlebt." Die Worte kamen unüberlegt aus meinem Mund – sie lächelte –, und ich wagte zu fragen, ob sie mir etwas über meine Zukunft sagen könnte?

Sie griff vorsichtig nach meiner Hand und inspizierte meine Handfläche, um daraus zu lesen. „Ich sehe," sagte sie leise mit ihrer tiefen Stimme, „dass du den Krieg gut überstehst. Du wirst auch wieder gesund werden. Du hast einen langen, verschlungenen Weg vor dir, aber letztlich wirst du das Ziel erreichen, was auch immer dieses sein mag." Sie schloss die Augen und schwieg für längere Zeit. Meine Hand lag noch immer in ihrer, und ich merkte, dass eine Wärme und Energie von ihr ausging, die ich noch nie verspürt hatte. Dann sah sie mir direkt in die Augen: „Noch etwas weiß ich: Wir werden uns wiedersehen."

Ich war nun endgültig verwirrt und zog langsam meine Hand zurück. Ich glaubte, mich plötzlich in einer Traum- oder Märchenwelt zu befinden, an deren Existenz ich nur als Kind geglaubt hatte.

Wir standen beide gleichzeitig von unseren Sesseln auf, und sie bemerkte in verändertem Ton, aber ruhig und liebevoll: „Hier vor dem Kamin kannst du dein Lager aufschlagen. Vorher bringe ich dir noch etwas zu essen, du siehst hungrig aus."

Ich schlief so gut und fest wie schon seit Jahren nicht –, eine gute Fee muss über meinen traumlosen Schlaf gewacht haben.

5

Am nächsten Tag um sieben Uhr morgens meldete ich mich beim Leiter der Sanitätseinheit. Er teilte mir mit, dass er mich als ZBV, also ‚zur besonderen Verwendung' einsetzen würde. Seine Truppe könne nicht hier bleiben und müsse nach Oberösterreich in eine Lungenheilstätte verlegt werden. Ich sollte mich noch heute, nach Einbruch der Dunkelheit, als Vorauskommando mit einem Lastwagen auf den Weg machen. Meine Aufgabe würde es sein, einen möglichst gefahrlosen Weg von Traisen nach Weyer an der Enns zu finden –, eine unter den vorherrschenden Umständen ziemlich weite Strecke.

Dort wäre herauszufinden, ob die Lungenheilstätte geräumt und ob es überhaupt möglich wäre, ein Lazarett einzurichten. Ich hatte frischen Mut gewonnen und traute mir zu, diese Aufgabe zu übernehmen. – Hauptsache, irgendwie in den Westen …

Der Wagen stand unter einer Plane und war voll beladen mit Lebensmitteln. Zwei Gehilfen und ein Werkmeister sollten mitfahren, um den Küchenbetrieb vorzubereiten und die Einrichtungen zu überprüfen. Ich bestand darauf, mein Fahrrad mitzunehmen – als einzige Garantie, falls nötig, selbstständig weiterzukommen.

Alle Anwesenden wirkten bedrückt, es wurde kaum gesprochen. Von Auflösungsstimmung war aber noch nichts zu bemerken, allen war klar, dass wir in unserer Lage am besten gemeinsam durchhalten müssten, zumindest vorläufig. Die Atmosphäre war eine ganz andere als an der Front, ohne Durchhalteparolen, ohne Appelle an die Tapferkeit, und es sprach niemand vom Endsieg. Erstmals hatte ich das Gefühl, wieder zum Menschsein zurückfinden zu können. Es ging nur mehr darum, zu helfen –, sich selbst, den Kranken, den Verwundeten und, wenn möglich, den Flüchtlingen.

Auf der Straßenkarte suchten wir eine Route aus, die ausschließlich über Nebenstraßen führte, um tunlichst den Fliegerangriffen auszuweichen. Als es schließlich dunkel war, fuhren wir los.

Unser Fahrer war ein burgenländischer Kroate, der schwermütige Lieder in seiner Sprache sang, zwischendurch aber immer wieder fröhlich lachte. Vielleicht waren die Texte auch etwas anzüglich – das konnten wir nicht feststellen –, jedenfalls gelang es ihm, seine und unsere Ängste im Zaum zu halten. Ich saß vorne neben dem Fahrer, versuchte die Karte zu lesen und musste immer wieder an die Baronin Babo denken, an ihr Gesicht, ihre Augen und ihre langen dunklen Haare …

Ohne Scheinwerferlicht rumpelte unser Wagen auf dunklen, unwegsamen Straßen durch die Wälder. Wir befürchteten dauernd, gegen einen Stein zu krachen oder aus dem Hinterhalt beschossen zu werden. Immer wieder mussten wir anhalten, um mit der Taschenlampe Wegweiser zu entziffern oder Baumstämme aus dem Weg zu räumen.

Nach nahezu zehnstündiger Fahrt fanden wir schließlich Weyer und auch die Lungenheilstätte. Der sehr verschlafene oder sogar betrunkene Verwalter führte uns mürrisch durch das Haus. – Er sei über unsere Ankunft informiert worden, meinte er mit offener Missbilligung.

Auf den ersten Blick war alles in Ordnung. Die Krankenzimmer waren äußerst spärlich belegt, und wir fanden sogar zwei intakte Operationssäle vor. Unser Techniker überprüfte die Heizung sowie die Stromversorgung, und der Verwalter teilte uns mit, dass ausreichend Personal vorhanden wäre. Die Gehilfen luden die Lebensmittel aus, und ich überlegte, ob es wirklich nötig wäre, noch am selben Tag die Rückreise anzutreten.

Der Werkmeister hatte schon vorher von meiner Gelbsucht erfahren, und ich erklärte ihm, dass ich mich nicht gut fühlte und unser Fahrer ohnehin die Strecke gut kennen würde. Er möge unserem Chef ausrichten, dass hier alles in Ordnung wäre und wir einen guten Weg gefunden hätten, auf dem man vor Luftangriffen einigermaßen sicher sein könnte. Und ich würde inzwischen die Stellung halten und alles vorbereiten.

So fuhren der Werkmeister und der Fahrer noch am selben Abend alleine zurück nach Traisen. Nachdem der Stress der letzten Tage von mir abgefallen war, überfiel mich plötzlich ein Gefühl absoluter Einsamkeit und Verzweiflung. Die Angst und das Alleinsein gaben mir aber auch ein nie gekanntes Freiheitsgefühl: Ich konnte plötzlich selbst über meinen weiteren Weg entscheiden! Ich könnte auf mein Rad steigen und verschwinden oder hier bei den Menschen bleiben, die mich vielleicht brauchen würden. – Es war die Frage, die ich mir auch in Zukunft immer wieder stellen würde: Weiterziehen oder bleiben?

Ich blieb schlussendlich in Weyer, aber, soweit ich mich jetzt erinnere, nicht in erster Linie aus Pflicht- und Verantwortungsgefühl, sondern weil es einfach zu gefährlich gewesen wäre, alleine weiterzuziehen.

Am übernächsten Tag kam der Konvoi unter Führung unseres kroatischen Meisterfahrers an. Sie brachten die verletzten Soldaten, fünf Eisenbetten, Lebensmittel und zehn lebende Schweine. Alles wurde flink ausgeladen, und die Tiere kamen in einen provisorischen Stall.

Der Leiter unserer Sanitätstruppe, an sich ein gutmütiger Mann ohne militärische Allüren, sah mich bei seiner Ankunft etwas schief an und meinte: „Na, es geht Ihnen ja offenbar wieder gut, also, an die Arbeit!"

Er war froh, dass ich geblieben war, denn er benötigte jede Hilfskraft, besonders im medizinischen Bereich.

6

Sehr rasch wurde unsere adaptierte Heilstätte belegt, zuerst mit Verwundeten aus anderen Lazaretten, dann immer mehr mit Verletzten aus der Gegend um Wiener Neustadt und dem südlichen Niederösterreich. Fast alle Patienten, die vorher in der Lungenheilstätte waren, wurden nach Hause geschickt, zumal es zu gefährlich war, Tuberkulosekranke neben Frischverletzten zu versorgen. Obwohl die Schwindsucht eine weit verbreitete Seuche war, hatte sie aufgrund der schieren Anzahl von schweren Kriegsverletzungen keine Priorität unter den zu behandelnden Krankheiten. Denn man starb daran nur langsam …

Militärische Hierarchien und autoritäre Strukturen, die ich fast immer als rücksichtslos und menschenverachtend erlebt hatte, erwiesen sich in dieser Situation als nützlich. Das war natürlich auch darauf zurückzuführen, dass wir keine Fanatiker in unserer Truppe hatten. Der Hitlergruß war stillschweigend abgeschafft worden, und niemand verlor ein Wort über den Sieg. Ich selbst hatte nie daran geglaubt, weil ich mir auf dem Globus, der am Schreibtisch meines Vaters gestanden war, die verschiedenen Länder schon während meiner Volksschulzeit genau angeschaut hatte: Amerika, Russland, das britische Kolonialreich … Das Deutsche Reich schien dagegen lächerlich klein.

Wir saßen zwar nicht in der Falle, aber befanden uns doch in einer äußerst prekären Lage. Von Kriegsspitälern im Osten, die geräumt worden waren, kamen neue Ärzte zu uns, drei Chirurgen, ein Hals-Nasen-Ohren-Arzt und zwei Internisten. Der Leiter der Lungenheilstätte fügte sich problemlos ein, er konnte auf einer isolierten Station weiterhin die verbliebenen Tuberkulosekranken betreuen.

In den Krankensälen wurden zwei chirurgische Abteilungen eingerichtet, und bald schon war die Anstalt mit mehr als zweihundert Patienten überfüllt. In den Gängen und in ungenützten Räumen mussten wir Pritschen und Reservebetten aufstellen. Wir verfügten über sogenannte Olympiabetten, die tatsächlich von den Olympischen Spielen 1936 in Berlin stammten und an Kriegslazarette verteilt worden waren. Gerne hätten wir Leni Riefenstahl, die große Regisseurin der Nazi-Propaganda, bei uns gehabt, um den ‚Triumph unseres Willens' filmisch festzuhalten. Sie befand sich damals, wie ich im Nachhinein in Erfahrung bringen konnte, tatsächlich in unserer Nähe –, in der sogenannten ‚Alpenfestung', wo sie mit Luis Trenker eine schöne romantische Zeit verbracht haben soll.

Ich wurde der Chirurgie zugeteilt, wo ich von einem Kieferchirurgen lernte, wie man Zähne extrahiert. Einen Zahnarzt hatten wir nicht: Schmerzende Zähne wurden einfach gerissen, selbstverständlich ohne Lokalanästhesie. Immerhin standen ausreichende Mengen an Schnaps zur Verfügung. Es gab auch viele eitrige, nicht heilende Wunden und offene Knochenbrüche, die wir durch Reinigung, Ausschneiden und Wechseln der Verbände behandelten. Immer wieder mussten wir in Äthernarkose Arm- oder Beinamputationen vornehmen. Für diese armen, oft stundenlang schreienden Patienten gab es glücklicherweise noch einen begrenzten Vorrat an Morphium.

Manchmal musste ich auf der Internen Abteilung aushelfen, wo viele Patienten mit Gelbsucht lagen, von denen einige starben, nachdem ihre Haut zunehmend gelber geworden war.

Ein älterer Mann hatte einen gewaltigen Wasserbauch. Der Stationsarzt holte mich: Ich sollte den Bauch anstechen, um die Flüssigkeit abzulassen. Unter seiner Anleitung punktierte ich mit einer Kanüle, und große Mengen einer milchig-gelben Flüssigkeit ergossen sich in einen Kübel. Es ging dem Mann gleich besser, aber am nächsten Tag trat heftiges Bluterbrechen auf. Wir konnten die Blutung – offenbar aus den Krampfadern in der Speiseröhre – nicht stillen, und er verstarb, in einer Lache dunklen, übelriechenden Blutes liegend. Unwillkürlich dachte ich an meine eigene Leber: Wie dankbar und froh ich sein konnte, dass ich noch am Leben war …

Viele der Kranken und Verletzten waren in meinem Alter, und ich versuchte, mit ihnen persönliche Gespräche zu führen oder einfach nur zu fragen, wie es ihnen ginge. Die meisten waren gar nicht in der Lage, über ihre traumatischen Erlebnisse zu sprechen und öffneten nicht einmal die Augen. Andere wiederum verweigerten aus Misstrauen, Angst oder welchen Gründen auch immer jede Kommunikation.

Ich bewohnte ein eigenes Zimmer, in dem ich neben meinem Fahrrad meine Habseligkeiten aufbewahrte. Es gab dort auch einen kleinen Spiegel. Mein Gesicht hatte ich schon lange nicht mehr gesehen: Die Wangen wirkten eingefallen, die Nase spitz, aber meine Augen waren wenigstens nicht mehr gelb.

Ganz gesund fühlte ich mich nicht, aber zumindest gab es seit langer Zeit wieder ausreichende und gute Mahlzeiten. Ich durfte bei den Ärzten im Speisesaal essen, war dort aber rangmäßig der allerletzte und saß am Ende des Tisches. Das hatte zur Folge, dass ich auch als Letzter etwas bekam und nie satt wurde. Es galt nämlich die strenge Regel, dass jede Tafel zu beenden war, wenn der Chef fertig gegessen hatte. Das Essen auf meinem Teller landete also immer wieder in der Küche. Dies empfand ich als eine besondere Strafe, denn wir hatten einen ausgezeichneten Koch, nämlich den ehemaligen Chefkoch des Hotels ‚Vier Jahreszeiten' in Berlin.

Als meine Notlage bemerkt wurde, flüsterte er mir zu, ich sollte einfach nach jedem Essen zu ihm in die Küche kommen.

„Dann lang mal kräftig zu", lachte er, und ich bekam alles noch einmal, meist war es Huhn oder sogar Schweinebraten. Manchmal, wenn ich in der Küche zu hastig gegessen hatte, machte sich aber meine empfindliche Leber bemerkbar, mir wurde übel und ich musste erbrechen. – Das wenige Gute hatte offenbar seinen Preis …

Immer wieder hörte ich von schrecklichen, völlig unverständlichen Grausamkeiten. Zum Beispiel gab es in Weyer ein Kriegsgericht, wo ein örtlicher Gerichtsrat amtierte, der jeden von der Gendarmerie aufgegriffenen Soldaten, der keinen Marschbefehl hatte, kurzerhand erschießen ließ. Unter den Hingerichteten war auch ein angesehener Bürger von Weyer, ein älterer Bauer, der schon im Ersten Weltkrieg gekämpft hatte.

Eines Morgens kam der Kriegsgerichtsrat in unser Krankenhaus, herrisch auftretend und in Begleitung eines schmächtigen Adjutanten. Er konnte sich kaum bewegen, offenbar hatte er einen schweren Ischiasanfall. Als unsere Ärzte von seinem Auftauchen erfuhren, beschlossen sie, ihm die gebührende Strafe zukommen zu lassen. Sie traten an mich heran, ich sollte mich als Masseur ausgeben und ihn ordentlich behandeln, es gäbe einige passende Geräte dazu.

Ich tat genau das, was man von mir erwartete: Auf einer Art Streckbank führte ich intensive Wirbelsäulentherapien durch. Unser Patient brüllte vor Schmerzen, aber ich hörte nicht auf –, ich dachte: Je länger, desto besser. Am Ende meiner Behandlung wimmerte der Mann nur mehr leise. Der anwesende Arzt, der mir immer neue Anweisungen gab, sagte ihm, dass die Schmerzen zur Behandlung gehörten und nun, damit die Therapie auch länger wirksam sein könnte, noch eine Injektion notwendig wäre. Diese wurde langsam intramuskulär ins Gesäß verabreicht. Der Herr Gerichtsrat verließ nach über einer Stunde mit Hilfe seines Adjutanten laut jammernd das Spital. – Er erschien nie mehr wieder zu einer weiteren Behandlung. Und soweit mir bekannt ist, hatte auch nie mehr jemand etwas von ihm gehört.

Mitte April 1945 erhielt ich von unserem Chef den Befehl, einen Brief an einen befreundeten Kollegen zu überbringen, der in Großreifling stationiert war und mit dem er schon seit einiger Zeit keinen Kontakt mehr gehabt hatte. Telefonische Verbindungen waren nur mehr gelegentlich herstellbar gewesen, und wir hatten keinerlei Informationen darüber, wo sich die Russen, die Amerikaner oder die Briten mit ihren Truppen befanden. Irgendwo am Rande der Alpen lagen wir orientierungslos dazwischen –, ein sowohl räumlich als auch zeitlich extrem gefährlicher Schwebezustand, eine Art von individuellem und kollektivem Delirium.

Die ehemalige Heilstätte lag auf einer bewaldeten Anhöhe oberhalb von Weyer. Um meinen Auftrag zu erfüllen, fuhr ich mit dem Rad in den Ort und stellte dieses am Bahnhof ab. Zu meiner Überraschung kam der Zug pünktlich an. Ich stieg gerade in einen verdunkelten Waggon, als eine zischende weibliche Stimme ertönte: „Schon wieder ein Soldat, der, statt an der Front zu kämpfen, mit dem Zug spazieren fährt."

Ich wurde wütend, erwiderte aber ruhig: „Liebe Frau, ich lade Sie ein, mit mir zu kommen –, dann können Sie selbst die Heimatfront kennenlernen."

Sie sagte nichts mehr daraufhin.

Jemand im Wagen aber hatte meine Stimme erkannt, denn ich hörte plötzlich meinen Namen. Es war ein Kollege, mit dem ich in Wien gemeinsam studiert hatte, und wir begrüßten uns im Schein seiner Taschenlampe. Meine Freude war riesig, und wir unterhielten uns leise –, man wusste ja nicht, wer noch im Zug saß ... – Er erzählte mir, dass der Zug nur bis Falkenau führe und lud mich ein, mit ihm in sein Haus zu kommen, in das er mit seinen Eltern aus Wien geflüchtet war.

Es waren sehr freundliche Leute, bei denen ich eine gute Mahlzeit bekam. Während des Essens überfiel mich neuerlich das Gefühl des totalen Verlassenseins. Die Mutter meines Freundes schien dies zu spüren, denn sie nahm meine Hand, drückte sie und meinte: „Auch du wirst, so Gott will, bald wieder mit deiner Familie zusammen sein können." – Der Vater zeigte mir dann auf der Wanderkarte einen Weg durch den Wald, auf dem ich am besten von Falkenau nach Großreifling kommen würde.

In der Früh gab es noch einen guten Kaffee, dann verließ ich das Haus. Mit der Wegbeschreibung kam ich tatsächlich genau nach Großreifling –, von Russen war hier keine Spur. Die Sanitäter waren leicht zu finden, ich überreichte den Brief und bekam bald ein Antwortschreiben für meinen Chef.

Als ich mich auf den Rückweg machte, war es kalt, und es begann zu schneien, aber zwischen den Schneeflecken am Rande des Weges sah man schon die ersten Schneerosen und den Seidelbast blühen. Auf einem Forstweg blieb ein Fuhrwerk stehen, und der Mann am Bock bot mir an einzusteigen. Er erzählte mir, dass er bis nach Weyer fahren würde, wo er Knecht auf einem Bauernhof wäre.

Es schneite immer mehr. Während ich frierend hinten auf dem Wagen saß, begann ich von anderen Ländern zu träumen. Ich malte mir aus, wie es in schönen, warmen Gegenden wäre …, in Italien, Spanien, Griechenland, Nordafrika. Bisher hatte ich diese Länder nur mit dem Finger auf der Landkarte in meinem Schulatlas besucht. In meinen Gedanken tauchte auch die Baronin Babo auf. Ihre Hand spürte ich deutlich auf meiner Wange, und mir wurde warm –, nicht nur ums Herz. Die Namen ferner Länder und die Vorstellung vom Meer, das ich noch nie gesehen hatte, vermischten sich in meiner Fantasie mit ihrem Bild. Sie war es, die mir im Hintergrund und jenseits jeder Realität Halt zu geben schien. So war ich zumindest für kurze Zeit in einem schöneren, friedlichen Universum, in dem es auch so etwas wie Freuden und Genüsse gab.

Am 20. April war der Geburtstag des Führers, und alle mussten zum Appell antanzen. Für die meisten war es nur mehr ein absurdes Theater. Bald danach kam ein Befehl, dass fünf Sanitätssoldaten zur Fallschirmtruppe nach Linz abgestellt werden würden. Auch ich hätte dabei sein sollen, aber die Anordnung wurde von unserem Chef einfach nicht beachtet. „Warten wir noch ein bisschen ab, wir haben ja fast tausend Jahre Zeit“, meinte er in Anspielung auf das Tausendjährige Reich.

Einige Tage danach kam die Nachricht von Hitlers Tod: „Viel zu spät“, war der allgemeine Tenor. Ein paar Kollegen versuchten sich zu freuen, aber wirkliche Erleichterung kam nicht auf. Zu groß war die Angst vor der Zukunft –, außerdem kannten die meisten nur die Welt der Unterwerfung und der Diktatur. Für manche war der Führer so etwas wie eine religiöse, gottgleiche Figur gewesen. Ich hingegen hatte in Hitler nie eine große Persönlichkeit gesehen, eher so etwas wie eine Strafe Gottes, der man nicht entkommen konnte. Uns im abgelegenen Bergspital blieb nichts anderes übrig als abzuwarten … Wahrscheinlich würden die Russen oder die Amerikaner bald hier sein. Wir konnten nur hoffen, dass sie uns als Menschen behandeln würden, nicht als Nazi-Ungeheuer. Und dass sie uns am Leben lassen würden …

7

Am Abend des 4. Mai 1945 erhielt der Leiter unserer Sanitätseinheit den Auftrag, das Krankenhaus so schnell wie möglich zu räumen. Ein leerer Zug war in der Nacht nach Weyer geschickt worden, und es bestünde die Gefahr, dass die Russen schon am nächsten Tag hier sein könnten. Für mich begann ein chaotisches und äußerst gefährliches Bahnabenteuer, das mehr als zwei Tage andauern sollte.

Im Morgengrauen begannen wir die wichtigsten medizinischen Instrumente, Medikamente, Decken, Nahrungsmittel und Teekanister in die Lastwägen zu verladen, während die Patienten zum Bahnhof transportiert wurden. Sieben oder acht Mal mussten die beiden Wägen den weiten und steilen Weg meistern, ich selbst gelangte mit dem letzten Transport hinunter. Der Zug war ein echter Lazarettzug, und ich erhielt den Auftrag, die Unterbringung der Patienten zu überwachen. In diesem Tumult fiel mir plötzlich ein, dass mein Fahrrad und mein Kleidersack im Spital zurückgeblieben waren. Kurz überkam mich Panik, aber der Chef musste auch noch einmal zurück, und ich bat unseren Fahrer, das Rad und den Sack mitzubringen.

Am Bahnhof trat plötzlich ein Polizist an mich heran. „Ich bin aus Baden", sagte er freundlich. „Ich kenne deine ganze Familie und dich noch als Bub." Er erzählte mir, dass mein Vater irgendwo im Wald- oder Weinviertel bei einer Polizeieinheit wäre, die sich von der Truppe abgesetzt hätte. Meine Mutter wäre mit meiner älteren Schwester ebenfalls im Waldviertel gelandet, und meine jüngere Schwester wäre aufgebrochen, um nach Kärnten zu kommen …

Ich war unendlich erleichtert, diese lang erwarteten Informationen über meine Familie zu erhalten und fiel dem Mann beinahe um den Hals. Ich bat ihn, falls er dazu Gelegenheit hätte, meinen Eltern zu sagen, dass ich wohlauf wäre und versuchen würde, weiter in den Westen zu gelangen.

Während der Verladetätigkeiten wurden aus dem Stoff der Hakenkreuzfahnen große, rote Kreuze auf Leintücher genäht, und auch Rot-Kreuz-Armbinden ließen sich im gleichen Verfahren schnell anfertigen. Die Tücher wurden auf den Waggondächern befestigt, die Armbinden an die mitfahrenden Sanitäter verteilt –, ich nahm mir gleich einige davon. Die Metamorphose vom Hakenkreuz zum Roten Kreuz, vom Täter zum Opfer, ging blitzschnell. Die Symbolik nahm niemand wahr, es war lediglich eine notwendige Maßnahme, um den alliierten Fliegerangriffen zu entgehen. Tieffliegende englische Jagdbomber hatten schon viele Züge angegriffen und hunderte Menschen getötet.

Es gab noch eine kleine Mahlzeit am Bahnhof, dabei erhielt ich die Anweisung, den ganzen Zug zu übernehmen und von Weyer nach Stainach-Irdning zu führen. Ich war äußerst überrascht, denn eigentlich wäre das die Aufgabe des Chefs oder der Ärzte gewesen. Offensichtlich wollten sich diese ungeachtet ihrer ärztlichen Verpflichtungen auf schnellstem Weg Richtung Westen absetzen. So sah ich mich plötzlich für einen Zug voll mit Kranken und Verletzten verantwortlich …, als knapp vierundzwanzigjähriger Medizinstudent, begleitet nur von zwei Sanitätern …

Wir brachten die Patienten in die Waggons. Die meisten wurden auf die vorhandenen Pritschen gebettet, andere mussten am Boden sitzen. Kaum einer fragte, was denn los wäre, alle wirkten apathisch und ergaben sich ihrem Schicksal. Viele schienen mit ihrem Leben bereits gänzlich abgeschlossen zu haben. Ich bemühte mich, einzelnen Männern Mut zu machen, stieß aber an meine eigenen Grenzen, denn ich war – trotz der positiven Nachrichten von meiner Familie – selbst der Verzweiflung nahe.

Mein Rucksack, der Kleidersack und mein Fahrrad wurden im vordersten Wagen verstaut, auch einige Kanister Tee und die Verpflegung waren schon an Bord. Am Abend fuhren wir dann los, der Chefarzt winkte uns nach, die restliche Mannschaft des Krankenhauses schien bereits in alle Winde zerstreut.

Langsam und unbeleuchtet setzte sich der Zug Richtung Stainach-Irdning in Bewegung. Ich stand vorne beim Lokführer, doch wir sprachen beide kein Wort. Der Dieselgeruch machte mich etwas benommen … Und so fuhren wir in die Dunkelheit hinein –, entlang der Strecke war kein einziges Licht zu sehen, ein Geisterzug auf der Fahrt ins Nirgendwo.

In den Waggons lagerten über hundert Kranke und Verwundete, die von den beiden Sanitätern und mir betreut werden mussten. Immer wieder ging ich durch die Reihen, um zu schauen, ob alle noch am Leben waren.

Irgendwo in der Finsternis hatten wir einen sehr langen Aufenthalt. Ich fürchtete schon, das wäre nun das Ende unserer Fahrt. Aber in den frühen Morgenstunden kamen wir doch in Stainach-Irdning an. Der Lokführer hatte die ganze Zeit beharrlich geschwiegen, es war mir aber aufgefallen, dass seine Hände während der Fahrt immer stärker zu zittern begonnen hatten.

Am Bahnhof lief ich sofort zum Vorsteher, um nach dem Weg zum Krankenhaus zu fragen. Der Mann, dem unser Zug bereits angekündigt worden war, teilte mir mit, dass die Lage völlig unklar wäre, die letzten Anweisungen wären aber von den Amerikanern gekommen. Mit Bombenangriffen auf die Züge sei weiterhin zu rechnen …

Ein paar Leute waren mir aufgefallen: eine junge Frau, deren Gesicht aussah, als hätte sie hundert Jahre gelebt, und Soldaten, aus denen jeder Funken Energie gewichen war. Wo immer ich mich befand, gab es bloß Elend und Verzweiflung. Für Sentimentalität hatte ich aber keine Zeit, es galt weiterzumachen und mich auf meine Aufgabe zu konzentrieren. Als ich beim ärztlichen Leiter ankam, sagte mir dieser kopfschüttelnd, dass er niemanden aufnehmen könnte, weil jeder Platz im Spital belegt wäre. Es gab den alliierten Befehl, alle Männer, die bei der SS gewesen waren, namentlich zu erfassen und nach Bad Aussee zu bringen – in ein Sperrgebiet, das die Amerikaner dort eingerichtet hatten. Die anderen Patienten wären anschließend nach Bad Mitterndorf in ein Lager zu schaffen.

Wir mussten also eine Selektion vornehmen. Aus der Zeit an der Ostfront wusste ich genau, was das bedeutete, und mir graute davor. Ich eilte zurück zum Zug und bat die Sanitäter, die Soldbücher aller Patienten einzusammeln und anhand derer die SS-Angehörigen aufzulisten. Kein einziger Mann im Transportzug stellte Fragen. Die Verletzten, unter denen sich viele Arm- oder Beinamputierte und einige mit Kopfverletzungen befanden, wirkten teilnahmslos und großteils verwirrt. Die Liste wurde erstellt, und alle erhielten ihre Soldbücher zurück. Über vierzig Männer waren bei der SS gewesen …

Wir warteten gerade auf die Erlaubnis weiterzufahren, als ich einen anderen Lazarettzug bemerkte. Ein älterer Mann war damit beschäftigt Lebensmittel einzuladen, und ich bat ihn, mir ein wenig davon abzugeben. Er überließ mir eine Kiste mit Kondensmilchdosen und Fleischbüchsen sowie einen Sack Schiffszwieback. Ich wollte mich bei dem Mann bedanken und ihm die Hand geben, er schüttelte aber nur den Kopf und sagte stotternd, mit slawischem Akzent „Wir alle müssen schauen, dass wir hier irgendwie überleben."

Als wir noch am Bahnhof standen, hörten wir plötzlich den Fliegeralarm. Ich rannte zum Lokführer und rief ihm zu, er solle sofort den Bahnhof verlassen. Er erwiderte, dass er ohne Anweisung der Fahrdienstleitung nichts unternehmen dürfte.

„Es ist doch hier am gefährlichsten! Fahren Sie endlich, oder muss ich Sie zwingen?", schrie ich und griff zu meiner Pistole. Er verstand mich und fuhr los. Gerade noch rechtzeitig, denn als wir den Bahnhof verlassen hatten, tauchten schon die Jagdflieger auf. In einem Tunnel blieben wir stehen, und so gelang es uns, den Angriff zu überleben.

Nach der Entwarnung fuhren wir zurück nach Stainach-Irdning. Das Gelände, in dem noch einige Züge standen, war schwer getroffen worden, die Gleise waren aber unbeschädigt geblieben. Es gab einige Verletzte, die bereits von den anwesenden Sanitätern versorgt wurden. Der Lokführer wirkte erleichtert, und er nickte mir kurz zu.

Wir bekamen nun von der Fahrdienstleitung die Erlaubnis, nach Bad Aussee in das amerikanische Sperrgebiet abzufahren.

Eine weitere gespenstische Fahrt erwartete uns: Die Straßen waren voll von liegengebliebenen Lastwägen und langen Kolonnen von Menschen, die in beide Richtungen unterwegs waren. Wir - der Lokfahrer, die Sanitäter und ich - hatten in der Nacht nicht geschlafen und fühlten uns vollkommen erschöpft, wussten aber, dass uns noch eine lange Fahrt bevorstehen würde.

Schließlich erreichten wir am frühen Nachmittag das Sperrgebiet, hatten aber keine Ahnung, ob es bereits unter alliierter Kontrolle stand. Der Zug war jedenfalls weder beschossen noch aufgehalten worden. Am Bahnhof in Aussee fanden wir eine Baracke, die als provisorische Unterkunft eingerichtet worden war, davor wehte eine amerikanische Flagge. Wir stiegen mit erhobenen Händen aus dem Zug, und zwei Soldaten, deren Uniformen ich nicht zuordnen konnte, geleiteten uns in den Bau. Dort wurden wir durchsucht, meine Pistole hatte ich bereits zuvor unter dem Fahrersitz der Lokomotive versteckt. Ein deutsch sprechender Mann ohne Uniform herrschte mich an, dass der Bahnhof unter amerikanischer Kontrolle stehe und ich ihm die SS-Verbrecher, wie er sie nannte, ohne Widerstand zu übergeben hätte. Ich gab ihm so ruhig wie möglich die Namensliste und versuchte zu erklären, dass noch andere Patienten im Zug seien, die wir nach Bad Mitterndorf bringen sollten.

„Ich habe Sie nicht gefragt!“, schrie mich der Kommandant an. Im Zug hatten inzwischen einige erkannt, dass sie hier den Amerikanern übergeben werden würden, und es entstand große Unruhe. Ich hörte zwei Schüsse, nachdem ein paar Männer in den Waggon gelaufen waren. Wir wagten es nicht, uns zu rühren. Schließlich wurden wir gezwungen, die SS-Männer auszuladen und in der Baracke auf Pritschen zu legen … Einer war bereits tot, er war im Zug erschossen worden. Ein Mann flehte mich um Hilfe an, und ich erhielt sofort einen heftigen Stoß mit dem Gewehrkolben in die

Rippen. Kurz glaubte ich, das Bewusstsein zu verlieren. Ich taumelte zum Zug, nachdem wir die Anweisung erhalten hatten, auf schnellstem Weg wieder zurückzufahren.

Rasch musste ich mich wieder erfangen, denn etwa fünfzig Kranke und Verwundete hatten wir noch in den Waggons, diese sollten wir nun in das Militärkrankenhaus nach Bad Mitterndorf bringen. – Dort wurden wir freundlich und ohne Feindseligkeit empfangen, wir trafen auf ein Krankenlager in einer großen Halle, wo sich schon viele Verwundete befanden.

Der Leiter der Einrichtung war ein ehemaliger Professor für Geschichte der Medizin aus Wien. Er erzählte mir, dass ihn Bauern aus der Gegend während der letzten Jahre versteckt hätten und er so als Jude hatte überleben können. Als die Amerikaner das Kommando über das Lazarett übernommen hatten, hatte er sich bei diesen gemeldet und wäre mit der medizinischen Leitung betraut worden. „Ich bin froh, dass die SS-Leute weg sind –, ich weiß nicht, was ich mit denen gemacht hätte", meinte er mit bitterem Lächeln.

„Alle, die wir in Aussee gelassen haben, sind ohnehin schwer bestraft", erwiderte ich.

Er nickte und sagte: „Sie und ich, wir haben überlebt. Sie können vielleicht zu Ihrer Familie zurückkehren, für mich aber gibt es keine Heimat mehr … Ich werde versuchen, ohne Rachegedanken irgendwo weiterzuleben." Seine Stimme klang heiser und brüchig, und ich glaubte trotz des gesenkten Blickes Tränen in seinen Augen gesehen zu haben. Nachdem er sich abrupt von mir abgewandt hatte, übernahm er ohne weitere Diskussion alle Patienten. Ich war erleichtert, meine schwere Verantwortung los zu sein, zudem ließ die überlegene Ruhe und Souveränität dieses Mannes in mir einen Funken neuer Zuversicht aufkeimen.

Zum Ausladen der Patienten hatte der Professor ehemalige britische Kriegsgefangene organisiert, die in der Nähe untergebracht waren und auf die Ankunft alliierter Truppen warteten. Es gab keine erkennbaren Strukturen, jedenfalls sahen wir weder britische noch amerikanische Uniformen. Wieder einmal befanden wir uns in einer Art von Niemandsland …

Die Engländer halfen bereitwillig und luden uns später sogar in ihre Wohnbaracke ein. Mein Englisch war sehr dürftig, aber wir verstanden uns dennoch gut, und ihre unkomplizierte Art vermittelte mir ein angenehmes Gefühl. Die sympathischen Burschen, die sich - so hörte es sich an - ein wenig über uns lustig machten, reichten uns heißen Tee sowie wunderbaren Milchreis. Dann gingen wir zum leeren Lazarettzug, wo unser Lokführer in seinem Führerstand eingeschlafen war.

Inzwischen war es schon Abend geworden, und wir brachen nach Stainach-Irdning auf. Die Dächer der Waggons waren weiterhin mit den Rot-Kreuz-Leintüchern bespannt …

8

Ohne weitere Zwischenfälle kamen wir am späten Abend an. Der Bahnhof war inzwischen voll mit Flüchtlingen, und es herrschte ein heilloses Durcheinander. Der Bahnhofsvorstand, den ich schon kannte, lief zu unserer Lokomotive und schrie, wir sollten sogleich nach Schladming weiterfahren, denn dort wäre ein Militärspital, das unser Sanitätsmaterial und die restlichen Nahrungsmittel dringend benötigte.

Ich erklärte dem Mann, dass wir einfach zu erschöpft wären, um noch in der Nacht loszufahren, zumal wir unsere Aufträge auf Punkt und Komma erfüllt hätten. Auch der Lokfahrer verweigerte eine Weiterfahrt. Daraufhin wurde unser Zug auf ein finsteres Nebengleis unweit des Bahnhofs geleitet und dort abgestellt. Wir legten uns todmüde auf die schmutzigen Pritschen und schliefen sofort ein.

Halbwegs erfrischt konnten wir am nächsten Morgen mit dem leeren Zug Stainach-Irdning verlassen. Kurz vor Schladming, in Haus im Ennstal, wurden wir überraschend gestoppt. Der dortige Vorsteher teilte uns mit, dass die Lokomotive aufgrund eines Befehls der Amerikaner beschlagnahmt werden müsste. Die Sanitäter und ich trugen Decken, Pritschen, das restliche Geschirr und Nachttöpfe - all das Zeug, das sich noch in den Waggons befand - in den Gepäcksraum.

„Was soll ich mit dem ganzen Haufen?“, fuhr mich der Bahnbeamte an. Sein Atem roch aromatisch, und er schwankte gefährlich.

„Seien Sie froh, dass Sie das alles haben, Sie werden noch ein gutes Geschäft damit machen“, erwiderte ich verärgert, woraufhin er mir plötzlich freundlich auf die Schulter klopfte und mir die Adresse des Kommandanten der Feuerwehr und der zivilen Nothilfe in Schladming aufschrieb. Er erzählte mir, dass der Feuerwehrmann, Herr Klammer, ein guter Freund von ihm wäre und dass ich wahrscheinlich vorübergehend bei diesem bleiben könnte.

Die Nahrungsmittel wurden aufgeteilt - von den Kondensmilch-Dosen und den Fleischbüchsen stopfte ich so viel wie möglich in meinen Kleidersack -, alles Übrige ging an die beiden Sanitäter und den Lokführer. Letzterem schien es nichts auszumachen, dass ihm seine Lokomotive weggenommen worden war. Er trank sofort mit dem Bahnbeamten ein paar Schnäpse und wirkte erstmals entspannt und gelassen, ja, geradezu fröhlich ...

Den beiden Gehilfen - es waren zwei Bauernburschen aus dem Lungau - riet ich zu versuchen irgendwie nach Hause zu kommen. Da sie mich als ihren Vorgesetzten betrachteten, versprachen sie, vorher nach Schladming ins Militärspital zu kommen -, es wäre ohnehin auf ihrem Weg.

Zum Glück hatte ich meinen guten, treuen Drahtesel bei mir. Ich packte den Rucksack, schnallte den vollen Kleidersack auf das Rad und fuhr entlang der Enns in Richtung Schladming.

Es war bereits Nachmittag, als ich am Ortsrand ankam, hungrig, schmutzig und wieder einmal ganz allein. Außer ein paar Flüchtlingen, die mir entgegenkamen, traf ich niemanden, auch keine Soldaten. Meine einzige Hoffnung beruhte darauf, die Familie Klammer zu finden. Es war sehr kalt, und es regnete leicht. Plötzlich brach ich unerwartet in Tränen aus -, am ganzen Körper zitternd und schluchzend wie ein verlassenes Kind musste ich stehen bleiben. Es dauerte einige Zeit, bis ich mich wieder beruhigt hatte.

Ich bestieg wieder mein Rad und fand bald das große Haus der Familie Klammer, einen Bauernhof etwas oberhalb des Ortes. Herr Klammer war offenbar vom Bahnhofsvorstand über meine Ankunft telefonisch informiert worden, denn er empfing mich äußerst freundlich –, ein beleibter Mann in der Uniform des Feuerwehrkommandanten mit rundlichem Gesicht und Oberlippenbart.

Als erstes wollte ich mich waschen, denn ich stank nach Diesel, Ruß und Schweiß. Ich muss also wie ein erschöpfter Rauchfangkehrer ausgesehen haben. Frau Klammer war bereit, meine zerschlissene Uniform zu reinigen und sogar meine Wäsche zu waschen. Dann bekam ich ein gutes Abendessen – Knödel mit Kraut – und wurde im Großvaterzimmer einquartiert. Erstmals seit langem schlief ich tief und fest und ohne knurrenden Magen … in einem echten Bett!

Am frühen Morgen wurde ich von meinem Gastgeber aus dem Schlaf gerissen: Er würde mich sofort brauchen, rief er und bat mich, mit ihm im Feuerwehrauto zum Lagerhaus zu fahren. Landarbeiter, wahrscheinlich ehemalige Zwangsarbeiter aus der Umgebung, wären gerade dabei, das Haus zu plündern.

Dort angekommen trafen wir auf vier polnische Arbeiter, die einen Pferdewagen mit Lebensmitteln beluden. Herr Klammer wollte sie mit der Waffe vertreiben, ich konnte ihn aber überreden, den armen Menschen doch ein paar Decken, Konservendosen und Zwiebackschachteln zu überlassen, wir würden wahrscheinlich auch bald auf die Hilfe anderer angewiesen sein … Das leuchtete ihm ein. Nachdem die Polen abgefahren waren, fuhren wir zum Hof zurück. Ich hatte die Befürchtung, dass mich Herr Klammer nun als feigen Verräter betrachtete – und wollte so schnell wie möglich weiter.

Da erzählte er mir, dass er von seinen beiden Söhnen schon seit Wochen nichts gehört habe. Da beide in Russland waren, hätten seine Frau und er allen Grund, das Schlimmste zu befürchten:

„Wir warten ... Das ist ganz schrecklich –, mit jedem Tag ohne Nachricht schwinden unsere Hoffnungen."

Ich konnte nicht viel erwidern und meinte nur leise: „Vielleicht – hoffentlich – kommen sie doch bald wieder."

Nachdem ich Herrn Klammer die Hälfte meiner übrigen Reichsmark gegeben hatte, durfte ich bei der Familie bleiben. „Als Spende für die Feuerwehr", meinte ich. Er nahm das Geld ohne zu zögern.

Am nächsten Tag, es war der 7. Mai 1945, ein strahlend schöner Frühlingstag, entschloss ich mich, eine Erkundungsfahrt in Richtung Radstadt zu unternehmen. Überall am Straßenrand und entlang der Bahnstrecke lagen weggeworfene Waffen sowie andere Kriegsgeräte, und leere Militärlastwägen standen herum. Einzelne Personen, aber auch ganze Familien, waren in beide Richtungen unterwegs.

Kurz vor Radstadt kam ich zu einem großen Sammellager, in dem viele Männer auf einer Wiese lagen, ohne Zelte und Unterkünfte. Ein amerikanischer Soldat, der dort Wache hielt – der erste, den ich überhaupt gesehen hatte –, ließ mich ohne weiteres hinein, vermutlich wegen meiner Rot-Kreuz-Armbinde oder weil ich einfach zu harmlos aussah.

Ein am Weg kauernder Mann erzählte mir, dass jeder als Verpflegung täglich drei Kekse erhielt und man sich nicht waschen könnte. Misshandelt wäre aber bisher niemand worden. Ich hatte genug gesehen und erfahren und fuhr auf der anderen Seite einfach aus dem Lager hinaus –, ebenfalls völlig unbehelligt.

Am Abend saß ich wieder mit der Familie Klammer am Tisch. Wir hörten im Radio eine Sondermeldung, nämlich die angekündigte Rede von Winston Churchill, ins Deutsche übersetzt. Er gab ohne erkennbare Emotionen bekannt, dass Deutschland kapituliert hätte und der Krieg damit zu Ende wäre. Anschließend kam eine schwülstige Abschiedsrede von Admiral Dönitz. Ich war sehr erleichtert, sah aber die zutiefst besorgten Gesichter meiner Gastgeber. Frau Klammer weinte, und nach dem Essen beteten wir gemeinsam für die Rückkehr der Söhne.

Im Schladminger Militärkrankenhaus, zu dem ich am nächsten Morgen fuhr, lagen in vereinzelten Betten und auf Pritschen nur ein paar Kranke und Verletzte. Ärzte waren nicht anzutreffen, eine Schwester versorgte die wenigen Patienten.

Die beiden Burschen, die mich als Sanitäter begleitet hatten, waren schon dort und versuchten, ein wenig auszuhelfen. Im Ärztezimmer saß ein Mann in Zivil, der vom Bürgermeister hierhergeschickt worden war. Er erzählte mir, dass alle Patienten, die halbwegs gehen konnten und aus der Umgebung stammten, entlassen worden wären. Es gab in einem Bürokasten einen ganzen Stapel mit Formularen. Ich sah die Papiere durch und fand tatsächlich das, was ich gesucht hatte: die Wehrmachts-Entlassungsscheine. Der Mann schaute mir die ganze Zeit schweigend zu.

Ich holte die beiden Gehilfen, und wir füllten die Formulare gewissenhaft aus: jeder seinen Namen, Geburtsdatum, Wohnort und letzte militärische Verwendung. Am Ende der Schriftstücke unterschrieb ich als ‚Leiter der Reservelazaretts'. Problemlos erhielt ich einen Stempel auf jedes Formular.

„Das hast du gut gemacht. Du hast dich und deine Kollegen ordentlich und vorschriftsmäßig aus dem Militärdienst entlassen. Es muss ja schließlich alles seine Ordnung haben –, auch das Ende …", sagte der Mann mit bitterem Lachen. Er gab mir noch ein paar leere Zettel, die wir ebenfalls abstempelten. „Die kannst du vielleicht noch brauchen. Und passt gut auf euch auf!"

Damit war meine Laufbahn als Soldat offiziell beendet. Ich hatte es überlebt und meine Pflicht erfüllt, wie ich es von Kindheit an gelernt hatte.

Nachdem ich den beiden Burschen alles Gute und viel Glück gewünscht hatte, radelte ich zum Haus der Familie Klammer zurück. Unterwegs fand ich einen kleinen Laden, in dem ich mir eine alte Wanderkarte der Radstädter und der Schladminger Tauern besorgen konnte.

Dann begann ich, mein Rad für die weitere Tour herzurichten. Aus dem Lazarett in Schladming hatte ich mir Cramer-Schienen mitgenommen, das sind biegsame Drahtschienen, die häufig bei Hand- und Fingerverletzungen verwendet wurden. Am Lenker des Rades bastelte ich mir daraus einen korbartigen Gepäckträger, um Platz für den Ledermantel, den Schlafsack und die Zeltbahn zu haben. Im Kleidersack verstaute ich neben den restlichen Medikamenten ein paar Lebensmittel, weiters Zigaretten, die ich mir bei günstiger Gelegenheit erschnorrt hatte. Das Rad war bald mehr als überladen. Sorgen machten mir die Reifen, an denen der Gummi schon ziemlich abgefahren, war, aber irgendwie müsste es gehen –, ich selbst wog zum Glück nicht mehr als fünfundsechzig Kilo.

In der Nacht schlief ich sehr unruhig und träumte von wirren, angsterregenden Zugfahrten mit Gespenstern und Toten an Bord …

Frau Klammer bereitete mir früh am nächsten Morgen ein gutes Frühstück, sogar mit einem Ei und Speck. Sie hatte in mir – glaube ich – einen ihrer eigenen Söhne gesehen und weinte beim Abschied. Herr Klammer in seiner Feuerwehruniform, die er anscheinend Tag und Nacht trug, wünschte mir eine gute Reise und schaute skeptisch zwinkernd auf mein schwerbeladenes Rad. Ich winkte und fuhr los, anfangs noch schwankend, dann aber rasch Fahrt aufnehmend.

9

Nun war ich endgültig allein, noch mehr als bisher auf dieser langen, abenteuerlichen Reise, abermals reduziert auf das, was auf mein Fahrrad passte.

Ich war fest entschlossen, mich in keinem Entlassungs- oder Auffanglager zu melden, denn ich wollte meine neu gewonnene, wenn auch äußerst unsichere und beängstigende Freiheit nicht sofort wieder verlieren.

Wenn ich jetzt an meine damalige Situation zurückdenke, fällt mir ein amerikanisches Lied ein, das ich Jahrzehnte später gehört habe: ‚Freedom is just another word for nothing left to loose.' Ich bilde mir ein, diese Melodie schon damals im Kopf gehabt zu haben.

Mein Plan war, über den Tauernpass und den Katschberg nach Kärnten zu gelangen, wo die Familie des Mannes meiner jüngeren Schwester lebte –, in der Hoffnung, dass es ihr in der Zwischenzeit gelungen war, dorthin zu kommen. Um in Radstadt den Amerikanern nicht in die Hände zu fallen, wählte ich den Weg über Forstau nach Untertauern. Am Weg traf ich auf einen Bauern mit einem voll beladenen Pferdewagen. Auf der Ladefläche lag alles mögliche Beutegut, darunter auch einige Benzinkanister. Der Mann war nicht gesprächig, aber er ließ mich mein Fahrrad und das Gepäck auf den Wagen laden. So kamen wir, neben den Pferden hergehend, bis zu seinem Haus in Forstau. Ich bedankte mich, nahm mein Rad und meine Sachen herunter und fuhr weiter, um die Schule des Ortes zu suchen.

Diese war neben der Kirche leicht zu finden. Vor der Türe stand die Lehrerin, als ob sie auf mich gewartet hätte. Ich fragte, ob ich in der Schule übernachten dürfte.

Sie hatte meine Rot-Kreuz-Armbinde gesehen und meinte: „Ja natürlich. Ich bin froh, dass Sie da sind. Wir haben hier keinen Arzt, und ich muss mich um alles kümmern. Am besten, Sie bleiben gleich da."

Ich erklärte, dass ich zu meinen Verwandten nach Kärnten müsse und daher weiter wollte.

Darauf bat sie mich, wenigstens einige ihrer Patienten zu untersuchen. Sie wäre ziemlich ratlos, und es gäbe auch keine Medikamente.

Nachdem ich heißen Tee bekommen hatte, wurden zwei Kinder in die Schule geholt: Ein etwa zehnjähriges Mädchen hatte hohes Fieber und eine eitrige Angina. Einen Vorrat an Eleudrontabletten hatte ich bei mir, ein Medikament, das vor der Verfügbarkeit von Penicillin das einzige wirksame Antibiotikum war –, ein wahrer Schatz. Von den zwanzig Tabletten gab ich ihr sechs Stück und erklärte, wie sie zu nehmen wären. Das andere Kind hatte eine Entzündung der Mundschleimhaut, die mit Salbei- oder Kamillentee leicht zu behandeln sein würde.

Anschließend führte mich die Lehrerin zu einer Bäuerin, die in der Nähe wohnte. Diese hatte eine schmerzende, blau-rotgeschwollene Wade. Ich riet ihr das Bein hochzulagern und Umschläge mit Alkohol anzulegen, auch einige Aspirintabletten überließ ich ihr. Die Frau, deren Mann noch nicht aus dem Krieg zurückgekehrt war und die sich daher alleine um die kleine Landwirtschaft kümmern musste, zeigte sich sehr dankbar über meinen Besuch …

Am Weg zurück zur Schule fiel mir ein Kübelwagen auf. Ich fand den Fahrer und fragte ihn ohne Umschweife, ob er mich am nächsten Tag mitnehmen könnte. Er war kein Einheimischer, denn er antwortete mir in einem kaum verständlichen sächsischen Dialekt: Er könnte nicht fahren, da er keinen Sprit hätte. Ich ersuchte ihn daraufhin, am nächsten Morgen zu mir in die Schule zu kommen, da ich nämlich wüsste, wo man Treibstoff bekommen könnte.

Die Lehrerin, sie war blond und hübsch, sah mich voll Bewunderung an. Wir gingen zum Schulhaus – ich war etwas verlegen, denn ich hatte ihre Blicke bemerkt – und tranken Tee, den sie auf einem kleinen Herd zubereitet hatte. Anschließend machte sie mir ein Bett neben dem Ofen im Klassenzimmer. Da ich sehr müde war, schlief ich gleich ein. Einen nächtlichen Besuch bekam ich nicht, obwohl ich es mir insgeheim gewünscht hätte, so glaube ich zumindest heute …

In der Früh, als ich mit der Lehrerin gerade Gerstenkaffee trank, tauchte der Mann mit dem Kübelwagen auf.

Wir gingen zu dem Bauern, mit dem ich nach Forstau gewandert war und von dem ich wusste, dass er Benzinkanister auf dem Wagen geladen hatte. Ich bat ihn sehr höflich, uns einen Kanister zu überlassen, da wir das Auto sonst nicht verwenden könnten.

Er wollte aber keinesfalls etwas hergeben, drehte sich um und murmelte im Weggehen: „Das soll der Dank dafür sein, dass ich dich mitgenommen hab.“

Ich rief ihm nach, dass alles auf seinem Wagen eigentlich Beutegut von der Wehrmacht wäre –, das könnte ich klar erkennen! So gelassen wie möglich machte ich ihm klar, dass wir als ehemalige Soldaten darauf mehr Anspruch hätten als er. Der Mann mit der fremden Aussprache, der so wie ich noch seine zerschlissene Uniform trug, nickte dazu bedrohlich. – Fluchend und schimpfend gab uns der Bauer daraufhin einen der vier Kanister.

Wir tankten den Kübelwagen auf, ich lud mein Rad und das Gepäck in das Auto, und wir fuhren los in Richtung Untertauern. Die Lehrerin winkte mir lächelnd nach …

Als wir in Untertauern ankamen, fiel dem Mann am Steuer plötzlich ein, dass sein Weg nach Sachsen doch in die nördliche Richtung führen würde –, also nach Radstadt und nicht auf den Pass hinauf.

Ich wollte ihn vom Gegenteil überzeugen, indem ich die Karte verkehrt hielt, er schüttelte aber nur den Kopf. Auch mein Argument, dass es hier sicherer wäre, da Deutschland in Trümmern läge und von Dresden nichts mehr übriggeblieben wäre, konnte ihn nicht überzeugen … Er wollte unbedingt in seine Heimat!

Ein Stück brachte mich der Mann noch durch eine enge Schlucht den Berg hinauf, dann musste ich aussteigen. Somit nahm die anstrengendste Rad-Schiebe-Tour meines Lebens ihren Anfang …

Die Straße war in einem katastrophalen Zustand, voller Schlaglöcher, und der Belag war aufgebrochen. Streckenweise bestand sie überhaupt nur aus einem Schotterweg mit tief ausgewaschenen Rinnen. Ich hatte größte Mühe, mein schwerbeladenes Fahrzeug bergauf zu schieben, noch dazu brannte die Sonne auf mich herunter –, mein ganzer Körper war wie aus Blei. Je weiter ich hinaufkam, desto schlechter wurde der Weg, an einigen Stellen lag noch matschiger Schnee, dazwischen brauner Schlamm. Schon nach den ersten Kurven musste ich mich an den Straßenrand setzen und Schnee essen, den ich mit Kondensmilch mischte.

Schweißgebadet und atemlos auf meiner Jacke sitzend sah ich plötzlich, wie ein Mann mir entgegen kam. Er raste auf einem Fahrrad in irrwitzigem Tempo talwärts, die Schlaglöcher geradezu überfliegend. Als er an mir vorbeizischte, kam mir sein schreckverzerrtes Gesicht bekannt vor.

Offenbar konnte er nicht bremsen: Er stürzte in der nächsten Kurve mit dem Kopf voran über das Geländer in die Tiefe!

Heute kann ich beim besten Willen nicht mehr sagen, ob ich in meinem halbwachen Zustand einem Trugbild erlegen war oder ob sich das wirklich so ereignet hatte. Eigenartig war jedenfalls die Erscheinung des jungen Mannes auf dem Fahrrad, denn in seinen Gesichtszügen hatte ich genau die meinen erkannt. Der laute, langgezogene Schrei, den ich gehört hatte, als er über die Felsen stürzte, könnte ebenso gut von mir selbst gekommen sein … Wer seinen Doppelgänger oder dessen Geist sieht, wird bald nicht mehr am Leben sein … Diese alte Mär tauchte bedrohlich dunkel in meiner verwirrten Gedankenwelt auf.

Hätte ich mich nicht zum Aufstehen und Weiterfahren gezwungen, wäre ich womöglich eingeschlafen und vielleicht nicht mehr aufgewacht. Ohne mich umzusehen schleppte ich mich weiter und versuchte mit aller Kraft, nicht über das soeben Erlebte nachzudenken und voranzukommen.

Nach der nächsten Kurve stand vor einem kleinen Haus ein Straßenarbeiter mit einer Schaufel in der Hand. Ich fragte ihn, ob er bereit wäre, mein Rad das letzte Stück bis hinauf zum Pass zu schieben. Zehn Zigaretten würde er dafür von mir bekommen.

Mit einem höhnischen Grinsen wurde mein Ansinnen abgelehnt: „Zigaretten hab ich genug –, bessere als deine Judentschick.“

So musste ich mich weiter bis auf die Passhöhe schleppen …

Endlich oben angelangt, setzte ich mich neben die Straße. Da ich bald wieder klarer denken konnte, überlegte ich, wo es hier wohl eine Bleibe geben könnte. Als ich mich umsah, fiel mir eine Rot-Kreuz-Flagge am Giebel eines Hauses auf. So schnell wie möglich radelte ich hin. Zu meiner größten Überraschung stand vor der Tür ein alter Bekannter, der eine Zigarette rauchte.

„Mensch, Mann, wo haben wir uns das letzte Mal gesehen?!“, fragte er verblüfft, nachdem er mich ebenso erkannt hatte.

„Es war an der Ostfront, am Asow'schen Meer. Sie waren dort mein Stabsarzt", antwortete ich voller Erleichterung, denn der ehemalige Vorgesetzte war mir in guter Erinnerung geblieben.

Er lachte und schüttelte ungläubig den Kopf –, offenbar wirklich erfreut, mich am Ende meiner Kräfte, aber lebend und unverletzt, wiederzusehen.

Wir gingen ins Haus, wo ich mich zuerst einmal hinsetzte – und mir Tee mit Milch und Zucker gebracht wurde.

10

Meine drängendste Sorge war ich vorerst los, denn ich hatte einen Schlafplatz!

„Wo wollen Sie denn hin?", fragte mich der Arzt besorgt, als er sah, in welchem Zustand ich mich befand.

„Über den Katschberg nach Kärnten, zu den Verwandten meiner Schwester", antwortete ich etwas unsicher.

„Da kommen Sie nicht einmal bis Mauterndorf hinunter! Vorher schnappen Sie schon die Engländer und stecken Sie in ein Lager!" Er erzählte mir, dass hier oben auf drei Almen Lazarette eingerichtet worden wären, sich aber alle Arztkollegen bei Kriegsende nach Hause abgesetzt hätten. Er wäre nun allein für die drei Militärspitäler zuständig. Weiters hätte er auch Flüchtlinge auf verschiedenen Schutzhütten zu betreuen und immer wieder Kranke von versprengten durchziehenden Truppen zu übernehmen. Für ihn alleine sei das kaum zu bewältigen. – Er wäre sehr froh, wenn ich hierbleiben würde, um ihm zu helfen. Eine Alm, die Fluhbachalm mit etwa fünfzig Patienten, könnte ich übernehmen. Wenn ich das wollte, würde er die notwendigen Formalitäten regeln. Seine Sekretärin wäre nämlich die Frau eines Majors, der von den Engländern als Verbindungsoffizier eingesetzt worden war. Man wäre hier also auf der halbwegs sicheren Seite …

Bei einem Essen lernte ich seine Frau, seine beiden Kinder sowie seine Sekretärin kennen. Dabei erzählte mir der ehemalige Stabsarzt, dass er seine Familie aus seiner Heimat, dem Iglauer Ländchen, noch rechtzeitig nach Obertauern gebracht hätte, wo sie vorerst in Sicherheit wäre. In dieser Runde wurde ich fast wie ein Familienmitglied aufgenommen, alle duzten einander, und man bot auch mir gleich das Du-Wort an.

Natürlich nahm ich das Angebot, hier zu arbeiten, gerne an. Ich tat dies nicht nur der Not gehorchend, sondern auch wegen der ehrlichen Herzlichkeit und Vertrautheit, die mir entgegengebracht wurde.

Erich Schuckart, so hieß der Arzt, war erleichtert über meine spontane Zustimmung. Ich gab allerdings zu bedenken, dass ich noch lange kein fertiger Mediziner wäre und er mir also hilfreich zur Seite stehen und auch die offizielle Verantwortung übernehmen müsste.

Er beteuerte, dass wir uns hier ohnehin im rechtsfreien Raum befänden. Alle militärischen Vorschriften, denen wir bisher streng zu gehorchen hatten, könnte man derzeit vergessen. „Durch die zynischen Lügen der Nazis wurden Ideale wie Pflichtbewusstsein, Opferbereitschaft und Menschlichkeit komplett diskreditiert. Wir müssen wieder lernen, auf unser eigenes Gewissen zu hören und uns bewusst werden, dass der einzige Schwur, dem wir als Mediziner verpflichtet sind, der Hippokratische Eid ist", erklärte er in ruhigem Ton. Von den Alliierten wäre im Moment keine Hilfe zu erwarten, sie hätten kein Interesse, sich um unsere Kranken und Verletzten zu kümmern.

Nach diesem überraschenden positiven Ende meiner Tour fiel ich todmüde auf das bescheidene Lager, das für mich gerichtet worden war. Der Tag hatte mich neuerlich an die Grenzen meiner physischen und psychischen Belastbarkeit gebracht, beinahe hätte ich diese übersprungen …

Früh am nächsten Morgen wurde ich von Dr. Schuckart geweckt. Er überreichte mir meine offizielle Zuteilung, die ‚Nachbehandlungseinheit Obertauern unter britischem Oberkommando' hieß.

Ich packte meinen Rucksack und den Kleidersack – mein Rad ließ ich im Keller des Hauses zurück – und machte mich auf den kurzen, steilen Weg zur Fluhbachalm.

Jetzt war ich also auf einer Alm gelandet, kein schlechter Ort für einen rekonvaleszenten Ex-Soldaten. Vor der Türe erwartete mich bereits ein junger Mann, der telefonisch verständigt worden war. Er meinte, er wäre sehr froh, dass jetzt wieder ein Arzt hier wäre. Da ich ihn nicht enttäuschen wollte, korrigierte ich ihn nicht.

Die Alm war nicht, wie ich erwartet hatte, eine Holzhütte, sondern ein stattliches Haus. Ich wurde in den kleinen Behandlungsraum und das dahinterliegende Zimmer geführt, in dem ein sauberes, frischgemachtes Bett stand. Beim gemeinsamen Frühstück – einer köstlichen Speckjause – teilte ich den am Tisch Sitzenden mit, dass ich der neue medizinische Leiter wäre. Die Höhenluft war mir offenbar zu Kopf gestiegen, denn ich bat alle, sich für meine Visite um zehn Uhr bereitzumachen.

Es gab tatsächlich eine funktionierende telefonische Verbindung in das untere Haus, das Bergheim, wo sich auch eine Telefonzentrale befand. Ich wollte dem Schwiegervater meiner Schwester mitteilen, dass ich in Obertauern wäre und marschierte zu diesem Zweck nochmals hinunter. In der Schaltstelle versuchte ich mein Glück und meldete das Gespräch an. Auf die Frage, ob es ein alliiertes Gespräch wäre, antwortete ich mit ‚Ja' und bekam tatsächlich eine Verbindung nach Möllbrücke zum Vater meines Schwagers.

Er war überrascht, erkannte mich aber gleich und teilte mir mit, dass meine Schwester und mein Schwager nicht in Möllbrücke, sondern in Bad Gastein wären.

Die Verbindung brach plötzlich ab, und es war nicht mehr möglich, in die amerikanische Zone zu telefonieren. Es war, wie ich im Nachhinein erfuhr, das letzte privat geführte ‚alliierte Gespräch' gewesen. Für mich war es dennoch ungemein wichtig gewesen, denn ich wusste nun, dass Kärnten für meine weiteren Pläne nicht in Frage kommen würde.

Um zehn Uhr war ich wieder auf der Alm und begann meine groß angekündigte erste Visite. Es gab im Haus einige Helferinnen und einen Sanitäter – einen Salzburger Mittelschulprofessor für Naturgeschichte –, der mit den Gegebenheiten hier gut vertraut war. Es war mir peinlich, dass er mich mit ‚Herr Doktor' ansprach …

Er zeigte mir alles und führte mich durch die Krankenzimmer: Im ersten Zimmer lagen zwei Männer, von denen einer eine eitrige offene Wunde am Unterschenkel hatte und eine Nervenlähmung. Mit ihm würde ich mich später noch oft unterhalten, denn er war wie mein Vater bereits im Ersten Weltkrieg an der Isonzofront gewesen.

Der andere war ein ehemaliger Generalmajor und Doktor iuris. Bei der Explosion einer Mine hatte er mehrfache Frakturen und einen Schädelbasisbruch erlitten. Der Sanitäter erzählte mir, dass der Mann tablettensüchtig wäre und jeden Tag große Mengen an Schmerz- und Beruhigungsmitteln benötigte, die aber nicht in ausreichender Menge zur Verfügung stünden. Die wenigen Morphiumtabletten, welche ich aus dem Badener Lazarett mitgebracht hatte, ließ ich ihm später zukommen. Er zitterte, schrie immer wieder laut auf und hatte, wie mir berichtet wurde, ständig Angst, abgeholt und zur Rechenschaft gezogen zu werden, zumal er bei der Waffen-SS gewesen war.

In einem weiteren Raum lag ein schwer verwundeter Patient, dessen linker Arm amputiert worden war. Die linke Gesichtshälfte war durch Granatsplitter völlig entstellt, ein Auge fehlte, und anstelle der linken Wange klaffte ein großes Loch. Er konnte nur sehr undeutlich sprechen, erzählte mir aber, dass er Lehrer und gerne in den Bergen als Schifahrer unterwegs gewesen wäre.

Der andere Patient im Zimmer hatte eine komplizierte Fraktur und trug am Unterschenkel ein Eisengestell, das mit langen Schrauben im Knochen befestigt war und offenbar dazu dienen sollte, den gebrochenen Knochen ruhigzustellen.

„Woher haben Sie das?", fragte ich erstaunt, denn ich hatte so etwas noch nie gesehen.

„Tja", antwortete er. „In dem Krankenhaus, wo ich vorher war, hat es einen berühmten Unfallarzt gegeben, der alles Mögliche probiert hat. Professor Böhler hat er geheißen. Mit diesem Gestell könnte der Knochen gut wieder heilen, hat der Professor gesagt."

Ich war fasziniert von dem Gerät und der Methode, denn der Mann konnte nahezu problemlos gehen und hatte keine Schmerzen. Niemand hatte es gewagt, an dem Gestell etwas zu verändern oder an den Schrauben zu drehen, das Metall wurde aber täglich sorgfältig gereinigt, so wie es angeordnet worden war.

In zwei weiteren großen Räumen waren je etwa zwanzig Männer auf Matratzenlagern untergebracht. Sie lagen eng zusammen und hatten kaum Platz. Bei den meisten handelte es sich um Schussverletzungen, Knochenbrüche oder schlecht heilende Wunden. Ein Mann klagte über ununterbrochenes Pfeifen in beiden Ohren, das nur manchmal durch den Lärm von Schüssen, Trommeln oder Posaunen unterbrochen würde. Andere hatten Haut- und Schleimhautblutungen, eine Folge von Skorbut, also Vitamin-C-Mangel, vermutete ich.

Es gab im ganzen Haus keine einzige Toilette mit Wasserspülung, nur draußen zwei sogenannte Plumpsklos, eines für das Personal und eines für die Patienten. Um sich zu waschen, musste man vor das Haus zum Brunnen gehen, warmes Wasser gab es nur, wenn es in der Küche oder der Waschküche aufgewärmt worden war. Im Untergeschoß befand sich die Stube – mit großem grünen Kachelofen –, in der an hölzernen Tischen gegessen wurde.

Während der Visite hatte mir der Mann mit dem Eisengestell erzählt, dass er von Beruf Elektroingenieur wäre. Es war ihm gelungen aus der Lichtmaschine eines Flugzeuges, das im April in der Nähe der Alm im Schnee notgelandet war, ein kleines E-Werk zu konstruieren, wodurch wir elektrisches Licht hatten, wenn auch nur sporadisch.

Nachdem ich mir einen Überblick verschafft hatte, war ich zuversichtlich, die Aufgabe tatsächlich übernehmen zu können. Mit der Versorgung von Wunden war ich halbwegs vertraut, Verbandsmaterial sowie Desinfektionsmittel waren ausreichend vorhanden, und zu meiner Beruhigung befand sich, soweit ich das beurteilen konnte, kein einziger Patient in kritischem Zustand.

Am Nachmittag ging ich noch einmal ins Bergheim, um Dr. Schuckart Bericht zu erstatten.

Er klopfte mir auf die Schulter und meinte: „Gut machst du das, nur Mut!"

Meine Freude war groß, hatte ich doch schon sehr lange kein Lob mehr gehört.

Zufrieden brachte ich meine Sachen auf die Alm. Das Rad wurde im Heustadel versteckt, alles andere inklusive meiner Pistole bewahrte ich in meinem Zimmer auf.

Nach ein paar Tagen kam Dr. Schuckart in Begleitung eines anderen Arztes auf die Fluhbachalm. Dieser hatte die Oberaufsicht über die ehemaligen Wehrmachtslazarette in diesem Bereich der britischen Besatzungszone. Er war eine Art von Verbindungsoffizier im Auftrag der Briten, ‚Medical Fields Major' genannt.

Er fragte mich, in welchem Semester ich wäre. Verunsichert antwortete ich, dass ich neun Semester studiert hätte und nur mehr die letzten Prüfungen ablegen müsste.

„Wenn das so ist, kann ich Sie zum Unterarzt befördern. Diesen Dienstgrad gibt es zwar nicht, für Ihre hiesige Position ist es aber wichtig, dass Sie offiziell als ärztliches Personal geführt werden." Ich war verlegen und erstaunt, aber er erklärte mir: „Erstens brauchen wir hier wirklich jemanden, und zweitens können die Briten Sie als Medical Doctor nicht so einfach in eines ihrer Lager stecken. Hoffe ich zumindest."

Der Mann war mir und Dr. Schuckart offensichtlich wohl gesonnen und wollte uns behilflich sein. Er würde eine entsprechende Meldung an die Militärbehörde erstatten, betonte er, nachdem meine persönlichen Daten in einem Büchlein aufgeschrieben worden waren. Dann verabschiedete er sich mit einem kurzen aufmunternden Nicken.

11

Von der britischen Besatzungsbehörde kamen häufig widersprüchliche Anordnungen. Eine besagte, dass alle Patienten, die nicht schwer krank wären, nach Mauterndorf in das britische Entlassungslager geschickt werden sollten. Die meisten wollten natürlich nicht dorthin, sondern in die andere Richtung, also nach Deutschland oder in ihre österreichischen Heimatorte.

Ein Bauer erklärte sich bereit, die betroffenen Männer über Almwege ins Tal und nach Radstadt zu bringen. Es war ein gefährliches Unterfangen, denn einmal pro Woche mussten wir der britischen Behörde eine genaue Meldung des Patientenstandes zukommen lassen -, Namenslisten wurden nicht verlangt. Die von uns Entlassenen müssten daher durch Neuaufnahmen ersetzt werden, wobei sich zunächst kein Problem ergab, denn es zogen immer wieder versprengte Truppenreste über den Pass, von denen wir laufend Verwundete oder Kranke aufnehmen mussten. Zeitweise waren die Spitals-Almen sogar überbelegt, sodass wir uns zunehmend Sorgen machten, wie wir alle versorgen und ausreichend ernähren könnten.

Gegen Ende Mai zog ein ganzes Kavallerieregiment - angeblich aus Kroatien - in geschlossener Formation über den Pass. Warum die Briten sie durchgelassen hatten, war für uns nicht erklärbar. Vielleicht waren sie einfach von den Pferden und den sehr antiquiert wirkenden Uniformen angetan, oder das Regimentszeichen - zwei gekreuzte Pferdeköpfe - erinnerte die Engländer an ihre angelsächsischen Ahnen?

Tatsächlich kam das gesamte Regiment ursprünglich aus Niedersachsen, wo gekreuzte Pferdeköpfe als Giebelschmuck häufig sind. Ich erfuhr, dass sie zuerst zur Unterstützung zum kroatischen Diktator Ante Pavelić geschickt worden und dann im letzten Moment den Tito-Partisanen entkommen waren. Wir sollten die von ihnen mitgeführten Verwundeten und Kranken übernehmen, zwölf kämen auf die Fluhbachalm in meine Obhut.

Bei uns waren aber die Fleischvorräte zu Ende gegangen, und ich stellte die Bedingung, dass pro Mann auch ein Pferd abgegeben werden müsste.

Mein Vorschlag löste beim Hauptmann helle Empörung aus, zumal es nur halb so viele Pferde wie Reiter gab und erstere weit wichtiger zu sein schienen. „Wir lassen unsere edlen Tiere nicht von euch abschlachten", schnaubte er mich an.

„Ist gut, dann müsst ihr halt weiterziehen ... Viel Glück!", war meine einfache Antwort.

Es gab dann einen längeren Wortwechsel zwischen dem Hauptmann und Dr. Schuckart, der mich dabei streng anschaute.

Schließlich bekamen wir sieben Pferde. Das war, glaube ich, meiner Kaltschnäuzigkeit zu verdanken –, anscheinend hatte ich von unseren deutschen Kameraden doch etwas gelernt ...

Die Tiere waren keineswegs edel, sondern mager und ausgezehrt. Einen Stall gab es, und einer unserer Patienten übernahm die Betreuung und Fütterung. Unter unseren Leuten fand sich auch ein Fleischhauer, der bei Bedarf ein Pferd schlachtete, sodass wir nun wieder mit Fleisch versorgt waren.

Die neu aufgenommenen Patienten aus dem Regiment, von denen keiner schwere Verletzungen hatte, waren völlig erschöpft und froh darüber, dass sie hier Ruhe fanden. Fast alle hatten starken Durchfall, zwei davon auch hohes Fieber. Ihre Pferde waren ihnen in diesem Zustand völlig gleichgültig.

Mir selbst ging es immer besser –, das spürte ich nicht nur, es war auch an meinem bärtigen Spiegelbild deutlich zu erkennen. Einerseits lag es an der Bergluft, andererseits auch an unserer Köchin, die es verstand, aus Pferdefleisch Braten, der Ähnlichkeiten mit einem Rindsbraten aufwies, Gulasch oder sogar Wildragout zu machen.

Für die mir anvertrauten Patienten konnten wir rein medizinisch nicht viel tun. Wichtig war es vor allem, die Wunden sorgfältig zu reinigen und regelmäßig neu zu verbinden. Kranke mit Durchfall wurden in einem Zimmer isoliert und erhielten viel zu trinken. Eigens dafür wurden Teekanister aufgestellt.

Ein massiver Mangel an Vitaminen machte uns schwer zu schaffen, denn es gab nur mehr Erdäpfel und manchmal Büchsenbohnen als Zuspeise. Doch unser Sanitäter, der Gymnasiallehrer für Naturgeschichte, hatte die rettende Idee, nämlich auf Kräutersuche zu gehen. Der Schnee war endlich geschmolzen, die Almen begannen grün zu werden, und er meinte, dass schon ein paar nützliche Frühlingskräuter zu finden sein müssten. Franz Amannshauser, so war sein Name, kannte Pflanzen und Heilkräuter sehr gut, denn er hatte selbst eine Kräuterfibel verfasst, die im Land weite Verbreitung gefunden hatte. So wusste er auch, welche Pflanzen Vitamin C enthielten: Alle, nicht nur die Skorbutkranken, mussten nun täglich ein paar Brennnesseln kauen –, natürlich ungekocht …

Sobald er Bärlauch fand, durfte man auf diese weniger schmerzhafte ‚Kräuterdroge' umsteigen.

Es gab zur Freude aller bald auch ausreichend frische Milch von den umliegenden Almen, da die Kühe schon frühzeitig hinaufgetrieben worden waren.

Wenn die Sonne schien, wurden alle Patienten angehalten, sich draußen auf ihre Decken zu legen. Nahm man nun die Verbände ab, konnte das Licht seine heilende Wirkung entfalten. Das kam auch einer Vitamingabe gleich, wie ich erst viel später erfahren sollte: Vitamin D wird mit Hilfe des Sonnenlichts wirksam …

Franz Amannshauser und ich saßen oft auf der Bank vor dem Haus. Wir waren Freunde geworden. Zufrieden stellten wir fest, dass unsere ausgefinkelten Therapien tatsächlich schnellere Wundheilungen und einen deutlichen Rückgang der Eiterungen bewirkten. Was wir damals auf der Alm machten, war praktisch angewandte Naturheilkunde …

Einige bereits Gesunde, die aus irgendeinem Grund nicht heimkehren konnten, behielten wir so lange wie möglich bei uns, da wir sie für Hilfsdienste dringend benötigten.

Ein Mann, der aus meiner Heimatstadt Baden kam, wollte keinesfalls in die russische Zone zurückkehren. Er war Ingenieur auf einem Flugfeld gewesen. Während der Flucht hatte er einen Oberschenkeldurchschuss erlitten. Wie ich an meinen eigenen abenteuerlichen Weg denken musste, wurde mir wieder bewusst, wieviel Glück ich bisher gehabt hatte.

Außerdem wurde mir schlagartig klar, dass auch für mich eine Rückkehr in meine Heimat nicht so bald möglich sein würde. Ich fragte mich, wie es in Baden wohl aussehen würde, was wohl mit unserem Haus passiert wäre und in erster Linie natürlich, wie es meiner Familie wohl gehen würde, dem Vater, der Mutter und den Schwestern ...?" Mit einem Schlag waren alle realen Sorgen wieder da ...

Spontan bat ich den Mann, mein Sanitäter zu werden und bot ihm an, statt im engen Matratzenlager auf dem Untersuchungsbett im Behandlungsraum zu schlafen.

Eines Tages tauchten auf der Fluhbachalm zwei Burschen auf. Sie ersuchten mich, anfangs verlegen, dann ziemlich fordernd, die Blutgruppen-Tätowierungen am linken Oberarm zu entfernen.

„Du weißt schon, warum", sagte einer von ihnen. Das kumpelhafte ‚Du', auch wenn es am Land selbstverständlich war, störte mich, und ich mochte dieses herrische Gehabe nicht ..., gerade, wenn es sich hinter schleimerischer Komplizenschaft zu verstecken versuchte.

Sie sollten eigentlich ihr Leben lang daran erinnert werden, welchem Verein sie sich angeschlossen hatten, dachte ich. Außerdem könnten sie ja genauso gut Spitzeln sein ... Daher sagte ich ihnen unmissverständlich, dass ich für kosmetische Eingriffe leider nicht zur Verfügung stünde, da wir hier Kranke und Verwundete zu versorgen hätten.

Wenn sie anders an die Sache herangegangen wären, hätte ich ihnen vielleicht geholfen. So waren aber alle unangenehmen Erfahrungen, die ich mit der SS gemacht hatte, in mir wieder hochgekommen, und ich schickte die beiden einfach fort. Im Weggehen hörte ich, wie sie fluchten und deutliche Drohungen ausstießen ...

Die Briten amtierten auf der Burg Mauterndorf, wo vorher zeitweise die Salzburger Erzbischöfe residiert hatten und zuletzt Hermann Göring seinen Jagdtrieben nachgegangen war. Auch der Medical Fields Major, der mich zum Arzt ernannt hatte, war hier untergebracht. Er war unser einziger direkter Ansprechpartner und dafür zuständig, die Befehle der Engländer an uns weiterzugeben sowie auf deren Befolgung zu achten.

Dr. Schuckart, ich durfte ihn ja inzwischen Erich nennen, schien ein vertrauliches Verhältnis zu ihm zu haben. Wenn wir zusätzliche medizinische Hilfe benötigten, zum Beispiel einen Zahnarzt, konnten wir um einen Jeep bitten und die Betroffenen nach Mauterndorf bringen lassen. Wir selbst hatten keine Möglichkeit, uns motorisiert zu bewegen: Alle Fahrzeuge waren konfisziert worden, zuletzt auch die Pferdefuhrwerke.

Die Lage war denkbar unübersichtlich, denn es kamen amerikanische Soldaten an, die im Seekarhaus einquartiert wurden. Es waren Fallschirmjäger, eine ziemlich raue Truppe, die anscheinend überhaupt nicht wusste, wo sie sich befand. Sie zogen immer wieder bewaffnet in kleinen Gruppen zu den verschiedenen Hütten und raubten, was ihnen zwischen die Finger kam. Im Haus Wisenegg war es der ganze Weinkeller, Feldstecher, Jagdausrüstung und ähnliches mehr. – Einmal tauchten sie auch bei uns auf. Da wir aber vorgewarnt worden waren, konnten wir die wichtigsten Gegenstände zuvor im Gebüsch verstecken –, auch meine Sachen. Die Pistole hatte ich schon vorher dort vergraben.

Die Amerikaner zogen dann unverrichteter Dinge und fluchend wieder ab. Ich schätzte sie als nicht besonders gefährlich ein, vielmehr waren es ungehobelte Typen, wahrscheinlich entlassene Sträflinge, die sich bei der US-Army gemeldet hatten.

Wir unternahmen häufig längere Spaziergänge, vor allem, um den vielen Beinverletzten wieder das Gehen beizubringen. Für sie hatten wir in sorgfältiger Arbeit eigens spezielle Stöcke und Krücken angefertigt. Der Elektroingenieur mit dem Eisengestell am Bein war immer gerne mit dabei. Meistens lief er voran, sodass ich ihn oft zur Vorsicht ermahnen musste, während die anderen mühsam die Wege entlang humpelten …

Bei einer Wanderung mit den Patienten überraschte uns in der Nähe des Seekarhauses, wo die Amerikaner wohnten, ein Gewitter.

Ich fragte den Commander höflich, ob wir uns unterstellen dürften. Er lehnte schroff ab und drohte sogar mit seiner Pistole.

Wir stellten uns trotzdem auf der wettergeschützten Seite des Hauses unter das Vordach, gerade dort, wo sich das Küchenfenster befand. Der Koch der Truppe, ein Schwarzer, sah uns und lachte aus dem Fenster. Dann reichte er meinen Begleitern und mir belegte Brote heraus.

Der Commander aber bemerkte es und schimpfte furchtbar mit dem Mann in der Küche.

Wir rannten so schnell wie möglich davon. Zwar wurden wir beschossen, aber offenbar nicht gezielt, denn alle blieben unverletzt. Den Koch sperrte man, wie wir später vom Besitzer des Hauses erfuhren, wegen Fraternisierung mit dem Feind drei Tage lang ein …

Einmal bemerkten wir unweit von der Alm einen stechenden Verwesungsgeruch und fanden in einer Mulde die halbverweste Leiche eines SS-Mannes. In der Hand hielt er noch die Pistole, neben ihm lag sein Stahlhelm, darunter das Eiserne Kreuz Erster Klasse, die silberne Nahkampfspange, das goldene Verwundetenabzeichen, das Soldbuch und ein Zettel, auf dem stand: „Alles war vergebens." Er hatte sich in den Kopf geschossen.

Nachdem wir den Fund gemeldet und die Waffe sowie die Auszeichnungen Dr. Schuckart übergeben hatten, zimmerte einer unserer Patienten einen einfachen Sarg. Wir stellten ein Holzkreuz auf und begruben den Mann an der Stelle, wo er sich umgebracht hatte. Bei der Beerdigung musste ich an Russland denken, an die Gräuel des Krieges und die Kameraden, deren Knochen dort irgendwo in der Erde lagen. Am einsamen kleinen Grab stehend wünschte ich mir nichts sehnlicher, als alles vergessen zu können, was ich während der letzten Jahre gesehen und erlebt hatte …

Einige Zeit später kamen auch britische Soldaten auf den Tauernpass. Sie wohnten im Haus Wisenegg und waren wesentlich angenehmer als die Amerikaner. Tag und Nacht unterhielten sie neben der Straße ein Feuer, über dem auf einem Dreifuß ein großer Teekessel hing. Dieser war für die Wachposten gedacht, aber wenn man höflich fragte, bekam man manchmal eine Tasse des heißen Getränkes. Der englische Tee schmeckte unvergleichbar besser als der sogenannte russische, den es bei uns zuhause gegeben hatte. Insgesamt wirkten die britischen Soldaten eher wie Pfadfinder auf einer Lagerfahrt … Sie sangen auch entsprechende Lieder, wie zum Beispiel *‚Good night campfire'*, das klassische Pfadfinderlied, welches ich damals zum ersten Mal hörte.

12

Fünf oder sechs Wochen hatte ich auf der Fluhbachalm verbracht. Im Rückblick betrachtet, war es eine geradezu idyllische Zeit. Die Luft war kalt und von unglaublicher Frische, der Almfrühling überall zu spüren und zu riechen, sogar in den Krankenzimmern. Wenn ich in der Früh aus dem Haus trat, war ich immer wieder überwältigt vom Anblick der schneebedeckten Berge und der grünen Wiesen rund um mich. Ich glaube, es waren tatsächlich die Berge, vielleicht auch die steilen Schneerinnen an ihren Flanken, die mich langsam aus den Abgründen meines seelischen Tiefs herausführten. Sie ließen mich manchmal sogar vergessen, warum ich überhaupt hierhergekommen war.

Mein Freund Franz wusste von der schweren Krankheit, die ich durchgemacht hatte. Ich erzählte ihm auch viel von meinen sonstigen Erlebnissen an der Front und am Weg hierher. Er war um einiges älter als ich, und es lag ihm viel daran, meine Genesung zu unterstützen. Er selbst hatte ein Leiden vorgetäuscht, was er bereitwillig zugab, und war deshalb nur als Sanitäter eingezogen worden. Als solcher war er am Balkan gewesen, in Albanien und zuletzt in der Untersteiermark. Von dort, aus dem Gottscheer Land, kam ursprünglich seine Familie, sein Vater war aber schon nach dem Ersten Weltkrieg nach Salzburg gezogen. Seine Frau und die beiden Kinder waren dort in Sicherheit.

Wir unternahmen größere Ausflüge, und ich merkte, dass ich körperlich zunehmend kräftiger wurde. Schließlich gingen wir auch auf richtige Bergtouren. Windjacke und Schuhe bekam ich aus der Kleiderkammer. Bei schönem Wetter standen wir um fünf Uhr morgens auf, packten unsere Rucksäcke und zogen los, auf einen der umliegenden Berge, wenn dieser schon schneefrei war. Ich erlebte Sonnenaufgänge mit traumhaften Bildern und Nebelfelder, die im Tal rosarot zu leuchten begannen. Mein Freund war tiefgläubig, und er leitete aus der Schönheit der Natur direkt die Existenz Gottes ab. So sehr auch mich die Natur faszinierte, waren seine Schlussfolgerungen für mich jedoch nicht nachvollziehbar. Wir diskutierten eifrig, während wir unterwegs waren, und diese Gespräche, Argumente und Gegenargumente waren für mich als geistige Nahrung ebenso wichtig wie das regelmäßige gute Essen …

Ab Mitte Juni war es uns nicht mehr möglich, alle Patienten durch neue Aufnahmen zu ersetzen, weil keine Truppen mehr über den Pass kamen. Nur noch vereinzelt trafen Flüchtlinge mit leichteren Verletzungen ein, die aber nie länger als eine Nacht bleiben mussten.

Ende des Monats kam ein Kontrollbesuch: Unerwartet stand der Medical Major mit seinem Jeep vor der Alm. Es war nicht der uns bekannte Verbindungsoffizier, sondern ein sehr streng auftretender junger Mann, der nicht Deutsch konnte. Offenbar war der Freund von Dr. Schuckart durch einen Briten ersetzt worden.

Dieser ordnete eine Visite an, und er stellte fest, dass nicht, wie gemeldet, vierundfünfzig, sondern lediglich sechsundvierzig Patienten im Haus untergebracht waren. Er schaute sich unsere Patienten an, räusperte sich laut und meinte: „Very strange.“ Dann machte er sich Notizen und verließ das Haus, ohne ein Wort zu sagen.

Sein Dolmetscher, ein ehemaliger Soldat aus Bayern, flüsterte mir beim Hinausgehen zu: „Pass auf, der Mann ist gefährlich!“

Am darauffolgenden Tag waren wir wieder auf einer Bergtour, am nahegelegenen Zehnerkar. Beim Abstieg bekam ich heftige stechende Schmerzen im rechten Unterbauch, und ich konnte kaum noch gehen.

Mein Freund schleppte mich zum Bergheim, wo Dr. Schuckart eine akute Blinddarmentzündung diagnostizierte. Er wollte schon einen Jeep organisieren, um mich ins Spital nach Tamsweg bringen zu lassen, als er es sich noch einmal überlegte: „Du kannst diese Nacht hier bei mir bleiben, zur Beobachtung. Wenn es nicht besser wird, bist du morgen im Krankenhaus."

Ich legte mich ins Bett und bekam zwei Tabletten Aspirin sowie einen warmen Bauchwickel. In der Nacht hatte ich Fieber, aber die Schmerzen ließen nach, sodass Dr. Schuckart in der Früh beschloss, mich vorläufig weiter im Bergheim zu behalten.

Am Nachmittag kam ein Anruf von der britischen Kommandantur in Mauterndorf. Dem ärztlichen Leiter wurde eine neuerliche Kontrolle auf der Fluhbachalm angekündigt, und es wurde ihm mitgeteilt, dass ich nach Kärnten geschickt werden sollte, angeblich zu einem Fortbildungskurs über die Anwendung von Penicillin.

Die Kontrolle wäre für den nächsten Tag vorgesehen, ich möge mich also bereitmachen. Dr. Schuckart rief zurück und teilte mit, dass ich momentan wegen einer Blinddarmentzündung nicht reisefähig wäre und wir die Kontrolle morgen erwarten würden.

Die Aufregung war groß, mein Fieber hielt an, aber wenigstens die Bauchschmerzen besserten sich deutlich. Franz und ein Gehilfe schleppten mich auf die Fluhbachalm. Es war schon dunkel, als wir oben ankamen, wo ich völlig erschöpft ins Bett sank.

Am folgenden Morgen hatte ich immer noch Fieber und einen leichten Druckschmerz im Bauch, es war aber kein Widerstand tastbar, sodass ich annahm, die Entzündung wäre im Abklingen, oder es wäre gar keine Blinddarmentzündung.

Kurz nachdem ich Tee im Bett getrunken hatte, trafen ein britischer Sergeant mit einem Dolmetscher und Dr. Schuckart ein. Unser ärztlicher Leiter, der gut Englisch konnte, diskutierte lange mit dem Sergeant wegen der Diskrepanzen bezüglich der unterschiedlichen Patientenzahlen. Dann kamen sie an mein Bett, und der Brite war schnell davon überzeugt, dass ich nicht reisefähig wäre –, ich tat jedenfalls mein Bestes …

Die beiden Herren hatten mein Zimmer schon verlassen, als mir der Dolmetscher, den ich schon kannte, zuraunte: „Achtung, der Medical Major will dich nicht auf einen Kurs, sondern in ein Straflager auf eine italienische Insel schicken!"

Schockiert überlegte ich, was ich tun könnte. Anscheinend hatten Angst und Schrecken eine heilende Wirkung, denn bereits am nächsten Tag ging es mir wesentlich besser. Ich grübelte intensiv, wie ich auf die Abschussliste der Briten gekommen sein könnte. Wahrscheinlich hatten die beiden Männer, denen ich die Entfernung ihrer Tätowierungen verweigert hatte, Gerüchte über mich verbreitet und dafür gesorgt, dass diese den Briten zu Ohren kämen. Homo homini lupus est, dachte ich. – Ein guter Lateiner zu sein war zwar nicht nützlich, aber in dieser Situation beruhigend …

Es blieb mir also nichts anderes übrig, als sofort meine Flucht vorzubereiten, denn die Briten wollten mich wahrscheinlich wirklich in eines ihrer berüchtigten Lager stecken. Sie waren zunehmend misstrauisch geworden, vor allem gegenüber den Spitälern, in denen ehemalige Wehrmachtssoldaten behandelt wurden und deutsche oder österreichische Ärzte tätig waren. In den Augen der Alliierten waren das potentielle Widerstandsnester, und sie hatten inzwischen ein gutes Informationsnetz aufgebaut. Offenbar war damit allen Denunziationen wieder Tür und Tor geöffnet. Ein System, das alle nur zu gut kannten Und es funktionierte praktisch immer!

Mein Plan war, zu Fuß über die Berge nach Bischofshofen und von dort nach Bad Gastein zu kommen. Ich musste also versuchen, mit meinem Fahrrad und meinen restlichen Fleischkonserven irgendwie in diese Richtung zu fahren. Mein Rad war zum Glück unbeschädigt geblieben, da ich es auf der Alm nie verwendet hatte. Ich kümmerte mich um die Reifen, die Bremsen und den Sattel. Dann packte ich die Dosen und ein bisschen Zwieback in eine kleine Kiste, die ich auf den Gepäckträger des Rades schnallte. Die notwendigsten Kleidungsstücke, den Schlafsack und meine Waschsachen lud ich in meinen Kleidersack, die restlichen Utensilien kamen in den Rucksack.

Man ahnte natürlich schon, was ich vorhatte. Alle Patienten, die gehen konnten, versammelten sich vor dem Haus. Den meisten war bewusst, dass mit meinem Abgang wahrscheinlich auch bald ihre Unterbringung auf der Alm zu Ende gehen würde. Es gab keinen Ersatz, denn ich war nicht der Einzige, der weg- und wenn möglich heimzukommen versuchte. Von den über vierzig Patienten waren nur zehn wirklich eingeschränkt, sie würden wahrscheinlich ins Bergheim verlegt werden. Die anderen müssten selbst schauen, wie sie weiterkämen –, eine Situation, die ich von Russland her kannte, als dort das Lazarett geräumt werden musste. Ich verabschiedete mich von jedem einzelnen, auch von denen, die ihre Betten nicht verlassen konnten. – Alle bedankten sich bei mir.

Besonders herzlich war die Verabschiedung von unserem Elektroingenieur mit dem Eisengestell am Bein, dem Sanitäter aus Baden und natürlich von Franz Amannshauser. Ihm versprach ich, ihn bei nächster Gelegenheit in Salzburg zu besuchen.

Weiters verabschiedete ich mich vom Küchenpersonal und unserer Köchin, die mir noch reichlich Proviant für die Reise mitgab. Den Leuten aus meiner Heimatstadt oder deren Umgebung teilte ich mit, dass ich vorhätte, nach Bad Gastein zu gehen. Das war wichtig, denn sie könnten diese Information eventuell an meine Familie weitergeben, obwohl ich selbst nicht wusste, wo sich meine Eltern und meine Schwestern im Augenblick befinden würden.

Äußerst vorsichtig fuhr ich hinunter ins Bergheim. Ich hatte erfahren, dass dort ein Sanitäter auf die nächste Gelegenheit wartete, irgendwie nach Wien zu kommen. Ohne von den Briten gesehen worden zu sein, stellte ich das Rad hinter dem Haus ab. Gleich beim Eingang traf ich den besagten Kollegen, den ich schon vorher kennengelernt hatte. Er war Theologiestudent und erschien mir absolut vertrauenswürdig. Von den Alliierten war seine Entlassung bereits offiziell bestätigt worden, daher konnte er ungehindert reisen.

Nachdem wir uns begrüßt hatten, teilte ich ihm meinen Plan mit: „Ich weiß, du willst nach Wien. Ich kann dir vorschlagen, mit meinem Rad, das ich dir borgen würde, nach Bischofshofen zu fahren. Allerdings nur unter der Bedingung, dass du es samt der kleinen Kiste dort beim Pfarrer einstellst." Ich würde – hoffentlich – in den nächsten Tagen kommen und meine Sachen sowie das Rad dort abholen ...

Er war sofort begeistert und nahm meinen Vorschlag ohne weitere Diskussion an. Er versprach mir hoch und heilig, mein Fahrrad in die Obhut des Pfarrers zu geben, sobald er angekommen wäre. „Ich hab viel Gutes über dich da oben gehört – Gott behüte dich auf deinem Weg! –, aufpassen musst du aber selbst", meinte er.

Auch ich wünschte ihm eine gute Reise sowie eine gesunde Heimkunft. Dann gingen wir gemeinsam ins Haus und berichteten unserem Arzt, dass wir beide Obertauern verlassen würden, er mit meinem Rad und ich zu Fuß. Dieser war nicht sonderlich überrascht, denn er wusste von den Plänen der Briten und ihrem Spitzelsystem. Er bat mich, noch über Nacht hier zu bleiben und schlug mir vor, am nächsten Tag bei Morgengrauen aufzubrechen, das wäre sicherer.

Der Theologiestudent packte seine wenigen Sachen rasch ein und sagte allen Leuten im Bergheim Lebewohl. Er schaute sich noch die Reifen und die Bremsen an, dann stieg er auf mein Rad und fuhr ab.

Am Nachmittag fiel mir ein, dass ich auf der Alm einige Wertsachen und meine Pistole vergessen hatte, die noch im Latschengebüsch vergraben lagen. Noch einmal eilte ich hinauf und fand alle Gegenstände. Hinter dem Haus blühten gerade die Almrosen, ich band aus den roten Blüten und Latschenästen einen kleinen Strauß.

Rechtzeitig zum Abendessen war ich wieder unten. Als ich in die Stube trat, fand ich einen gedeckten Tisch vor, auf dem sogar Kerzen standen. Alle waren versammelt: die Familie Schuckart, die Oberschwester sowie die Sekretärin –, sie hatten dieses Abendessen zu meinem Abschied vorbereitet. Meinen Strauß überreichte ich Frau Schuckart, und ich bekam einen mütterlichen

Kuss auf die Wange. Das Essen war wirklich etwas Besonderes, ein dreigängiges Menü: Kräutersuppe, Wildpretragout aus unserem Pferdefleisch und als Nachtisch Kaiserschmarrn mit Preiselbeeren. Die Atmosphäre war herzlich, familiär und beinahe fröhlich. – Ich fühlte mich wieder vollkommen gesund.

Nach dem Essen versprachen wir uns gegenseitig, die Verbindung aufrecht zu erhalten, in der Hoffnung, dass wir unsere Heimat bald wiedersehen könnten.

Die Familie Schuckart wurde bei diesem Thema sehr nachdenklich, denn sie wussten, dass sie wahrscheinlich nie mehr nach Iglau zurückkehren könnten. „Das Schlimmste ist jetzt wohl vorbei, aber wir alle werden komplett neu anfangen müssen. Jeder sollte aus seinen eigenen Irrtümern lernen und die Schuld nicht bei anderen suchen", meinte Dr. Schuckart ernst, aber ohne Resignation.

Ich fühlte mich bemüßigt auch etwas zu sagen, nachdem wir mit einem Glas Bier angestoßen hatten: „Ich danke euch für eure Zuwendung und für alles, was ich hier gelernt und erfahren habe. Ich weiß zwar überhaupt nicht, wie es für mich weitergehen wird, aber in einem bin ich mir sicher: Meine Heimat wird dort sein, wo mitfühlende Menschen mit Verstand zu Hause sind! Zum Glück gibt es diese Menschen nach all den grauenhaften Irrtümern und Verbrechen auch bei uns noch immer, das gibt mir Hoffnung …" Nach diesen Worten kamen mir fast die Tränen, wir tranken den letzten Schluck Bier und gingen dann zu Bett.

13

Es war noch dunkle Nacht, als ich mir, nachdem ich eine Tasse Tee getrunken und ein Butterbrot gegessen hatte, mein Reisegepäck umhängte. Am Rücken trug ich den Rucksack mit Proviant, Schlafsack, Feldflasche und den restlichen Medikamenten, vorne den Kleidersack sowie den Kompass und die Wanderkarte. Die Bergschuhe aus der Kleiderkammer des Bergheims hatte ich behalten dürfen, ebenso die Windjacke und die Lederhandschuhe. Ich hatte noch ein paar Reichsmark – nicht mehr viele – und zum Glück auch die drei Goldmünzen von meinem Vater. Diese waren in meiner alten Uniformjacke eingenäht, die Pistole hatte ich im Kleidersack verstaut. Sowohl auf der Windjacke als auch auf der Uniformjacke hatte ich die Rot-Kreuz-Armbinden befestigt, eine weitere war am Rucksack gut erkennbar angebracht.

Zuerst musste ich an dem britischen Wachposten vorbeischleichen, der neben dem Feuer am Straßenrand stand. Dann ging es bergauf zur Felseralm und von dort zur Südwienerhütte. Ich war trotz meines schweren Gepäcks gut unterwegs, das Wetter war schön, und bald stieg ich wieder hinunter ins nächste Tal, die Flachau. Keinen einzigen Menschen traf ich an.

Nachmittags gelangte ich nach Altenmarkt. Im Ort begegnete ich weder Briten noch Amerikanern, aber es fuhren einige Lastwägen durch. Ich fragte herum, und tatsächlich war ein Fahrer bereit, mich bis Bischofshofen mitzunehmen. Der Mann war sehr wortkarg. Wie auch ich hatte er wahrscheinlich Angst, aufgehalten und kontrolliert zu werden.

Mit ihm gelangte ich zum Bischofshofener Bahnhof, der durch Fliegerbomben nahezu komplett zerstört worden war. Auf den Gleisen standen mehrere Züge, die gerade mit Verwundeten aus den umliegenden Lazaretten beladen wurden. Und auch hier war von alliierter Polizei oder Soldaten nichts zu sehen.

Ich bot sofort meine Hilfe an und war dann bis zum Abend beschäftigt. Niemand stellte mir Fragen. Ich konnte in einem der Züge übernachten, nachdem ich zum Abendessen zwei Scheiben Brot erhalten und auch noch ein wenig von meiner Jause gegessen hatte. Nach diesem langen Tag war ich so erledigt, dass ich sogar am harten Boden des Eisenbahnwagens gut schlafen konnte.

Am Bahnhof lernte ich zwei Ärzte kennen, die zu Mittag mit einem Kübelwagen nach Bad Gastein fahren wollten. Ich fragte sie, ob sie mich mitnehmen könnten. Sie erklärten sich bereit, allerdings wäre für mein Rad kein Platz im Wagen. Ich wusste selbst noch nicht, ob ich es überhaupt finden würde, also führte mein

Weg erst einmal zum Pfarrhof. Zu meiner großen Freude fand ich mein Fahrrad und die Kiste unbeschädigt vor. Ich bat den hilfsbereiten Pfarrer, meine Sachen auch weiterhin bei ihm deponieren zu dürfen –, sobald wie möglich würde ich alles abholen kommen. Die Pistole versteckte ich unter dem Sattel des Rades, denn von den Alliierten mit einer Waffe erwischt zu werden, könnte Verhaftung bedeuten oder mir sogar das Leben kosten. Erst jetzt wurde mir bewusst, in welche Gefahr ich mich begeben hatte …

Wie geplant fuhren wir am Nachmittag mit dem Wagen in Richtung Bad Gastein, nachdem die Züge mit den Verwundeten schon nach Zell am See abgefahren waren. An der Mautstelle vor Lend gab es eine Straßensperre: Schwer bewaffnete Soldaten eines amerikanischen Postens hielten uns an. Wir mussten im Wagen sitzen bleiben und die Hände hochhalten.

Ein Soldat setzte sich auf die Kühlerhaube und schrie: „Come on, go ahead!"

Der Kollege am Steuer nahm seine Hände herunter und hielt sich zitternd am Lenkrad fest. Der GI dirigierte uns, mit der Maschinenpistole vorne sitzend, nach Lend. Wir sahen uns fragend an. Niemand wagte, etwas zu sagen.

Dort wurden wir, weiter unter vorgehaltener Waffe, zum Commander der Truppe geführt. Dieser sprach sehr gut Deutsch, eigentlich Wienerisch. In mir breitete sich ein ungutes Gefühl aus, und ich bekam langsam Angst.

„Euch Burschen schau ich mir genau an", waren seine einzigen Worte. Meine Rot-Kreuz-Armbinde ließ ihn völlig unbeeindruckt. Er schickte uns zuerst in das Arrestlokal, ein unbeleuchtetes Kellerloch. Dort mussten wir stundenlang am Boden sitzen, ohne irgendetwas zu erfahren.

Endlich kam der Commander, wir wurden am ganzen Körper untersucht, ob wir Blutgruppen-Tätowierungen hätten, was bei keinem von uns der Fall war.

Ruhig, aber mit zynischem Lächeln teilte uns der Offizier mit: „Ihr seid zwar keine SS-Männer, aber Werwölfe! Ihr werdet erschossen!", und verschwand wieder.

Meine beiden Leidensgenossen gerieten in Panik und begannen zu beten, da sie tatsächlich ihr Ende gekommen sahen. Ich sagte ihnen, dass uns der Mann wahrscheinlich nur quälen wollte, aber sicher war ich mir nicht. Eigentlich wollte ich mir nur selbst Mut machen …

Nach neuerlichen Stunden des bangen Wartens – es war inzwischen dunkel geworden – kam ein GI und überprüfte unsere Dokumente: „Papers", war sein Befehl gewesen, sonst sagte er nichts.

Ich zeigte ihm meinen Marschbefehl, auch meine zwei Kollegen hatten entsprechende Papiere bei sich. Wir wurden wieder zum Commander geführt, er warf einen verächtlichen Blick auf die Dokumente und meinte, wieder mit zynischem Gesichtsausdruck: „Ich sehe keinen Grund, Sie hier länger festzuhalten. Sie sind somit entlassen, müssen aber zu Fuß abmarschieren, und zwar jetzt sofort!" Er wusste natürlich, dass dies einem Todesurteil gleichkam, denn alle amerikanischen Soldaten hatten den strikten Befehl, auf jeden Menschen, den sie in der Nacht im Freien antrafen, ohne Vorwarnung zu schießen. Ich hatte gehört, dass einige Österreicher auf diese Weise bereits ums Leben gekommen waren. Zum Beispiel wäre der berühmte Komponist Anton Webern im Pinzgau erschossen worden, weil er in der Nacht vor sein Haus getreten war, um eine Zigarette zu rauchen …

Wir packten unsere wenigen Habseligkeiten und eilten hinaus in die kühle Nacht. Jetzt hatte jeder für sich selbst zu entscheiden, was er machen sollte, denn gemeinsam zu gehen wäre noch gefährlicher gewesen, und der Wagen war natürlich konfisziert worden.

Dass es in der Schule von Lend ein Krankenlager gab, hatte ich in Bischofshofen gehört. Ich schlich mich also zur Schule, die ich ohne Schwierigkeiten fand. In einem Klassenzimmer im ersten Stock standen ein paar Bettgestelle, von denen, zwei, drei belegt waren. Ich legte mich auf eines –, niemand dürfte mich bemerkt haben.

Es dauerte jedoch nicht lange, da kamen ein paar GIs – offenbar ziemlich betrunken – hereingestürmt, um die Schule zu durchsuchen. Das Zimmer hatte einen Balkon, der über den vorbeirauschenden Fluss hinausragte. In größter Eile versteckte ich mich dort. Die Soldaten, die ins Zimmer polterten, schauten zum Glück nicht auf den Balkon hinaus.

Nachdem sie im Zimmer lautstark alle Gepäckstücke nach Zigaretten und Wertgegenständen durchsucht hatten, zogen sie wieder ab. Ich konnte mein Versteck verlassen und legte mich wieder auf die Pritsche. Die anderen Insassen hatten sich nicht gerührt und wagten es auch jetzt nicht, sich bemerkbar zu machen.

Ein kaltes Schulzimmer neben einem rauschenden Gebirgsfluss, bedroht von fremden Soldaten, ist nicht unbedingt der ideale Ort, um Ruhe zu finden. Ich schlief dennoch kurz ein und träumte von bösartig grinsenden Männern, die mich mit Bajonetten in einen Abgrund stoßen wollten, hinunter in die Gischt eines tosenden Wasserfalls. Der Schreck und die Angst weckten mich auf. Ich musste weg! Und zwar so schnell wie möglich!

Es war inzwischen hell geworden, aber ich schaffte es, ungesehen das Schulhaus zu verlassen. Mein Kopf wurde klarer, und ich beschloss, einen Weg nach Bischofshofen zu suchen, um wieder an mein Rad und mein Gepäck zu kommen. Natürlich durfte ich keinesfalls auf der Straße gehen, aber entlang der Eisenbahnstrecke würde ich mich halbwegs sicher bewegen können.

Ich fand einen Weg, der von Lend hinauf zur Tauernbahnstrecke führte. Entlang der Bahntrasse ging ich in Richtung Schwarzach, ohne einem Menschen zu begegnen, auch Züge verkehrten auf dieser Strecke nicht. Als ich endlich am Schwarzacher Bahnhof ankam, sah ich zu meiner großen Erleichterung, dass dort ein Zug bereitstand. Dieser würde demnächst in Richtung Bischofshofen abfahren, erfuhr ich von einem neben den Gleisen wartenden Mann. Im fast leeren Waggon wurde ich von niemandem kontrolliert.

Nach meinem erfolglosen Versuch, nach Bad Gastein zu gelangen, war ich also nun wieder in Bischofshofen. Der Ausflug hätte mich beinahe das Leben gekostet. Ich fühlte mich wie ein gehetztes Tier und konnte nicht fassen, was während des letzten Tages geschehen war. Mein erster Weg führte mich zum Pfarrhof, wo ich mir das Rad und mein Gepäck abholen wollte.

„Da bist du ja schon wieder! Du schaust völlig erledigt aus! Komm herein und iss einmal was", lud mich der Pfarrer ein. Erst jetzt fühlte ich meinen beißenden Hunger. Hastig verschlang ich einige Brote mit Speck und Käse. Der Pfarrer setzte sich zu mir, ich bekam heißen Tee, berichtete von meinen albtraumhaften Erlebnissen und begann mich langsam zu erholen.

„Pass gut auf dich auf, junger Mann. Der Krieg war für alle eine Katastrophe, aber was jetzt auf uns zukommt, wird auch keine Zeit des Friedens sein, wie du ja siehst. Mit Gottes Hilfe werden wir es überstehen", waren seine tröstenden Worte.

Nachdem ich mich für seine Hilfe und die Stärkung bedankt hatte, radelte ich zum Bahnhof zurück.

Dort ging ich direkt zum Fahrdienstleiter und fragte ihn, wann der nächste Zug nach Bad Gastein fahren würde.

Er meinte, erstaunt auflachend: „Du könntest Glück haben: Heute verkehrt der erste Zug seit Kriegsende auf der Tauernstrecke. Es ist der Zug, der dort steht, er ist allerdings voll mit entlassenen KZ-Häftlingen!"

Es war ein Güterzug, durch dessen offene Türen elende Gestalten in gestreiften Anzügen zu sehen waren. Ich sagte dem Bahnbeamten, dass ich dringend nach Gastein in ein Lazarett müsste und gerne in diesem Zug mitfahren würde.

Er schüttelte ungläubig den Kopf, nickte aber schließlich zustimmend. „Versuchen kannst du es ja", antwortete er und tippte sich mit dem Finger an die Stirn.

Er möge mir knapp vor der Abfahrt ein Zeichen geben, bat ich ihn. Dann schob ich mein Rad rasch an das Ende des Zuges und hob es durch das Schiebetor hinein. Als ich das Zeichen erhielt sprang ich schnell nach. Es war äußerst riskant, aber ich hatte großes Glück, denn die einzelnen Waggons waren nicht miteinander verbunden, und im letzten befand sich kein Wachposten.

Im Wagen gab es einen heftigen Tumult: Einige Männer gingen auf mich los und wollten mich aus dem fahrenden Zug werfen, da sie mich für einen Nazi-Offizier hielten. Die meisten verstanden deutsch, und ich konnte sie schnell beruhigen. Ich erklärte ihnen, dass ich Sanitäter wäre und sie begleiten sollte. Als sie meine Rot-Kreuz-Armbinde sahen, begannen sie ihr Misstrauen abzulegen. Fast alle waren in einem grauenhaften Zustand, bis aufs Skelett abgemagert, und manche hatten offene Wunden. Da ich ein wenig Verbandsmaterial bei mir hatte, versuchte ich kleinere Blutungen zu behandeln.

Die Menschen kamen aus verschiedenen Lagern und sollten als DPs, ‚displaced persons', vorerst auf alliierte Unterkünfte verteilt werden. Ein älterer Mann saß zusammengekauert in einer Ecke, er starrte vor sich hin und stammelte die ganze Zeit – einmal laut, dann wieder leiser –: „Ne mogu više." Das verstand ich, es heißt: Ich kann nicht mehr. Ich versuchte mir vorzustellen, was diese Menschen mitgemacht hatten ... Frauen und Kinder waren zum Glück nicht im Wagen, sonst wäre ich womöglich aus dem fahrenden Zug gesprungen. Mein eigenes Elend erschien mir angesichts meiner Mitreisenden unbedeutend und geradezu lächerlich.

Der Zug ruckelte sehr langsam dahin, zuerst durch einen langen Tunnel, dann durch das Tal. In Hofgastein blieb er stehen, eine zweite Lokomotive wurde vorgespannt –, es gab keine Kontrollen. Dann ging es entlang des steilen Hanges hinauf nach Bad Gastein. Durch ein kleines, vergittertes Fenster konnte ich hinausschauen. Ich hoffte, dass der Zug in Bad Gastein anhalten würde, nahm mein Rad und stellte mich neben die Waggontüre.

Ein ehemaliger KZ-Häftling fragte mich, was ich vorhätte.

Ich sagte ihm, dass ich in Bad Gastein ein Spital übernehmen sollte, in dem Verwundete zu betreuen wären. „Vielleicht werdet auch ihr dort bleiben können, das wäre sicher ein guter Ort", stammelte ich, noch immer entsetzt über den Zustand der Menschen, die ich hier sah.

Dann blieb der Zug mit einem Ruck stehen: Ich riss die Türe auf, nahm mein Fahrrad und sprang hinaus.

Da ich im letzten Wagen war, befand sich dieser noch außerhalb des unmittelbaren Bahnhofsbereiches. Das Rad seitlich am Bahnhof vorbei schiebend, versteckte ich mich sodann hinter einem Kiosk. Zum Glück hatte mich niemand bemerkt.

Die Türen der Waggons wurden nun geöffnet, und einige ehemalige Häftlinge stiegen aus –, ihre Bewacher waren bewaffnete GIs!

Das Herz schlug mir bis zum Hals, sofort warf ich mich mit meinem Gepäck auf das Rad. Nur schnell weg hier, war mein einziger Gedanke.

14

Der Kurort Bad Gastein liegt teils in und teils oberhalb einer steilen Gebirgsschlucht, durch die der berühmte Wasserfall ins Tal stürzt. Mein Schwager Hermann hatte immer von diesem Ort geschwärmt, von der Heilkraft der Thermalquellen und der fantastischen Naturkulisse, die das Tal zu bieten hat. Sein Onkel, der ebenfalls Arzt war, besaß dort eine Kuranstalt und war Primarius des Krankenhauses. – Jetzt galt es, dieses Kurhaus so schnell wie möglich zu finden. Auf der Fluhbachalm hatte ich meinem Freund Franz erzählt, dass ich vorhätte, irgendwie nach Gastein zu gelangen. Da er den Ort gut kannte, hatte er mir eine Skizze angefertigt, auf der die wichtigsten Straßen und Wege eingezeichnet waren.

Das Haus konnte ich rasch finden: ein großes Gebäude mit beeindruckenden Wandmalereien. Ich läutete an der Türe. Der Onkel meines Schwagers war von seinem Bruder in Kärnten schon informiert worden, dass ich auf dem Weg hierher wäre, und er hieß mich herzlich willkommen. – Es war eine große Erleichterung als ich erfuhr, dass meine Schwester und ihr Mann hier schon bei ihm untergebracht waren. Er rief sie sofort herbei, und wir umarmten uns voll Freude.

Ich hatte schon gehört, dass der Herr Primarius ein besonders freundlicher und liebenswürdiger Mann wäre. Tatsächlich lud er auch mich ohne zu zögern ein, in seinem Haus zu bleiben, solange ich wollte oder müsste.

Nachdem ich das Rad im Keller abgestellt hatte, führte er mich in ein kleines Zimmer, das ich beziehen durfte. Ich packte Rucksack und Kleidersack aus und wusch mich einmal gründlich. Meine Schwester hatte mir ein Lavoir mit heißem Wasser, Seife und ein frisches Hemd gebracht, ein Luxus, an den ich mich schon fast nicht mehr erinnern konnte.

Schließlich gingen wir in den ersten Stock, wo sich die Küche und ein geräumiges, holzgetäfeltes Zimmer mit einem großen Tisch befanden. Die Köchin hatte inzwischen ein bescheidenes Essen hergerichtet, und wir setzten uns zusammen –, der Herr Primarius, dessen Sohn Robert, meine Schwester, mein Schwager Hermann und ich.

Todmüde und ein wenig überdreht war ich natürlich überglücklich, hier so selbstverständlich aufgenommen zu werden, zumal ich ja nur der Bruder der Frau eines Neffen war … Die Familie Treiber, bei der ich hier gelandet war, betrachtete mich nicht nur als Verwandten, sondern auch als Kollegen, da es sich bei ihnen um eine große Ärztefamilie handelte: Hermann hatte drei Brüder, die ebenfalls Mediziner waren. Alle, auch Robert, hatten den Krieg unverletzt überstanden. Das klang wie ein Wunder, aber als Ärzte waren sie immer in Lazaretten eingesetzt worden und mussten so gut wie nie direkt an die Front. Und besonders vorgedrängt hatte sich sicher keiner von ihnen …

Am Tisch – eine Flasche Südtiroler Rotwein vom Kalterer See war schon geöffnet – begann das große Erzählen. Während ich von meinen Aufenthalten und den langen Irrwegen durch Österreich berichtete, bekundete meine Schwester immer wieder ihren Stolz auf mich: Immer schon hätte sie mein überlegtes Handeln und meine rasche Einschätzung von Situationen bewundert. Auch meinem Schwager und seinem Onkel gefielen meine Ausführungen, obwohl ich bei Weitem nicht alles erzählen konnte.

Anschließend erzählte meine Schwester von ihren Erlebnissen –, hauptsächlich an mich gerichtet, denn die anderen kannten sie ja schon. Dennoch hingen mein Schwager Hermann, sein Onkel und Robert an ihren Lippen und hörten ihr begeistert zu, was nicht verwunderte, denn sie war eine besonders hübsche, blonde, wohlproportionierte und auch sehr intelligente junge Frau. Ich hatte mir große Sorgen um sie gemacht, natürlich in erster Linie wegen der Besatzungssoldaten.

Unsere Mutter und sie wären auf ihrer Flucht aus Baden nur sehr langsam weitergekommen. „Die Straßen waren durch Flüchtlingskolonnen verstopft, es hat immer wieder Pannen und Fliegeralarm gegeben. Wir haben in der Kälte neben dem Wagen schlafen müssen … Zum Glück hat Mutter die Tuchenten mitgenommen, sonst wären wir erfroren. Wie wir endlich in Krems angekommen sind, war dort wiederum Fliegeralarm. Wir waren in der Nähe vom Bahnhof und sind noch rechtzeitig in den Luftschutzkeller gekommen. Es war ein grauenhafter Bombenangriff, der Bahnhof und alles herum war kaputt. Ein Riesenglück haben wir gehabt, dass der Luftschutzkeller nicht getroffen worden ist –, es war einfach schrecklich, wir haben uns zitternd aneinander geklammert." Sie stockte kurz und musste sich sammeln, um nicht in Tränen auszubrechen. Unsere Mutter wäre in großer Sorge um die ältere Schwester gewesen, da diese schon zuvor mit ihrem Kind ins Waldviertel geflüchtet war. „Mutter war absolut nicht dazu zu kriegen, mit mir weiter nach Westen zu fahren", beteuerte sie, weiter mit den Tränen kämpfend und die Hand ihres Mannes fest haltend.

„Nun war ich armes Mädchen völlig allein und hab wirklich Angst gehabt, leichte Beute für die russischen Soldaten zu werden", fuhr sie mit zitternder Stimme fort. Sie war mir sehr ähnlich, in der Not gelang es auch ihr fast immer, hilfsbereite und vertrauenswürdige Menschen zu finden. Ein Lastwagenfahrer hatte sie am Straßenrand gesehen und kurzerhand einsteigen lassen, samt ihrer Decke und dem kleinen Koffer. Auf der Ladefläche wären noch zwei Frauen und ein Mann gesessen. Sofort brachen sie Richtung Linz auf …

Sie schilderte uns dann, dass sie mit einer der Frauen, eine später sehr bekannte Schauspielerin aus Oberösterreich, rasch ins Gespräch gekommen wäre: „Mit ihr hab ich mich schnell angefreundet, sie hat mir angeboten, dass ich bei ihr zu Hause übernachten können würde. Der Fahrer ist die ganze Nacht durchgefahren. Wir haben zum Glück einen vollen Tank gehabt und sind nicht kontrolliert worden …"

In Lambach habe sie im Haus der Eltern ihrer Freundin bleiben dürfen. Diese wären sehr hilfsbereit gewesen, sie hätte dort gutes Essen und ein weiches Bett bekommen. Der Vater ihrer Freundin hätte ihre Weiterreise nach Salzburg organisiert –, mit der Eisenbahn, die auf der Westbahnstrecke noch regelmäßig verkehrte. Dort hätte sie im Wartesaal übernachten müssen, am nächsten Tag wäre sie dann nach langer Fahrt in Bad Gastein angekommen.

„Ich bin wirklich glücklich, dass ich das alles gut überstanden hab und dass du, lieber Onkel, mich hier so großzügig aufgenommen hast. Ich wollt ja ursprünglich nach Kärnten zu meinem Schwiegervater, aber du hast gemeint, es wäre besser, wenn ich in Gastein bleiben würde … Und mein Mann ist ja auch hierhergekommen. Danke!" Sie lächelte und drückte ihrem Mann einen Kuss auf den Mund und seinem Onkel einen auf die Wange. Meine Schwester wusste immer, wie man sich gut in Szene setzen und Männer beeindrucken konnte …

Nach einigen Zwischenfragen und anerkennendem Kopfnicken kam schließlich mein Schwager Hermann an die Reihe. Er war mehr als zehn Jahre älter als ich und hatte seine medizinische Ausbildung in einem großen Wiener Krankenhaus absolviert. Während des Krieges war er in leitender Funktion in verschiedenen Lazaretten tätig gewesen, zuletzt am Balkan und in der Slowakei. Seine Einheit wäre, erzählte er, vor Ostern 1945 mit über einhundert Verwundeten vom Weinviertel nach Schrems in Niederösterreich verlegt worden.

„Da musst du ja ganz in meiner Nähe gewesen sein: Ich war ja in Weyer im Lazarett!", warf ich erstaunt ein.

Er lachte und meinte, dass sich unsere Wege vielleicht sogar irgendwo im Alpenvorland gekreuzt haben könnten. Seine Truppe wäre von dort nach Passau gekommen, und ihm sei es gelungen, eine Überstellung in das Kriegslazarett Bad Gastein zu erreichen. „Mit der Bahn bin ich dann mit ein paar Verwundeten hierhergekommen, genau an dem Tag, als der Krieg endlich aus war", berichtete er.

Robert wollte auch noch berichten, aber sein Vater, der während der langen Ausführungen mindestens zwanzig Zigaretten geraucht hatte, war vor seinem Weinglas eingeschlafen. Die letzte Zigarette lag noch glimmend im Aschenbecher.

Ich wollte mich gerne nochmals herzlich bei ihm bedanken, aber er war nicht zu wecken, worüber wir alle lachen mussten. Meine Schwester begleitete mich zu meinem Zimmer, wo ich sofort tief und fest einschlief.

Als sie mich am nächsten Tag weckte, war ich vom Rotwein noch etwas benebelt. Ein Frühstück wurde uns bereitet, und beim Kaffee - auch so etwas gab es in diesem Haus - fragte mich Hermann, was ich denn nun zu tun gedächte. Er war auch hier Leiter eines Lazaretts geworden, das unter amerikanischer Kontrolle für die ehemaligen Wehrmachtssoldaten weiter betrieben wurde. Wegen des drückenden Ärztemangels und da er politisch nicht belastet war, hatte Hermann diesen Posten bekommen -, sein Vorgesetzter war nun ein Medical Fields Major der US-Army.

Hermann schlug mir vor, bei ihm als Hilfsarzt zu arbeiten, denn jeder medizinisch Ausgebildete würde dringend benötigt, meinte er. In meinem Fall gäbe es wahrscheinlich keine Schwierigkeiten, da ich aus der Wehrmacht entlassen worden war und die Amerikaner keine Meldung bei einer ihrer militärischen Dienststellen verlangten, wie es die Briten in ihrer Zone taten. Er könnte sich, wenn ich das wollte, bei seinem Major für mich einsetzen ...

Natürlich war ich von diesem Vorschlag begeistert, denn ich musste ja irgendwie weiter überleben. In erster Linie ging es darum, physisch in Sicherheit zu sein, in kein Lager zu kommen und in absehbarer Zeit mein Studium fortzusetzen. Wie und wo dies möglich sein würde, darüber machte ich mir vorläufig keine Gedanken.

Auch die Sorgen um meine Eltern versuchte ich auszublenden. Ich wusste von ihnen nach wie vor nur das, was mir der Polizist am Bahnhof in Weyer mitgeteilt hatte. Meiner Schwester hatte ich diese Nachrichten weitergegeben, ich wollte sie aber nicht beunruhigen und erzählte ihr nichts von den erschreckenden Berichten, die ich aus der russischen Besatzungszone gehört hatte.

Mein Schwager war, wie gesagt, ein erfahrener Arzt, der in Wien bei den besten Klinikern seine internistische Ausbildung erhalten hatte. Er wirkte auf den ersten Blick ein wenig linkisch und unsicher, und ihm fehlte jede Begabung für praktische Dinge. Das Ende des Krieges schien für ihn nicht nur eine allgemeine Katastrophe, sondern ein Verlust seiner persönlichen Ideale gewesen zu sein. Er dürfte sich, wie viele andere auch, tatsächlich mit der Ideologie des Nationalsozialismus identifiziert und fest an den Endsieg geglaubt haben, allerdings ohne der SS nahegekommen zu sein. Zu mir war er besonders liebenswürdig und besorgt, wahrscheinlich in erster Linie seiner Frau zuliebe. Für sie hätte er, glaube ich, alles getan. Schließlich hatte er im Badener Strandbad den bei weitem besten Fang an Land gezogen –, zumindest im Vergleich zu seinen drei ebenfalls schon verheirateten Brüdern. Diese Tatsache machte ihn aber auch ein wenig nervös.

Nach dem Frühstück nahm er mich mit, um mir sein Spital im Haus ‚Zum Hirschen' an der Kaiser-Wilhelm-Promenade zu zeigen. Am Weg hinunter ins Zentrum war ich sehr erstaunt über die riesigen Hotelpaläste, die an steilen Berghängen wie Wolkenkratzer in den Himmel ragten, ein Gebäude stand dicht an dicht neben dem anderen … An der Straßenseite waren die Häuser fünf oder sechs Etagen hoch, während sie auf der Talseite oft doppelt so viele Stockwerke benötigten, um den felsigen Grund zu erreichen. Auf der Brücke gingen wir über den zwischen steilen Felswänden hinabstürzenden Wasserfall –, ein überwältigender Anblick!

Etwas weiter unten, bei der Pfarrkirche, blieben wir nochmals stehen. Von hier aus bot sich das imposante Bild eines durch Hochhäuser und Felsen gebildeten Amphitheaters, das von tosendem Wasser durchschnitten wird. Eine derartige Kombination von ungezähmten Naturgewalten und beeindruckender Architektur hatte ich noch nie gesehen.

Mein Schwager meinte: „Ja, das ist wirklich ein Wunder. Wenn es irgendwie möglich ist, möchte ich hierbleiben, hier arbeiten und eine Familie gründen. Eine fantastische Frau habe ich ja schon …"

Ich antwortete ihm, dass ich jetzt seinen Enthusiasmus für diesen Ort absolut verstehen könnte! Ein wenig beneidete ich ihn auch, weil er bei allen Nöten und Unsicherheiten zumindest eine Perspektive für seine Zukunft hatte.

Das Spital ‚Zum Hirschen', ein früheres Lazarett der Wehrmacht, beherbergte in zwanzig kleinen Zimmern etwa fünfzig Patienten, die in rostigen Eisenbetten lagen. Es waren zum größten Teil ehemalige Soldaten.

„Die meisten haben eine Lungenentzündung oder andere fieberhafte Infekte. Fast alle sind vom Krieg schwer traumatisiert, nicht nur körperlich, sondern auch psychisch. Sie liegen apathisch in ihren Betten, manche sind auch aggressiv und verwirrt", erzählte mir mein Schwager, nachdem wir das Arztzimmer betreten hatten.

Er führte mich dann kurz durch das Haus. Es gab fünf oder sechs Frauen aus der Umgebung, die für die Pflege und Betreuung der Kranken zuständig waren, aber auch nur unregelmäßig erschienen. Eine ältere Dame und ein junges Mädchen würden für die Kranken und das Personal kochen, wobei die Versorgung mit Nahrung eher bescheiden sei –, es gab eigentlich nur Brot, Butter, Käse, Milch, Kohl und Kartoffelsuppe.

Im Gasteinertal, wo keine ertragreiche Landwirtschaft möglich war, wären nahezu alle auf Lieferungen von außen angewiesen. Die meisten Einheimischen, wie sein Onkel, konnten sich von den wenigen Bauern des Tales um viel Geld Grundnahrungsmittel besorgen. Für alle anderen war die Lage sehr trist.

„Für uns kommt aber schon manchmal was Besseres auf den Tisch", bemerkte Hermann. „Das wahre Drama ist, dass wir kein Penicillin haben, nur die Amis verfügen darüber, und die brauchen es für ihre Zwecke. – Du kannst dir vorstellen, was ich meine … Syphilis, Gonorrhoe und so weiter. In den ersten Wochen ist fast die Hälfte unserer Patienten hier verstorben …", berichtete er trocken und schüttelte verzweifelt den Kopf. „Was du jetzt siehst, sind tatsächlich nur die Überlebenden: Das sind offenbar die Starken. Für die wird wahrscheinlich auch die geringe Hilfe ausreichen, die wir hier leisten können. Das hoffe ich zumindest und tue mein Bestes", war sein nicht allzu aufmunterndes Resümee, wobei er mir auf die Schulter klopfte.

Hermann hatte sich inzwischen seinen weißen Mantel angezogen, und er forderte mich auf, mit ihm auf Visite zu gehen. Aus allen Zimmern hörte man die Patienten husten, in den verschiedensten Variationen von trocken-bellend bis produktiv-gurgelnd und manchmal auch bedrohlich pfeifend. Er teilte mir bei jedem Patienten die Diagnose mit und gab mir Anweisungen, was ich zu tun hätte. Das waren vor allem Puls- und Blutdruckkontrollen, Abhören der Lunge und des Herzens mit dem Stethoskop und die Dokumentation des aktuellen Zustandes, ‚Status praesens' genannt. Ich sollte alles, inklusive der Körpertemperatur, in die Fieberkurven eintragen. Bisher waren die Kurven nur sehr lückenhaft ausgefüllt worden, da praktisch kein Personal zur Verfügung stand.

„Dokumentation ist die halbe Medizin", sagte er, wobei ich merkte, dass er sein klinisches Wissen im Rahmen der Wiener Medizinischen Schule erworben hatte. „Es gibt bei uns kein Labor, wir können auch sonst keine Tests machen. Aber ich habe meine Ausbildung bei einem klassischen Diagnostiker, Professor Fellinger, in Wien gemacht. Sein Leitspruch bezüglich all der neuen Tests und klinischen Hilfsmittel lautete: ‚Wer viel misst, misst viel Mist.' Ich glaube, er hatte recht, zumindest tröstet es mich über die aktuellen Mängel hinweg." Den Spruch habe ich bis heute im Gedächtnis behalten, er hat sich während meiner weiteren Laufbahn fast immer bewahrheitet.

Offenbar hatte ich Hermanns Vertrauen gewonnen. Die Möglichkeit, mich neuerlich medizinisch nützlich zu machen und eine sinnvolle Tätigkeit auszuüben, gab mir ein gutes und halbwegs sicheres Gefühl.

Im Haus Treiber gab es abends noch eine Kleinigkeit zu essen, die uns meine Schwester zubereitet hatte. Dann ging ich zu Bett und dachte im Einschlafen an die vielen Kranken, die ich gesehen hatte. Ihr Husten klang noch lange nach und verfolgte mich bis in meine Träume …

15

Früh am nächsten Morgen ging ich mit meinem Schwager zur amerikanischen Besatzungsbehörde, die in einem der großen Hotels untergebracht war. Wir wurden ohne Probleme zum Medical Major vorgelassen. Er sprach nicht deutsch, hatte in seinem Office aber eine Sekretärin und einen Dolmetscher.

Ich war sehr aufgeregt, aber Hermann meinte, ich sollte mich beruhigen und am besten nichts sagen. Er würde alles schon regeln ...

Das Gespräch mit dem Amerikaner verlief sachlich und ruhig. Hermann wies auf die äußerst schwierige Situation im Spital hin und sagte, dass er dringend medizinische Hilfe benötigen würde. Er stellte mich als fertigen Mediziner vor, der bereits in vielen Krankenhäusern tätig gewesen wäre.

Nun wollte der Major natürlich meine Unter- und Oberarme sehen und verlangte meine Dokumente. Zu meiner großen Erleichterung akzeptierte er den Entlassungsschein, den ich mir in Schladming selbst ausgestellt hatte, obwohl dieser bisher von keiner alliierten Behörde bestätigt worden war.

„It's okay, you can work at this lousy hospital", sagte er streng und ernst.

Wir bedankten uns und verließen schnell das Haus, nachdem meine ‚permission' abgestempelt und auch meine Entlassung aus der Wehrmacht von amerikanischer Seite in mein Soldbuch eingetragen worden war.

Hermann erzählte mir, dass wir großes Glück gehabt hätten, denn der Major galt als sehr unberechenbar. Wenn er schlecht gelaunt gewesen wäre, hätte er mich zum CIC, dem ‚counter-intelligence corps', weitergeschickt. Dessen Leiter war die gefürchtetste Person im ganzen Tal, da er seine Aufgaben sehr ernst nahm, ihm aber naturgemäß der Einblick in die komplexen lokalen Gegebenheiten fehlte. So wurden oft die falschen Personen verhaftet oder mit Berufsverboten belegt, während viele, die wirklich Schuld auf sich geladen hatten, frei und unbehelligt herumliefen.

Ich war von einer großen Sorge befreit, und auch Hermann wirkte sichtlich erleichtert. „Irgendwie sind die Amis menschlicher als unsere Herrenmenschen es waren", sagte er mehr zu sich selbst als zu mir.

Im ‚Hirschen' angekommen, erhielt ich einen Kittel, der eher dem Arbeitsmantel eines Handwerkers glich, aber das war völlig egal –, ich war einfach nur dankbar, hier arbeiten zu dürfen.

Bei den Patienten war ich schnell in meinem Element, voll Eifer und wissbegierig. Die Pflegerinnen, Hermann und ich bekamen in einem kleinen Aufenthaltsraum ein Mittagessen, das in der Küche für uns zubereitet worden war: gebratener Speck mit Spiegeleiern und Schwarzbrot.

Wir absolvierten eine kurze Visite. Nachmittags ging ich noch einmal zu den Patienten, um mit einigen zu sprechen, sie zu untersuchen und mir Notizen zu machen. Die medikamentösen Behandlungsmöglichkeiten waren spärlich, entsprachen aber im Wesentlichen der damals üblichen Praxis. Es gab nichts Wirksames gegen die Erreger der Infektionen außer ein paar Sulfonamid-Tabletten, die aber schon zur Neige gegangen waren. Im Apothekenschrank befanden sich Aspirintabletten, Opiumtinktur und ein paar Fläschchen mit Kampferöl, Koffeinlösung, Strychnin und Strophanthin. Nahezu alle fiebernden und hustenden Patienten erhielten einmal täglich intramuskuläre oder intravenöse Injektionen. Die Dosierungen wurden von Hermann genau angegeben –, ich musste nach der Visite die Mischungen zubereiten und die Spritzen verabreichen. – So lernte ich, wie und wo man die richtigen Venen findet und in welche Muskeln man hineinsticht, ohne einen Nerv oder ein Gefäß zu treffen. Die Nadeln waren von einem ordentlichen Kaliber, sodass sie oft Schmerzen verursachten. Auf Sauberkeit legte mein Schwager größten Wert: Die Spritzen wurden jeden Tag in kleinen Metallwannen ausgekocht …

Gegen Abend – es war Anfang Juli – ging ich zurück in das Haus von Hermanns Onkel. Ich genoss am Weg die gute Sommerluft und den Duft des frisch geschnittenen Grases von den umliegenden Wiesen. Im Zentrum sah ich viele amerikanische Soldaten und einige gut gekleidete, vornehm wirkende Damen sowie Herren in eleganten Anzügen. Besonders erstaunt war ich über die noblen Geschäftslokale und Auslagen, die ich in dieser Dichte bisher nur in Wien am Graben oder in der Kärntnerstraße gesehen hatte, und das lange vor dem Krieg ... Es gab Modesalons, Schmuck- und Juwelengeschäfte und sogar einen Delikatessenladen. Über dem Eingang einiger dieser Lokale standen Ortsbezeichnungen wie: ‚Wien – Paris – Bad Gastein', oder: ‚New York – Karlsbad – Bad Gastein'. Wie aus der Zeit gefallen wirkte das auf mich. Dieser Ort schien viele Geheimnisse in sich zu tragen, die zu ergründen es sich lohnen würde.

Als ich im Kurhaus ankam, teilte mir meine Schwester ganz aufgeregt mit, dass das Haus von den Amerikanern requiriert worden wäre, um Flüchtlinge und KZ-Entlassene hier unterzubringen. Der Onkel und seine Haushälterin dürften im Haus bleiben, meine Schwester und Hermann könnten in dem Zimmer wohnen, in dem ich geschlafen hatte, aber ich müsste mir ein anderes Quartier suchen. – Mein Schwager und sein Onkel Luis besprachen die Situation mit mir. Beide waren zuversichtlich, dass schon ein Zimmer für mich gefunden werden würde. „Diese Nacht kannst du noch hier schlafen, und morgen ist ein anderer Tag. Wir haben so viel durchgemacht, da werden wir dieses Problem auch noch lösen. Und du darfst offiziell im Spital arbeiten, bist also nicht mehr komplett der Willkür der Besatzer ausgeliefert", waren Onkel Luis' gelassene Worte, während er eine Zigarette rauchte. Auch seine weiche Kärntner Sprachmelodie trug dazu bei, mich und meine Schwester vollkommen zu beruhigen.

Am nächsten Tag machten wir uns wieder auf den Weg zum ‚Hirschen' an der Kaiserpromenade. Ich trug noch immer dieselben Kleider wie bei meinem Aufbruch aus Baden, nämlich meine alte abgewetzte Uniformjacke und die schon ziemlich löchrige graue Hose. Im Ortszentrum sah mich Hermann missbilligend von oben bis unten an und führte mich kurzerhand in eine kleine Schneiderwerkstatt. Er kannte den Schneider gut, da dieser aus der gleichen Ortschaft stammte wie er.

„I brauch a Gwandl für den jungen Mann", sagte Hermann in kärntnerischer Mundart. Der Schneider holte einen alten Anzug aus dem Hinterzimmer und reichte ihn mir.

„Neu ist der nimmer, aber gute Qualität. Der könnt dir passen." Ziemlich überrumpelt machte ich mir Sorgen, wie ich den Anzug bezahlen sollte. Hermann erkannte meine Bedenken und sagte dem Schneider, dass damit seine Schulden beim Primarius Treiber beglichen wären. Offenbar war die Aktion schon abgesprochen. Onkel Luis dürfte meiner Schwester versprochen haben, mich mit ordentlicher Kleidung zu versorgen, denn wahrscheinlich war sie der Meinung gewesen, dass ich so in Bad Gastein nicht herumlaufen könnte.

Ich bedankte mich etwas beschämt bei meinem Schwager.

„Nichts zu danken", antwortete er lächelnd. „Wenn meine Frau einen Wunsch hat, versuche ich immer, ihn zu erfüllen. Und zwei Hemden werden wir für dich auch noch finden." Der Anzug passte perfekt, und ich fühlte mich sofort wesentlich wohler in dieser sauberen und nicht zerschlissenen Kleidung.

Bei der Visite zeigten die meisten Kranken keine wesentlichen Veränderungen, einige hatten weiterhin sehr hohes Fieber.

Ich erzählte meinem Schwager, dass wir auf der Alm in Obertauern versucht hätten, uns mit der Wirkung heimischer Alpenkräuter vertraut zu machen und dass diese vielen Kranken tatsächlich geholfen hätten. Ich berichtete von meiner Bekanntschaft mit Franz Amannshauser, der mir am Tauern viele pflanzliche Heilmittel gezeigt hatte.

Hermann war sofort begeistert und beauftragte mich, während der nächsten Tage auf Kräutersuche zu gehen. Es gäbe sicher einen Einheimischen, der mich begleiten könnte und der wüsste, wo Alpenkräuter zu finden wären. Er kannte auch die Kräuterfibel von Amannshauser, die sicher irgendwo zu besorgen wäre.

Am Nachmittag ging mein Schwager mit mir in eine Pension, die während des Krieges von der Luftwaffe für Ärzte gemietet worden war. Dieses Haus war noch nicht von den Amerikanern requiriert worden, und vielleicht könnte ich dort eine Unterkunft bekommen, nur vorübergehend natürlich … Hermann konnte sehr charmant und überzeugend sein: Ich würde dieses Zimmer wirklich dringend brauchen, denn ich wäre für den medizinischen Betrieb seines Spitals unabkömmlich, erklärte er freundlich der sehr abweisenden Frau. Sie wollte mich eigentlich nicht im Haus haben, da sie für die Unterkunft unter den gegebenen Umständen keine Bezahlung verlangen könnte, wie ihr klar war. Nun aber führte sie uns widerwillig in ein großes Zimmer im ersten Stock, in dessen Mitte ein riesiger Fauteuil stand.

Nachdem sie mir wortlos den Schlüssel gegeben hatte, gingen wir zurück in das Kurhaus, um meine Sachen zu holen.

Als mich meine Schwester sah, war sie von meiner veränderten Erscheinung begeistert. „Endlich schaust ordentlich aus", rief sie und küsste mich auf die Wange. „Nur zum Friseur solltest du auch noch gehen!"

Ich bedankte mich bei Onkel Luis für den Anzug und berichtete, dass wir ein Zimmer gefunden hätten. Meine Schwester und er waren erleichtert und lobten Hermanns anpackende Initiative. Der Onkel wollte mit mir einen Schnaps trinken, den ich aber mit Hinweis auf meine Leberkrankheit ablehnen musste.

Er wusste, was ich während des Krieges durchgemacht hatte und meinte: „Ja, du kannst jedenfalls froh sein, dass du noch lebst, am Fleckfieber und an Hepatitis sind wirklich viele gestorben!"

Ich packte also wieder alles zusammen. Mein Bargeld war auf zwanzig Reichsmark geschrumpft, aber ich hatte noch die drei Goldmünzen, die in meine alte Uniformjacke eingenäht waren. Das Fahrrad wurde von Onkel Luis persönlich im Keller eingesperrt, und ich vergaß auch nicht, meine Pistole und die kleine Schachtel Patronen einzustecken. Bisher musste ich die Waffe nie verwenden, aber sie zu besitzen hatte mir immer ein Gefühl persönlicher Sicherheit gegeben.

Als ich im neuen Zimmer angelangt war, versteckte ich die Pistole zwischen Rückenlehne und Sitzpolster des Fauteuils. Es gab fließendes Wasser, und das Bett war sogar frisch überzogen. Lediglich die Glühbirne der Nachttischlampe funktionierte nicht.

Die Pension lag nicht weit vom ‚Hirschen' entfernt, also ging ich dorthin zurück, um mir beim Hausmeister eine neue Birne zu besorgen. Er war gut aufgelegt und gab mir sogar zwei Glühbirnen.

Eine schraubte ich in die Lampe, die andere kam in die Nachttischlade. Abends schaute die Besitzerin der Pension bei mir vorbei und fragte, ob alles in Ordnung wäre. Anscheinend wollte sie mich kontrollieren, denn sie musterte meine Utensilien genau. Dann erzählte sie, dass ich das schönste Zimmer im Haus hätte und dass hier schon der berühmte Professor Freud aus Wien genächtigt hätte!

Der Name Freud sagte mir damals überhaupt nichts. Meine Ahnungslosigkeit blieb der Frau nicht verborgen, und sie schaute mich indigniert an. „Den Namen sollten Sie schon kennen, junger Mann, vor allem, wenn Sie Arzt sind oder einer werden wollen."

Ich erwiderte, dass es mir leid täte, den Professor nicht zu kennen. Noch bevor ich mich für die Unterkunft bedanken konnte, hatte sie sich aber schon umgedreht. Sie verließ mich mit Kopfschütteln sowie einem vorwurfsvollen Gute-Nacht-Gruß.

Vor dem Einschlafen nahm ich mir noch vor, mich baldigst nach diesem berühmten Wiener Professor zu erkundigen.

An meine neue Tätigkeit gewöhnte ich mich sehr rasch. Nachdem ich alles kennengelernt hatte, überließ mir Hermann weitgehend die Betreuung der Patienten im Haus. Die medizinischen Anweisungen erhielt ich von ihm, und sein Onkel gab mir viele hilfreiche Ratschläge. Regelmäßige gute Verpflegung und eine solide Unterkunft …: In meiner Situation war dies als Lohn mehr als ausreichend. In den letzten Jahren, vor allem zuletzt am Tauern, hatte ich viele praktische Erfahrungen gesammelt, aber mein Medizinstudium war eben noch lange nicht abgeschlossen.

Das Leben in Bad Gastein war tatsächlich ein ganz anderes als in Obertauern. Überall gab es elektrisches Licht, im Zentrum waren sogar die Straßen beleuchtet. In den Hallen der großen Hotels sah man spiegelnden Marmor und hell leuchtende Kristalllüster –, für mich eine nie gekannte Glitzerwelt, fast wie Weihnachten. Kein einziges Gebäude war im Krieg zerstört worden, ich sah auch nirgends Einschusslöcher in den Mauern oder herumliegende Kriegsrelikte. Es war unfassbar, dass diese mondäne Welt den Krieg anscheinend unbeschadet überstanden hatte. – Aber es war eben nur der Schein, der hier die Wirklichkeit in den Schatten gestellt haben dürfte.

Im Zentrum und auf den Promenaden sah ich viele sehr gut gekleidete Menschen, die gemächlich auf und ab spazierten. Waren das tatsächlich Kurgäste oder vielleicht Waffenhändler, die ein Geschäft mit den Amerikanern machen wollten? Oder einfach Spekulanten und Opportunisten aus allen Himmelsrichtungen, die bei Kriegsende hier gestrandet waren und Unterschlupf suchten?

Es gab viele amerikanische Soldaten, höhere Offiziere, verschiedenstes Sanitätspersonal und Krankenschwestern, die alle in ihren unterschiedlichen Uniformen die Straßen belebten.

In erschütterndem Kontrast dazu standen die hunderten, wenn nicht tausenden KZ-Überlebenden die in den großen Hotels einquartiert waren und auf die Möglichkeit eines Weitertransportes nach Palästina warteten. Den meisten waren ihre grauenhaften Erlebnisse wie ins Gesicht geschrieben. Viele wirkten so, als ob sie langsam aus einem langen Albtraum erwachen würden und noch nicht begriffen hätten, dass sie tatsächlich noch am Leben und jetzt hier wären. Sie trugen natürlich nicht mehr ihre KZ-Lumpen, aber unter den alten Anzügen und viel zu weiten Hosen konnte man die ausgemergelten Körper erkennen. – Auf vielen Balkonen und in den Eingängen der Hotels hingen weiße Fahnen mit dem Davidstern –, früher waren dort wahrscheinlich Hakenkreuzfahnen gehangen …

Zu Gesicht bekam ich ebenso viele Straßenhändler und zwielichtige Figuren, die vor den Hotels und auf Parkbänken herumlungerten. Die meisten versuchten, amerikanische Zigaretten zu verkaufen, manche auch Schnaps oder Whiskey. Einheimische wiederum waren, soweit ich das beurteilen konnte, im Ortszentrum kaum zu sehen.

Immer wieder rasten auch amerikanische Soldaten in ihren Jeeps durch den Ort, hielten plötzlich an, sprangen heraus und durchsuchten Passanten, Häuser oder Hotels. Wenn die Jeeps mit Vollgas durch die Straßen dröhnten, verbreitete sich im ganzen Ort der für das amerikanische Benzin typische Abgasgeruch. Das Zentrum lag dann in einer grau-blauen, stinkenden Wolke.

Viele verschiedene Welten trafen also in diesem Talkessel aufeinander –, die von vorgestern, von gestern, von heute und in Andeutungen auch die von morgen: Angst und Misstrauen existierten neben aufkeimender Zuversicht, Sieger neben Besiegten, offener Hass neben verstecktem Rachedurst wegen nie zu vergessender Demütigungen. Es war die Welt der unschuldigen Opfer, der Vollstrecker, der Mitläufer und am deutlichsten die der Leugner und Realitätsverweigerer. Was tatsächlich spürbar in der Luft lag, war eine Grundschwingung, die sagte: ‚Das waren nicht wir, uns trifft keine Schuld! Es war die Zeit, die uns das angetan hat …'

16

Am nächsten Wochenende durfte ich im Kurhaus Treiber mit meiner Schwester, Hermann und Robert zu Abend essen. Es gab Schinkenfleckerln, und Onkel Luis ließ es sich nicht nehmen, wieder eine Flasche Rotwein zu öffnen, er hatte wohl ausreichende Vorräte im Keller.

Es gab ein Tabu-Thema, auf das mich Hermann schon aufmerksam gemacht hatte: Es betraf Gretl, die Frau von Onkel Luis und Mutter von Robert. Diese war vor einem Jahr, mitten im Krieg, plötzlich verschwunden und hatte die Familie in große Sorge versetzt. Es stellte sich aber bald heraus, dass sie schon lange eine innige Beziehung mit dem örtlichen Kapellmeister gehabt hatte und mit ihm nach Klagenfurt gegangen war: Für den Herrn Primarius eine peinliche Situation, aber er konnte sie nicht dazu zwingen, zu ihm zurückzukehren. Und Robert hatte es offenbar schwer getroffen, dass die

Mutter bei seiner Rückkehr nicht zuhause war und auch nie nach ihm gefragt hatte. Das erklärte auch, warum Robert so verschlossen und abgekehrt wirkte. Onkel Luis' unentwegter Tabak- und nicht unbeträchtlicher Alkoholkonsum war wahrscheinlich ebenfalls ein Ausdruck dieser Kränkung … und seiner Einsamkeit.

Gretl war, wie mir Hermann erzählte, eine sehr fröhliche, geistreiche und – wie er sich ausdrückte – umtriebige Dame gewesen, die das Kurhaus in Schuss gehalten hatte und daher überall fehlte.

Da war das Auftauchen meiner Schwester, einer dynamischen jungen Frau, natürlich ein Lichtblick für die kleine Familie. Gemeinsam mit der Haushälterin kümmerte sie sich so gut wie möglich um das Haus und versuchte, gute Laune zu verbreiten. Während des Essens bewies sie, dass sie eine hervorragende Schauspielerin war … Meistens lächelte sie, dann hörte sie wieder aufmerksam zu, einmal erzählte sie auch einen leicht anzüglichen Witz. Sie trug, soweit ich mich erinnere, einen blauen Rock und eine Dirndlbluse, beides dürfte sie von der Haushälterin bekommen haben, mit der sie sich gut verstand. Onkel Luis und Robert waren vor allem von ihrem Dekolleté zutiefst beeindruckt, sodass sich die anfangs gedämpfte Stimmung rasch besserte.

Ich hatte im Gymnasium während des Musikunterrichts ein wenig Gitarrespielen gelernt. Dass ich sogar Kärntner Lieder kannte, erstaunte alle. Robert holte rasch seine Gitarre, und wir stimmten ‚In der Mölltalleitn' an, sangen gemeinsam ‚Karntn is lei ans' und ‚Es wird scho still uman See' … Wenn man diese Lieder hört, kommen einem sehr leicht die Tränen, nicht weil man von Trauer überwältigt wäre, sondern eher aus Verbundenheit mit einer imaginierten Heimat und natürlich aus Selbstmitleid. So saßen wir mindestens zwei Stunden beisammen, und alle vergaßen für kurze Zeit ihre drückenden Sorgen. Onkel Luis hatte zwischendurch sogar zu rauchen aufgehört, und meine Schwester hatte Tränen in den Augen, was Robert, seinen Vater und Hermann anregte, mit noch größerer Inbrunst und Hingabe zu singen.

Später teilte mir Hermann mit, dass er einen Bekannten gefunden hätte, der mit mir zur Kräutersuche auf den Berg gehen würde. Das Kräuterbüchlein hatte er sich schon von seinem Onkel ausgeborgt. „Morgen um sechs holt er dich ab –, Rucksack und Bergschuhe hast du ja", sagte er lachend und gab mir das kleine Buch. Zum Glück hatte ich tatsächlich noch die guten Schuhe vom Tauern und meine Bergjacke, sodass ich für die Gasteiner Berge bestens gerüstet war.

Es war schon ziemlich spät, als ich mich verabschiedete, leicht berauscht vom Wein.

„Pass auf, du darfst wegen der Ausgangssperre jetzt eigentlich nicht mehr hinaus", mahnte mich Hermann und klopfte mir auf die Schulter.

„Danke für den wunderbaren Abend", verabschiedete ich mich und umarmte meine Schwester.

Problemlos erreichte ich meine Unterkunft und schlief, beseelt von den Kärntner Liedern, sofort ein …

In der Früh wurde ich von einem jungen Mann, der eine Lederhose und einen grünen Hut trug, aus dem Schlaf gerissen.

„Griass di, auf gehts!", rief er. Es war nicht, wie vereinbart, sechs Uhr, sondern halb fünf, und es begann gerade erst zu dämmern. Schnell aß ich noch ein Butterbrot, packte ein wenig Proviant, meine Feldflasche und das Kräuterbüchlein in den Rucksack, dann brachen wir auf.

Mein Bergkamerad sprach zwei Stunden lang nichts. Wir gingen über eine Bergwiese und dann durch einen dichten Nadelwald, wobei der Weg immer steiler wurde.

Schließlich blieb er stehen, drehte sich um und sagte: „I bin der Peter, und wir gehn jetz da auffi." Vor mir sah ich in ziemlicher Ferne einen felsigen Berggipfel. „Des is der Hüttenkogel, da gibts alles da oben –, Zirben, Latschen und die besten Kräuter." Und schon ging es weiter.

Nach einer weiteren Stunde musste ich rasten.

Peter lachte: „Für an Flachlandler bist eh ganz gut, setz ma uns amal hin."

Es war ein strahlend schöner Sommertag, erst jetzt erblickte ich unter mir das ganze Tal, umringt von den schneebedeckten Bergen der Hohen Tauern. Ich war überwältigt von diesem Anblick. Unten lag der Talkessel mit den Häusern und Hotels, die von hier oben ganz klein aussahen. Peter hatte zum Glück Speck mitgenommen. „A Brot ohne an Speck is nix, wie a Bock ohne a Goaß", meinte er lachend und gab mir ein ordentliches Stück.

Ich erzählte ihm ein bisschen: von wo ich hergekommen war, und warum ich hier sei.

„Ja", antwortete er leise. „I war a im Krieg, im Osten. Zwei von meine Brüder liegen dort unter da Erd."

Ich wusste nicht, was ich sagen sollte und legte ihm meine Hand auf die Schulter.

„Nur da heroben kann i vergessen, was i alles mitgmacht hab. Und wir gehn jetz weiter", seufzte er abschließend und sprang auf.

Es ging weiterhin steil bergauf, der Wald war nur von einzelnen kleinen Lichtungen unterbrochen. Schließlich gelangten wir an die Baumgrenze, hier gab es dichtes Latschengestrüpp zwischen hohen Felsen und Steinplatten. Die Hänge um uns leuchteten dunkelrot und saftig grün, denn die Alpenrosen standen in voller Blüte.

„Des is unser Paradies, die Almrausch, die Sonn und unsere Berge", meinte Peter und atmete befreit durch.

Dann begaben wir uns auf die Suche nach den Kräutern. Peter kannte sich hier gut aus: Wir fanden Arnika, Salbei, Pestwurz, Eisenhut, Augentrost und Wacholderbeeren an den Hängen und zwischen den Steinen. In Stoffsäckchen verstauten wir die verschiedenen Kräuter.

Mittags setzten wir uns unter einen großen umgestürzten Wurzelstock, um zu jausnen: Brot und Speck hatten wir genug. Da ich ziemlich erschöpft war, schlief ich in der Sonne, ausgestreckt auf dem weichen Waldboden, ein. Allerdings wurde ich bald schon von einem eindringlichen Pfeifkonzert geweckt, das von oben aus den Felsen kam.

„Die Mankai", lachte Peter. Murmeltiere, die uns bemerkt hatten, warnten sich durch ihre lauten Pfiffe gegenseitig.

Wir hatten bereits genügend Kräuter, aber Peter wollte noch etwas erledigen … Wir gingen ein Stück weiter und kamen in einen ausgedehnten geschlossenen Zirbenwald. Der Boden war bedeckt mit kleinen Sträuchern, Heidelbeerstauden, weichen Moosmatten und verschiedenen blühenden Alpenblumen.

Die Zirben waren bis zu zwanzig Meter hoch, mit dicken Stämmen und verkrüppelten Formen. Einige dürften sehr alt gewesen sein, sie sahen aus wie verzauberte Urzeitwesen. Unwillkürlich blieb ich stehen und staunte.

Rascheln und Knacken riss mich jäh aus meinen Träumen, denn Peter war inzwischen in den Wipfel einer Zirbe geklettert, wo er die frischen Zapfen einsammeln wollte. Von dort rief er, dass ich ihm nachkommen sollte, aber ich traute mir die waghalsige Baumkletterei nicht zu. Er stieg noch auf einige andere Bäume, bis sein zweiter Rucksack voll war. „Das wird wieder a guter Zirbenschnaps", sagte er voll Freude und zeigte mir die angenehm duftenden dunklen Zapfen.

Ich hatte mich inzwischen gut ausgeruht und genoss die wunderbare Umgebung in der warmen Nachmittagssonne. Aber plötzlich wurde mir schwindlig, völlig unerwartet wurde ich von einem Gefühl der Angst und Vernichtung befallen, das mir regelrecht die Kehle zuschnürte. Etwas zuckte und zischte, ich sah, wie sich vor mir ein flimmernder schwarzer Abgrund auftat, in dessen Strudel ich zu verschwinden drohte. Wie einen unaufhaltsam immer schneller rollenden Stein schien mich das dunkle Nichts hinunter zu zerren. Der Sog wurde stärker, ich hielt mich mit ganzer Kraft an einer Wurzel fest. Von der Zirbe über mir ging – ich erinnere mich genau daran – eine magische Kraft aus. Der Baum gab mir die Stärke, Widerstand zu leisten, mich nicht hinabziehen zu lassen und am Boden zu bleiben …

Peter stand plötzlich neben mir und sah mich besorgt an. „Du bist ja bleich wie die Wand, was is passiert? Hast a Schlange gsehn?", fragte er.

„Ja, ich glaub es war eine große Kreuzotter, direkt neben mir. Aber sie ist schon wieder verschwunden, hat mir nix getan", antwortete ich verdattert und mit zitternder Stimme.

Jetzt, nach so vielen Jahren, kann ich nicht mehr sagen, was geschehen war. Vielleicht war wirklich eine Schlange neben mir gelegen und hatte mich belauert. Es werden aber wohl eher meine ganz realen Ängste gewesen sein, die unvermittelt an die Oberfläche getreten sind. All meine Erfahrungen von Gewalt und drohender Vernichtung dürften sich vehement zu Wort gemeldet haben. Und vielleicht versuchte der uralte Baum wirklich, mir zu helfen und mich vor dem Abgrund zu retten –, er hatte sicher schon viele Katastrophen, eisige Winter, Lawinen und Stürme erlebt und überlebt …

Wir machten uns dann auf den Heimweg. Es war schon später Nachmittag, und Peter meinte, dass wir noch etwas essen sollten. Wir kehrten in einer Almhütte ein, wo es frische Milch und eine kräftige Suppe gab, aufgetischt von der jungen Sennerin, die sich über unseren Besuch offensichtlich freute. Lange konnten wir nicht bleiben, aber Peter zwinkerte ihr zu und sagte ihr, dass er vielleicht morgen wieder vorbeischauen würde. Anscheinend war er öfter in dieser Hütte zu Gast.

Bei Einbruch der Dämmerung waren wir bei meiner Unterkunft angelangt, und Peter gab mir die Säckchen mit den Kräutern.

„Das war der schönste Tag seit langem, vielleicht kommen wir bald wieder auf einen Berg", verabschiedete ich mich.

„I glaub schon, wir hörn uns. Jetzt setz i amal mein Zirbenschnaps an, pfiat di", erwiderte er und ging beschwingt nach Hause.

In meinem Zimmer breitete ich die Pflanzen und ein paar Zirbenzapfen am Boden aus, legte mich auf mein Bett, schloss die Augen – und atmete den wunderbaren Duft der frischen Kräuter tief ein.

17

Bad Gastein war zu dieser Zeit, wie bereits gesagt, ein hochinteressanter Ort –, ein Biotop mit vielen außergewöhnlichen Exemplaren der menschlichen Spezies. Ich will nun von einigen Persönlichkeiten berichten, die bei mir großen Eindruck hinterlassen haben. Der Onkel meines Schwagers betreute und behandelte als angesehener Arzt viele dieser seltsamen Gäste, und er war bereit gewesen, mich bei einigen Visiten mitzunehmen.

Im Hotel Bellevue wohnte der berühmte Chemiker Professor Friedrich Bergius. Er hatte 1931 gemeinsam mit Carl Bosch den Chemie-Nobelpreis erhalten, und zwar für die Verflüssigung von Kohle. Durch das von ihm entwickelte Bergius-Verfahren konnten Benzin und Dieselöl aus Kohle hergestellt werden. Eine epochale Erfindung, denn diese ermöglichte es dem deutschen Reich sowohl im Ersten als auch im Zweiten Weltkrieg von Öllieferungen aus dem Ausland weitgehend unabhängig zu werden. Ihm selbst hatten seine Erfindungen wenig gebracht, denn er wollte sich von jeder politischen Vereinnahmung distanzieren und verkaufte alle Patente an die BASF – die ‚Badische Anilin- und Sodafabrik'.

Bei Kriegsende kam er, wahrscheinlich durch geheime Kontakte mit Kollegen in den USA, nach Bad Gastein, wo er unter besonderem Schutz der Amerikaner stand.

Eines Tages wurde Onkel Luis zu ihm gerufen, weil er plötzlich hohes Fieber bekommen hatte. Als wir in seinem Zimmer eintrafen, fanden wir einen großen, kahlköpfigen Herrn im Bett liegend vor. Er schwitzte und hustete heftig. Meinen Onkel sah er misstrauisch an, und mich ignorierte er völlig.

„Machen Sie, bitte, etwas, Herr Doktor", flehte er mit brüchiger Stimme.

Onkel Luis setzte sich an sein Bett und versuchte erst einmal, den Professor zu beruhigen. Dann fühlte er seinen Puls, während das Fieberthermometer in der Achsel des Patienten sehr rasch 40 Grad Celsius anzeigte. Mit dem Stethoskop wurden das Herz und die Lungen genau abgehört, anschließend klopfte Onkel Luis sorgfältig den Rücken und die Brust ab. Die gesamte Prozedur dauerte mindestens eine dreiviertel Stunde, dann durfte ich mit dem Stethoskop hinhören. Ich hörte im unteren Brustkorbbereich am Rücken rechts ein deutliches Rasselgeräusch.

„Was hat nun unser Professor?", wurde ich gefragt.

Ich antwortete verlegen und eingeschüchtert: „Ich glaube, eine Pneumonie rechts."

„Richtig! Herr Professor, Sie haben eine Lungenentzündung", diagnostizierte mein Onkel und sah den Mann besorgt an.

Dann geschah etwas Unerwartetes: Professor Bergius schrieb einen Namen und eine Telefonnummer auf einen Zettel, der auf seinem Nachtkästchen gelegen war. „Bitte rufen Sie dort an, nennen Sie meinen Namen und sagen Sie, dass ich sofort Penicillin benötige. Der Medical Major soll es persönlich hierher bringen", ersuchte er meinen Onkel höflich, aber bestimmt.

Dieser ging sofort zur Hotelrezeption, während ich bei Professor Bergius zu warten hatte.

Es dauerte keine halbe Stunde, dann kam mein Onkel mit drei Fläschchen einer weißen Flüssigkeit ins Zimmer zurück. „Der Major ist wirklich sehr interessiert an Ihrer Gesundheit ... So schnell und problemlos bin ich noch nie an dieses Wundermittel herangekommen", meinte Onkel Luis lachend.

„Tja, ein Nobelpreisträger ist halt wichtig für die Amerikaner", erwiderte Professor Bergius. „Auch wenn er ein Deutscher ist oder vielleicht gerade deshalb."

Mein Onkel nahm eine Spritze aus seinem Ärztekoffer, stach ein Fläschchen an und zog die Flüssigkeit in den Glaskolben. Ich durfte inzwischen einen Stauschlauch am Oberarm des Patienten anbringen. Aus einer Metalldose nahm Onkel Luis eine saubere Nadel, setzte sie auf die Spritze und injizierte langsam das Penicillin in die Vene der Armbeuge. „So, das wars dann. Hustentee und fiebersenkende Medikamente haben Sie schon, wie ich sehe", konstatierte er zufrieden. „Ich komme morgen wieder, für die zweite Injektion. Das Fieber wird noch etwas anhalten, aber es sollte morgen schon nicht mehr so hoch sein. Wenn irgendwelche Probleme auftreten, lassen Sie mich bitte sofort rufen", beruhigte mein Onkel seinen prominenten Patienten.

„Auf Wiedersehen und vielen Dank", rief der Professor, aber seine Worte gingen großteils in lautem Husten unter.

Am nächsten Tag konnte ich bei der Visite nicht mitgehen.

Der Onkel erzählte mir später, dass Professor Bergius schon nach drei Tagen kein Fieber mehr gehabt hätte.

Etwa zwei Wochen nach unserem ersten Besuch wurden wir zu einem Kaffee in die Lounge des Hotels eingeladen, Onkel Luis und ich. Der Professor trug Anzug und Krawatte, er wirkte sehr streng und ein wenig herrisch. Resignierend sagte er: „Ich bin jetzt gesund, dank unserer freundlichen Besatzer und natürlich auch Ihnen. Ich werde meine Heimatstadt Breslau und mein deutsches Vaterland, das sich ja selbst zerstört hat, nie mehr wiedersehen. Irgendwo werde ich hoffentlich existieren und mich vielleicht auch nützlich machen können, aber es wird kein Leben mehr für mich geben, das weiß ich."

Dabei rauchte er eine dicke Zigarre, und Onkel Luis war froh, dass er sich auch eine Zigarette anzünden konnte. „Ja, irgendwie und irgendwo weitermachen. Wenn wir Glück haben, können wir darauf hoffen –, mehr bleibt uns nicht", erwiderte mein Onkel. Die beiden tranken französischen Cognac, jeder ein Glas und dann noch eines.

Ich saß fasziniert dabei und wagte es nicht, auch nur ein Wort zu sagen. Anschließend durften wir uns höflich verabschieden. Obwohl es angenehm warm war, spürte ich beim Hinausgehen einen kalten Frosthauch. – Einem Nobelpreisträger bin ich seither nie mehr persönlich begegnet …

Eine weitere beeindruckende Erscheinung, der ich immer wieder begegnete, war die Filmschauspielerin Marika Rökk. Sie war ein UFA-Star und eine der Berühmtheiten des deutschen Unterhaltungsfilms gewesen, ihr Ehemann und sie hatten sich offen mit den Nazi-Größen arrangiert. Als Sängerin und hervorragende Tänzerin – man sagte, sie hätte Paprika im Blut – war Marika Rökk vor dem Krieg auch am Broadway und in Paris aufgetreten. Ihre einfach gestrickten Filmrollen hatten sie überall sehr beliebt gemacht. Jeder, der ein Kino besuchen durfte, kannte ihr Gesicht, und viele verehrten sie. Die unschuldig-verführerischen Rollen mit plötzlichen Temperamentsausbrüchen wurden von ihr auch nach Kriegsende unbeirrt weitergespielt …

Nun trat sie zur Unterhaltung der amerikanischen Soldaten und Offiziere auf. Mühelos gelang es ihr, auch diese in ihren Bann zu ziehen, so wie vorher Nazibonzen und einfache Wehrmachtssoldaten.

Natürlich hatte ich keine Gelegenheit, die unnahbare Diva persönlich kennenzulernen. Aber allein das Wissen, dass diese auf der Promenade stolzierende, in ein Cape aus Silberfüchsen gehüllte Frau Marika Rökk war, gab mir das unbestimmbare Gefühl, selbst Teil dieser Berühmtheit zu sein.

Auch viele ehemalige Größen der Welt, die mit Hitler kollaboriert hatten, waren bei Kriegsende nach Gastein geflüchtet. Offiziell waren diese Personen von den Amerikanern in den Hotels interniert worden, zumeist ohne ihren elitären Lebensstil ändern zu müssen. Man konnte dem Großmufti von Jerusalem oder Ante Pavelić, dem früheren Machthaber Kroatiens begegnen. Auch die vollzählige japanische Botschaft und fast die gesamte letzte ungarische Regierung waren in Bad Gastein anzutreffen. Diesen Personen war offenbar von den Alliierten eine Art Verschnaufpause gegönnt worden, bevor von höherer Stelle entschieden würde, was mit ihnen geschehen sollte. Die eventuelle Brauchbarkeit und Nützlichkeit jedes Einzelnen wurde von amerikanischer Seite – vom ‚CIC' – genau beurteilt.

In der Dependance des Grand Hotel de l'Europe residierte Zar Ferdinand der Erste von Bulgarien. Natürlich war er nur der ehemalige Zar, denn er musste bereits 1918 zu Gunsten seines Sohnes abdanken. Bevor er in den Kurort geflüchtet war, hatte er in Wien in einem großen Palais gelebt und Hof gehalten, von den Nazis nicht nur toleriert, sondern als Pfand gegenüber Bulgarien gut bewacht. Onkel Luis wurde immer wieder zu ihm gerufen, da er an Asthma und chronischer Gastritis litt.

Bei einer dieser royalen Visiten durfte ich Onkel Luis begleiten. „Er hat nichts, braucht aber ein bisschen Zusprache und das Gefühl, dass man ihn noch immer bewundert und verehrt", erklärte mein Onkel am Weg zum ehemaligen König. Wir wurden von einem Diener in den Empfangsraum geleitet, wo der alte Herr in einem Lehnstuhl am Fenster saß. Am Kopf trug er ein schwarzes

Samtkäppchen mit einem kleinen Stern in der Mitte. Er hatte lebhafte, blaue Augen, eine gewaltige Hakennase und einen schütteren, weißen Spitzbart.

Der frühere Monarch schilderte meinem Onkel alle Symptome sehr genau, schien diesen aber keine besondere Bedeutung beizumessen. Während der anschließenden Untersuchung stand ich ehrfürchtig im Hintergrund.

Da winkte mich der ehemalige Zar zu sich: „Er darf sich setzen", ließ er mich gnädig wissen und zeigte auf den kleinen Hocker neben dem Tisch. „Sein Herr Onkel ist nicht nur ein hervorragender Arzt, sondern auch ein Freund, ein wahrer Seelenarzt", meinte er. „Bereits mein Urgroßvater, Kaiser Franz der Erste, war hier in Bad Gastein zur Kur. Ich, das soll er wissen, bin ein lebendes Archiv. Ich war als erster König von Bulgarien bei der Krönung von Zar Nikolaus dem Zweiten in Sankt Petersburg anwesend. Ich hatte schon damals das Unglück kommen gesehen, und ich habe gewusst, dass alles zugrunde gehen wird. Sämtliche Revolutionen in Europa habe ich mitgemacht und überlebt … Ich wundere mich oft selbst, dass ich nicht verrückt geworden bin. Nahezu alle Katastrophen in meinem Leben sind von den Russen gekommen", erzählte er, mehr an meinen Onkel als an mich gewandt. „Durch sie habe ich meinen Thron verloren, nachdem ich in vierzig Jahren aus einem türkischen Misthaufen eines der fortschrittlichsten Länder Europas geformt habe. Was sie jetzt gemacht haben, ist noch viel schrecklicher. Meinen Sohn Kyrill haben sie niedergeknallt wie einen Hund, und was mit meinem Enkel Simeon, dem Thronfolger, und meinen Töchtern geschehen ist, weiß ich nicht. Ich bin ein unglücklicher Mann", seufzte er und ergriff die Hand meines Onkels.

„Hier in Bad Gastein sind Sie sicher, königliche Hoheit, und Sie sind bei ausgezeichneter Gesundheit", versuchte mein Onkel, ihn zu trösten.

„Leider stimmt das nicht", erwiderte der frühere König und zeigte ihm ein Schreiben von der amerikanischen Besatzungsbehörde, in dem er in rüdem Ton aufgefordert wurde, Bad Gastein ehestmöglich zu verlassen.

Onkel Luis erschrak kurz, konnte sich aber schnell fassen. „Das wäre für mich und für alle in diesem Tal ein großer Verlust, königliche Hoheit. Sie werden aber sicher in England bei ihren Verwandten Aufnahme finden. Das Haus Sachsen-Coburg-Gotha ist ja groß und hat viele Räume", war seine Überlegung, die er mit etwas übertrieben klingender Besorgnis zum Ausdruck brachte.

„Ja, ich habe schon Kontakt aufgenommen. Man würde mir im Keller dieses Hauses gnadenhalber Unterkunft gewähren. – Ich hasse die Briten und besonders diesen arroganten Zweig unserer Familie, der sich auf der feuchten Insel niedergelassen hat", meinte der alte Herr emotionslos. Er erhob sich von seinem Sessel, ebenso mein Onkel, und auch ich sprang sofort auf. Aus seiner Westentasche zog er ein kleines diamantenes Diadem, das er Onkel Luis mit den Worten überreichte: „Ich danke Ihnen, verehrter Freund, und hätte Sie gerne weiterhin als meinen Leibarzt bei mir gehabt. Nehmen Sie das bitte als Andenken an einen traurigen alten König!"

Mein Onkel zeigte sich gerührt, und die beiden Männer umarmten sich. Dann verließen wir schweigend die königlichen Räume des Hotels, während Onkel Luis einen anerkennenden Blick auf sein Geschenk warf. Wie ich später erfuhr, musste Ferdinand nicht zu seinen verhassten Verwandten nach England fliehen, er wurde auf seinem Familienstammsitz in Coburg aufgenommen, wo er wenige Jahre später verstarb.

Wenn ich an diese Begegnung zurückdenke, verwundert mich die selbstverständliche Unterwürfigkeit, mit der Onkel Luis, und natürlich auch ich, diesem zwar historisch bedeutsamen, aber weit von der Realität abgehobenen Mann gegenübertraten. Die Rolle eines bedauernswerten Herrschers ohne Macht spielte der frühere Zar perfekt. In Wahrheit war er als Schachfigur in eine Ecke Europas geschoben und dann verbannt worden, was aber offenbar seinen Ansprüchen keinerlei Abbruch getan hatte.

Es gab in Bad Gastein auch beeindruckende künstlerische Darbietungen, wie man sie mitten im Hochgebirge in der Not der unmittelbaren Nachkriegszeit wohl nicht erwartet hätte. Die berühmte

Opernsängerin Maria Cebotari sang manchmal in der Pfarrkirche, und einmal hatte ich die Gelegenheit, sie bei einem Konzert im Kursalon zu hören, zu dem ich von Onkel Luis gemeinsam mit meiner Schwester und Hermann eingeladen worden war. Eigentlich war diese Veranstaltung nur für amerikanische Offiziere und deren Angehörige vorgesehen, aber dank Onkel Luis' guten Beziehungen durften auch wir die Vorstellung besuchen.

Ich hatte noch nie vorher Puccini-Arien gehört und war überwältigt, als ich die weltberühmte Sängerin unmittelbar vor mir sah und ihre fantastische Stimme hörte. Als sie ‚Un bel di, vedremo' sang, verfiel nicht nur ich, sondern das gesamte Publikum in einen wahren Begeisterungstaumel. Nach einigen weiteren Arien sang sie zum Schluss noch einmal das Lied der Madame Butterfly auf Englisch für die amerikanischen Soldaten: ‚One fine day we will see'. Im ganzen Saal war tatsächlich niemand zu sehen, der bei dieser Melodie nicht Tränen in den Augen hatte, manche schluchzten laut.

Am Weg nach Hause sprach niemand ein Wort - wir waren alle in einer anderen Welt gelandet, aus der wir nicht mehr zurückwollten. Ich habe später nie mehr eine derartig berührende, in allen Tonlagen perfekte Stimme wie die der Maria Cebotari gehört.

18

Die Arbeit im Haus ‚Zum Hirschen' blieb im Wesentlichen immer die Gleiche: Einige Patienten konnten entlassen werden, bei anderen stellte sich keine Besserung ein. Ich führte weiter die Krankenblätter, berichtete Hermann bei der Visite und verabreichte die verordneten Injektionen. Meist war ich von sieben Uhr früh bis drei Uhr nachmittags im Spital. Neben den Lungenkranken gab es auch einige Patienten mit Magen-Darm-Erkrankungen und Leberleiden.

Die von uns am Berg geernteten Kräuter wurden in der Küche fachgerecht zu Tee verarbeitet, und wir konnten bei einigen Magen- und Lebererkrankungen eine deutliche Besserung erreichen.

Einer unserer Patienten war ein besonderer Fall, der mit noch heute ein Rätsel ist. Der Mann hatte heftige Magenschmerzen sowie abwechselnd Durchfälle und Verstopfung. Er war vor seinem Kriegsdienst Dozent für Pharmakologie in Innsbruck gewesen. Sein diesbezügliches Spezialwissen hatte er zuletzt an die Amerikaner weiterzugeben versucht, wie er mir unter dem Siegel der Verschwiegenheit erzählte. Wahrscheinlich wollte er an Penicillin herankommen und dieses am Schwarzmarkt verkaufen. Jedenfalls ging es ihm zunehmend schlechter, er bekam Kribbeln in den Beinen, ein taubes Gefühl in den Händen und wurde beim Gehen immer unsicherer. Schließlich fielen ihm die Kopfhaare komplett aus und er bekam einen dunkelroten Ausschlag am ganzen Körper sowie weiße Streifen an den Finger- und Zehennägeln. Hermann war ratlos, wir holten seinen Onkel an das Krankenbett und dieser vermutete, dass es sich um eine Vergiftung, wahrscheinlich mit dem Rattengift Thallium, handle. Wir versuchten eifrig, die Hintergründe der mysteriösen Geschichte zu klären und an ein Gegenmittel – in diesem Fall wäre es Berliner Blau gewesen – heranzukommen. Der Mann fiel aber, nachdem er keinen Harn mehr hatte, ins Koma und verstarb ohne uns noch irgendetwas erzählen zu können. Wer ihn vergiftet haben könnte, war nie aufzuklären. Wohlweislich erstatteten wir auch keine Meldung an die Besatzungsbehörden.

Hermann war der Ansicht, dass bei den Patienten, die weiterhin fieberten und stark husteten, unbedingt ein Lungenröntgen erforderlich wäre. Das einzige verfügbare Röntgengerät befand sich im Bad Gasteiner Krankenhaus, dessen Leiter Onkel Luis war. Dieser hatte aber die strikte Anweisung, lediglich einheimische Patienten aufzunehmen. Alle ehemaligen Wehrmachtssoldaten mussten in Militärspitälern behandelt werden, und für die Amerikaner gab es eine eigene medizinische Versorgung.

Sowohl in den Lazaretten als auch im Krankenhaus kam es immer wieder zu unangekündigten Kontrollen, bei denen die Patientenlisten vorgelegt werden mussten. Hermann diskutierte oft mit seinem Onkel und Robert über aktuelle medizinische Problemfälle, und sie heckten einen Plan aus, wie man die

Schwerkranken in das Gasteiner Krankenhaus bringen könnte: Zuerst legte Hermann die Namensliste seiner Patienten vor, Onkel Luis suchte dann in seiner privaten Kartei, in der fast alle Einheimischen aufgelistet waren, nach gleichen oder ähnlichen Namen. Tatsächlich fanden sich unter den Schwerkranken in Hermanns Spital drei Männer mit Familiennamen, die im Gasteinertal weit verbreitet waren.

Die heikle Aufgabe der Überstellung wurde vertrauensvoll an mich abgegeben. Zwei fiebernde Kranke konnten zu Fuß gehen. Langsam führte ich sie an der Hand auf einem Waldweg hinunter zum Krankenhaus. Die größere Schwierigkeit war unser dritter Mann, denn dieser konnte beim besten Willen nicht gehen. Er wurde von uns instruiert, im Falle einer Kontrolle überhaupt nichts zu sagen und komplette Verwirrtheit vorzutäuschen. Wir legten ihn auf eine fahrbare Trage, der Hausmeister und ich banden uns Rot-Kreuz-Binden um den Arm, und wir fuhren auf der Straße zum Krankenhaus.

Natürlich wurden wir von der Militärpolizei angehalten. Wir gaben an, dass wir einen Einheimischen, der akut erkrankt war, ins Spital einliefern müssten. Der Ausweis unseres Patienten wurde kontrolliert, und wir wurden aufgefordert, auf der Straße zu warten. Nach längerer Zeit kam einer der beiden Militärpolizisten mit einer Namensliste der Ortsansässigen zurück. Der Familienname fand sich auf der Liste, und wir durften ungehindert weiterfahren. Den Kranken konnten wir schließlich bei Onkel Luis abliefern, welcher schon ungeduldig vor dem Spital wartete.

Jeder der drei Männer hatte, wie sich bei den anschließenden Röntgenuntersuchungen herausstellte, eine ausgedehnte Lungenentzündung. Im Krankenhaus gab es zwar kein Penicillin, aber Sulfonamid war in ausreichender Menge verfügbar, sodass die Infektionen in relativ kurzer Zeit geheilt werden konnten.

Ein gut eingerichtetes Labor mit einer entsprechenden Fachkraft war im Haus vorhanden, sodass sich für mich die Gelegenheit ergab, auch meine Blutwerte kontrollieren zu lassen. Bei den Laborbefunden fanden sich noch immer Anzeichen einer Leberschädigung, die

Werte waren aber nicht beunruhigend. Die vorgeschlagene Diät – gekochtes Hühnerfleisch mit Reis – konnte ich natürlich nicht einhalten, denn beides gab es nicht ...

Onkel Luis lachte und meinte: „Iss einfach, was dir schmeckt und was du verträgst. Die meisten Diäten sind ohnehin für die Katz. Und sehr krank bist du sicher nicht." Nachdem er mich noch körperlich untersucht hatte und nichts feststellen konnte, fühlte ich mich – auch dank seiner Worte – endgültig gesund.

Das Krankenhaus stand im unteren Ortsteil Bad Gasteins am Fuße des Graukogels. Es gab einen kleinen Operationssaal und Ambulanzen für Innere Medizin und Unfälle. Neben dem Primarius war ein Chirurg beschäftigt, weiters zwei Stationsärzte –, einer davon war Robert. Wir verstanden uns sehr gut, vor allem wegen seiner künstlerischen Interessen und Arbeiten ...

An die Unfallambulanz angeschlossen befand sich das Gipszimmer, wo fast immer reger Betrieb herrschte. Hier waren sowohl Onkel Luis als auch sein Sohn oft anzutreffen, denn beide liebten das Einrichten von Knochenbrüchen und das anschließende Modellieren der Gipsverbände. Am Nachmittag war ich oft im Krankenhaus und half in den Ambulanzen aus, besonders gerne bei Unfällen und im Gipszimmer. Es war das saubere weiße Material, dessen Formbarkeit und der besondere Geruch des frischen Gipses, die mein Interesse geweckt hatten. Diese Faszination teilte ich mit Robert, der sich im hinteren Teil des Gipsraumes eine private Nische eingerichtet hatte, in welcher er Figuren aus Gips herstellte, kleine menschliche Gestalten und abstrakte Plastiken. – Später zeigte er mir auch seine Holzschnitzereien, an denen er in seiner Freizeit mit Hingabe arbeitete.

Eines Tages wurde meine Pension an der Promenade für die Unterbringung von DPs, ‚displaced persons', requiriert. Sämtliche Gäste und auch alle Ärzte, die in dem Haus einquartiert worden waren, mussten ad hoc ausziehen. In Hermanns Spital, im ‚Hirschen', war zufällig ein Zimmer frei geworden, das ich sogleich beziehen konnte. Der Raum befand sich unterhalb der Patientenzimmer neben der Waschküche. Es gab einen Schreibtisch, einen Kasten und ein gutes Bett. Ich bemerkte, dass die Glühbirne der Schreibtischlampe fehlte und erinnerte mich, in der Nachttischlade meines ehemaligen Zimmers noch eine Reservebirne zu haben … Dabei fiel mir auch ein, dass ich meine Pistole im Fauteuil vergessen hatte!

Sofort ging ich zurück zur Pension. Da das Zimmer noch unversperrt war, holte ich schnell die Pistole, steckte sie in die Hosentasche und nahm die Glühbirne aus der Lade.

Im düsteren Eingangsbereich begegnete mir der Mann der Hausbesitzerin, den ich nur einmal flüchtig gesehen hatte und der mich nicht kannte. Er glaubte, ich wäre ein Dieb und rannte sofort vor das Haus, wo zwei amerikanische Militärpolizisten standen. „Ein Dieb, a thief“, schrie er. Die Männer liefen sofort auf mich zu und fragten mich, was ich in dem Haus täte.

Ich erklärte ihnen – teils auf Englisch, teils auf Deutsch –, dass ich bisher hier gewohnt und heute mein Zimmer geräumt hätte. Die Glühbirne, die mich natürlich verdächtig machte, hätte ich dort vergessen und nun geholt.

„Du hast die Glühbirne gestohlen“, rief der ältere der beiden Polizisten auf Deutsch.

„Nein, das ist meine Glühbirne“, entgegnete ich. Daraufhin musste ich mit ihnen in mein ehemaliges Zimmer gehen, wo sie nachsahen, ob eine Birne fehlte, was nicht der Fall war.

Ich dachte mir, dass die Sache damit erledigt wäre, aber die beiden amerikanischen Polizisten verlangten von mir, ihnen mein neues Quartier zu zeigen. Dort durchsuchten sie alles bis in den letzten Winkel. Ich war heilfroh, dass ich die Pistole nicht in meinem Zimmer, sondern in der Hosentasche hatte und dass sie keine Leibesvisitation vornahmen.

Nach der Untersuchung erklärten sie mir in barschem Ton, dass ich zum Wachlokal mitkommen müsste, denn ich hätte die Ausgangssperre nicht eingehalten. Ich erklärte ihnen, dass ich hier im Spital arbeiten würde, aber das schien sie nicht zu interessieren.

Das amerikanische Wachlokal befand sich im Hotel Europe. Wir gingen schnellen Schrittes der Promenade entlang, ich in der

Mitte, links und rechts die Militärpolizisten. Dabei riefen sie die ganze Zeit: „Go on! Go on!"

Ich dachte nur mehr daran, wie ich meine Pistole aus der Hosentasche loswerden könnte. Mein Herz war inzwischen vor Angst und Panik auch schon dorthin gerutscht.

Als wir an einem mit Büschen bewachsenen steilen Abhang vorbeikamen, gelang es mir, kurz stehen zu bleiben. Schnell zog ich hinter dem Rücken der Männer die Pistole aus der Tasche und warf sie den Hang hinunter.

Die beiden wurden stutzig, blieben kurz stehen, aber sie hatten nichts gehört und auch nichts gesehen. „Come on! Come on!", riefen sie weiter ungeduldig.

Auf der Polizeiwache musste ich dann wirklich meine Hosentaschen leeren, und der Colonel überprüfte meine Papiere. Er stellte fest, dass ich in einem hiesigen Spital tätig war und ließ mich unbestraft - ich wurde lediglich abgemahnt, weil ich die Ausgangssperre nicht eingehalten hatte - frei. „Go home and stay home!", bemerkte er noch unwirsch.

Am Nachhauseweg überlegte ich, ob ich meine Pistole suchen sollte. Bisher hatte ich sie noch nie gebraucht, aber ich war durch sie mehrmals in äußerst schwierige und gefährliche Situationen geraten … - Ich brauche keine Schusswaffe mehr, und will auch keine mehr haben!, entschied ich. Dieser Entschluss festigte sich in mir plötzlich und unwiderruflich. - Wahrscheinlich liegt die Waffe noch heute verrostet zwischen Büschen und Steinen abseits des Weges …

19

An der Promenade befand sich damals neben der Pfarrkirche ein großes Hotel, der ‚Gasteinerhof'. Der Besitzer des Hotels, ein Herr Kaltenbrunner, war von den Alliierten verhaftet worden, wobei er mit dem hochrangigen SS-Funktionär Ernst Kaltenbrunner nicht verwandt gewesen dürfte! Das äußerst luxuriöse Hotel stand nun ausschließlich amerikanischen Offizieren und Soldaten sowie Angehörigen des CIC zur Verfügung. In den unteren Stockwerken des Nebenhauses, das durch eine Brücke mit dem Hauptgebäude verbunden war, wohnte das Hotelpersonal, und auch das umfangreiche Gefolge der Besatzer wurde hier einquartiert.

Jeden Tag, morgens und nachmittags, führte mein Weg an diesem Hotel mit seinem oft hell erleuchteten prächtigen Speisesaal vorbei. Vor dem Eingang standen immer wieder amerikanische Soldaten und manchmal auch gut gekleidete Damen, die zumeist Zigaretten rauchten und sich mit den Männern unterhielten.

Als ich an einem schönen, sonnigen Nachmittag an dem Hotel vorbeiging, sprach mich eine dieser Damen an: „Junger Mann, ich glaube, wir kennen uns", sagte sie leise, aber so deutlich, dass ich es gut hören konnte.

Ich wollte schnell weitergehen, denn diese sehr attraktiven Frauen waren mir ein wenig suspekt und schüchterten mich ein, wiewohl ich mich immer aus einer gewissen Entfernung nach ihnen umgedreht hatte. Dass vorbeigehende Männer angesprochen wurden, geschah – soweit ich beobachtet hatte – eigentlich nie.

Die tiefe Stimme kam mir aber irgendwie bekannt vor …

Ich blieb also stehen und wandte mich um, und da erkannte ich sie: Es war ohne Zweifel die Baronin Babo, deutlich gepflegter aussehend als bei unserem letzten Zusammentreffen und schön geschminkt.

Ich erschrak derart, dass ich überlegte davonzulaufen. Sie aber winkte mir freudig zu und lächelte. Mein Herz schlug plötzlich sehr schnell … Ich fasste Mut und ging festen Schrittes auf sie zu.

Außer uns beiden war niemand auf der Straße. Ich versuchte zu lächeln, räusperte mich und stotterte: „Das ist aber eine Überraschung …, na sowas …, ich freu mich, Sie hier zu sehen."

Sie lachte und antwortete: „Ich hab dir doch gesagt, wir sehen uns wieder! Ich wusste das und bin deshalb nicht so erstaunt wie du." Sie redete einfach weiter, ohne auf meine offensichtliche Verlegenheit und Konfusion einzugehen. „Du bist also jetzt hier als Mediziner tätig, in einem Spital, nehme ich an? Jedenfalls schaust du viel besser aus als damals im Traisental, als du in meiner Hütte übernachtet hast. Ich freue mich, dass du alles gut überstanden hast. Ich habe, wie du siehst, auch irgendwie überlebt und bin als heimatloser Flüchtling hier gelandet. Ich muss einfach schauen, wie ich allein durchkomme." Das erzählte sie mir in so ruhigem Tonfall, dass ich meine Scheu rasch ablegte.

Als ich ihr von mir erzählen wollte, unterbrach sie mich mit einem verschmitzten Lächeln und sah mir fest in die Augen: „Ich wohne hier, im unteren Gebäude des Hotels –, erster Stock, Zimmer Nummer fünfzehn. Komm mich einfach besuchen, am besten gleich morgen gegen sechs Uhr am Nachmittag, dann kannst du mir alles genau berichten. Wenn du nicht kannst, schieb mir einfach einen Zettel unter der Türe durch." Da zwei Männer im Eingang auftauchten, flüsterte sie noch rasch: „Dann bis morgen …, hoffentlich."

„Ich komme gerne", war meine Antwort, die spontan aus mir heraussprudelte, ohne dass ich darüber nachgedacht hätte.

Dass dies eine definitive Zusage zu einem Stelldichein war, wurde mir erst am Weg zu meiner Unterkunft bewusst …

Wie man sich leicht vorstellen kann, schlief ich in dieser Nacht sehr unruhig. Immer wieder wachte ich auf und sah das Gesicht der Baronin Babo vor mir, einmal lieblich und verführerisch lächelnd, einmal zu einer hässlichen Fratze verzerrt. Sollte ich die gestrige Begegnung einfach vergessen? Aber das ging nicht! Ich fühlte mich zu ihr einfach hingezogen. Sie war ja immer wieder in meinen Träumen erschienen. Und es war eindeutig sie gewesen, die das Rendezvous vorgeschlagen hatte. So fürchtete ich mich einerseits, andererseits konnte ich nichts sehnlicher erwarten, als sie zu sehen und … vielleicht sogar zu berühren.

Am nächsten Vormittag war ich nervös und unkonzentriert, die Gedanken liefen mir kreuz und quer durch den Kopf. Bei den Injektionen stach ich mehrmals daneben, ein Patient erhielt das falsche Medikament, was aber bei den zur Auswahl stehenden Mitteln keine wesentliche Rolle spielte. Dennoch fragte mich

Hermann, was denn mit mir los wäre, ich sähe ziemlich geschlaucht aus, wie er sich ausdrückte.

„Ich hab nur schlecht geschlafen", erwiderte ich und beteuerte, dass ich sicher nicht krank wäre.

Während des Nachmittags nahm meine Anspannung immer mehr zu. Nachdem ich eine halbe Stunde lang die Promenade auf und ab gegangen war, stand ich schließlich pünktlich - die Glocken der benachbarten Kirche schlugen sechs - vor ihrer Türe. Ich klopfte an, und sie öffnete mir sofort.

„Komm herein, ich habe gehofft, dass du kommen wirst", sagte sie leise. Ihre Stimme klang dunkel und sanft. Sie lächelte und bot mir einen der beiden Sessel an, die bei einem kleinen Tisch standen. Das Zimmer war angenehm kühl und sehr ordentlich, es duftete nach Parfum und ein wenig nach Rauch. Sie trug ein helles, gestreiftes Sommerkleid, in dem sie sehr jugendlich aussah. Am Tisch hatte sie eine Kanne Tee und zwei Tassen hergerichtet.

„Ich nehme an, du trinkst gerne eine Tasse Tee?", meinte sie mit schelmischem Blick. „Es ist echter ‚english breakfast tea'."

„Ja, natürlich, das ist ja was ganz Besonderes, danke", erwiderte ich und bemerkte, wie sich mein Puls langsam beruhigte.

Nachdem sie mir gegenüber Platz genommen hatte, begann sie zu erzählen: Sie war noch rechtzeitig, bevor die Russen gekommen waren, von Traisen nach Salzburg gelangt. Dort war sie bei ungarischen Verwandten untergekommen, die aber keine Möglichkeit gehabt hatten, sie dauerhaft aufzunehmen. Als ‚displaced person' landete sie schließlich mit einem amerikanischen Transportzug in Bad Gastein ... „Ich war und bin heimatlos. Wirklich deplatziert -, displaced", sagte sie mit Tränen in den Augen. „Aber zum Glück habe ich Zigeunerblut in meinen Adern, wir haben ja immer irgendwie überlebt." Jetzt lächelte sie wieder, mit trotzigem Ausdruck im Gesicht, und ihre schönen grünen Augen begannen zu funkeln.

Ich nahm einen Schluck Tee, während sie sich eine Zigarette anzündete. „Jetzt erzähle du!", forderte sie mich auf, und ich berichtete von meinem weiten Weg, der mich schließlich hierher geführt hatte.

Als ich aufgehört hatte zu erzählen, stand sie von ihrem Sessel auf und stellte sich hinter mich. Ich hatte Angst, mich umzudrehen … Plötzlich lagen ihre Arme an meinem Hals und ihr Gesicht auf meinen Haaren. Ich blieb wie erstarrt sitzen, mein Herz begann wie wild zu klopfen.

Schnell setzte sie sich auf meinen Schoß, sie sah mir tief in die Augen, und wir küssten uns intensiv … Ich umschlang sie und fühlte ihre weichen, warmen Brüste an meinem Oberkörper. Als wir beide Atem holten, hörte ich ein leises Lachen, das ein wenig wie Schluchzen klang. Ihr Blick war glasig, verklärt, und in ihren grünen Augen konnte ich Tränen sehen. Sie rutschte von meinem Schoß und kniete sich zwischen meine Beine. Äußerst zärtlich öffnete sie meine Hose, einen Knopf nach dem anderen. Inzwischen hatte sie sich ihr Kleid über den Kopf gezogen, und ich sah ihre schönen Brüste mit den dunkel pigmentierten spitzen Brustwarzen.

Wie gefesselt saß ich in meinem Sessel, während sie mich sorgfältig und liebevoll meiner Hose entledigte. Ich wollte nach ihren Brüsten greifen, aber sie ließ mich spüren, dass ich nun in ihrer Hand wäre. Von der Mitte meines Körpers spürte ich eine gewaltige Welle, die gleichzeitig warm und kühl war und mich als Ganzes erfasste. Ich ließ mich komplett fallen und war in einer Welt aus Wonne und Lust, wie ich sie noch nie erlebt hatte …

Als ich meine Augen wieder öffnete und langsam aus diesen fernen Sphären zurückfand, sah ich ihr Gesicht vor mir, freudig und zufrieden lächelnd.

„Na, hat dir das gefallen?“, fragte sie und küsste mich zärtlich auf den Mund.

Ich wusste überhaupt nicht, was ich sagen sollte. Um mich herum leuchteten noch immer tausende kleine Lichter. Ich versuchte ebenfalls zu lächeln, brachte aber kein Wort heraus.

Sie stand jetzt vor mir, nahm meine beiden Hände und legte sie auf ihre Brüste. „Du gefällst mir sehr gut, du bist ein lieber junger Mann. Ich heiße übrigens Ildiko, so sollst du mich nennen.“

Endlich fand ich meine Sprache wieder. „Du bist fantastisch, Ildiko“, stotterte ich leise und verlegen. „So viel Glück auf einmal habe ich nicht verdient … Ich glaube, ich liebe dich.“ Was ich da stammelte, war mir nicht wirklich bewusst. Ich hatte das Gefühl, dass lange angestaute Fluten aus mir herausgebrochen waren. Inzwischen hatte sie ihr Kleid wieder angezogen und mir meine Hose und meinen Gürtel gerichtet.

„Ich heiße Othmar“, sagte ich. „Ich muss dich wiedersehen, bitte.“

„Mir geht es genauso! Ja, das lässt sich machen …“, meinte sie mit einem etwas traurigen Gesichtsausdruck.

Die Kirchenuhr schlug sieben, und sie deutete mir an, dass ich jetzt gehen sollte. „Schreib einfach auf einen Zettel, wann du kommen willst und schieb ihn mir unter der Tür durch. Wenn ich dann nicht hier sein sollte, kannst du einen neuen schreiben. Und, bitte, erkundige dich nicht beim Portier nach mir“, ließ sie mich wissen. „Wir sehen uns bald“, waren ihre Abschiedsworte, nachdem wir uns noch einmal geküsst hatten.

Am Rückweg befand ich mich in einem schwebenden Zustand. Ich glaubte, mindestens einen Kopf größer geworden zu sein und nahm alles um mich herum viel schärfer und deutlicher wahr. Von den Bäumen und Wiesen am Wegrand strömte ein intensiver Duft aus, die Berge ringsum leuchteten unter dem blassblauen Abendhimmel in einer Intensität, wie ich sie bisher nie gesehen hatte. Zu geordneten, klaren Gedanken war ich nicht fähig.

In meiner Bleibe angekommen versuchte ich zu verstehen, was geschehen war. Es gelang mir absolut nicht, denn Gedanken und Gefühle sausten wie wild durcheinander.

Ich möchte an diesem Punkt meiner Erzählung eine kurze Erklärung liefern: Bisher hatte ich meinen Namen Othmar nicht erwähnt. Das hat seinen Grund darin, dass ich glaube, bis zu dieser Begegnung tatsächlich keine voll ausgeprägte Identität, kein klares Ich, gehabt zu haben. Ich hatte mich als Spielball, beliebig austauschbar und ohne festen eigenen Charakter gefühlt. Natürlich war ich, von außen betrachtet, nach der Begegnung mit Ildiko dieselbe Person …, genauso ausgeliefert, verloren und letztlich unreif. Aber für mich fühlte sich ab dieser Begegnung alles anders an.

Während der nächsten Tage musste ich nahezu immer an mein Erlebnis im Hotel Gasteinerhof denken. Meine Arbeit wurde dadurch nicht beeinträchtigt, im Gegenteil fühlte ich mich beflügelt, und meine Tätigkeit kam mir noch interessanter vor. Ich begann, mich nicht so sehr mit den Krankheiten, sondern mehr mit den Patienten selbst zu befassen, sprach mit ihnen und stellte viele Fragen.

Hermann fiel das natürlich auf: „Du wirkst jetzt viel offener. Ich finde es sehr gut, dass du viel mit den Kranken redest. Damit hilfst du ihnen wahrscheinlich mehr als durch alle Medikamente, die wir ihnen geben."

Ich musste Ildiko, wie ich die Baronin Babo nun ja nannte, wiedersehen! Die Sehnsucht wurde unwiderstehlich …

Nach drei Tagen fasste ich Mut und schrieb auf ein kleines Stück Papier, dass ich gerne am nächsten Tag um fünf Uhr bei ihr vorbeikommen würde. Den Zettel schob ich unter ihrer Zimmertür durch. Da der talseitige Eingang von keinem Portier bewacht wurde, hatte mich niemand gesehen.

Am kommenden Tag ging ich vor Mittag am Haupteingang des Hotels vorbei und sah schon von weitem, dass Ildiko dort etwas abseits stand und eine Zigarette rauchte. Es regnete leicht, sodass sie einen hellbraunen Mantel und ein Kopftuch trug. – Ich eilte wieder sehr aufgeregt auf sie zu.

Sie lächelte aber ganz ruhig und sagte: „Ich hab auf dich gewartet. Heute bin ich nicht zuhause, aber morgen schon, fünf Uhr …"

Kurz sahen wir uns in die Augen. Ich spürte, wie ich errötete und stammelte: „Ja, gerne …, ich freu mich!"

„Ich mich auch! Bis morgen dann", hauchte Ildiko und schickte mir einen Kuss.

Im Ort – ich war in meinen Gedanken schon beim nächsten Tag – sah ich vor einem Geschäftslokal neben dem Hotel Austria einen alten Bekannten stehen. Es war Herr Cillimann, der in Baden unser Friseur gewesen war!

Wir begrüßten uns freudig, und er erzählte mir, dass er zu Ostern mit seiner Frau von Baden nach Gastein geflüchtet wäre. Hier hätte er das Friseurgeschäft im Zentrum übernehmen können. Sein Sohn, den ich auch gut kannte, wäre gesund aus dem Krieg heimgekehrt und arbeite jetzt bei ihm im Geschäft mit.

Da es schon dringend nötig war, ließ ich mir bei dieser Gelegenheit gleich die Haare schneiden, dabei berichtete ich, wie ich nach Gastein gekommen war. Natürlich fragte ich Herrn Cillimann, ob er von meiner Familie etwas gehört hätte.

Er bedauerte, nichts von ihnen zu wissen, gab mir aber den Rat, mich an einen mit ihm befreundeten Gumpoldskirchener Weinhändler zu wenden. Dieser würde alle zwei Wochen von Gastein nach Baden fahren, um Wein einzukaufen. Vielleicht könnte er Nachforschungen anstellen? Ich sollte in den nächsten Tagen wiederkommen, und er würde inzwischen den Weinhändler kontaktieren. Es wunderte mich, dass Weinhandel über die Zonengrenzen hinweg offenbar möglich war. „Bestimmte Waren wie Alkohol, Zigaretten und leichte Mädchen finden immer ihre Wege“, meinte der Friseur. Er strich mir beruhigend über die stachelige Wange und sagte: „Jetzt rasier ich dich noch, dann bist du wieder ganz fesch …, und über deine Eltern werden wir sicher bald etwas erfahren!“

Als ich den Friseurladen verließ, war ich so erleichtert, dass ich dem Mann beinahe um den Hals gefallen wäre.

Im Haus Treiber war meine Schwester gerade in der Küche beschäftigt. Als sie mich sah, rief sie ganz erstaunt: „Was ist denn mit dir passiert? Du schaust ja völlig verändert aus …, geschniegelt, gekampelt und flott wie ein Hecht!“

Ich lachte und berichtete ihr von unserem Badener Friseur, der wie wir in Gastein gelandet war. Und vom Weinhändler aus Gumpoldskirchen, durch den wir vielleicht etwas über unsere Eltern erfahren könnten.

„Das ist wirklich eine gute Nachricht. Hoffentlich funktioniert es, und hoffentlich ist alles in Ordnung bei ihnen“, meinte sie besorgt. „Du riechst so gut“, stellte sie dann fest.

„Das ist das Kölnisch Wasser vom Friseur, der ist wirklich sehr nett, und er hat mich sogar rasiert, wie du siehst.“

Meine Schwester war offenbar mit mir zufrieden: „Da muss ich auch hingehen, zu unserem Herrn Cillimann“, sagte sie.

20

Ich war während des ganzen nächsten Tages aufgeregt, verlegen und unsicher zugleich. Sollte ich es nicht doch bei diesem einen Mal belassen? War es nicht obendrein auch gefährlich, fragte ich mich. Es gab ja die verschiedensten Krankheiten, die man sich holen könnte … Und ein sogenanntes leichtes Mädchen war Ildiko in jedem Fall, darüber konnte mich auch meine Verliebtheit nicht hinwegtäuschen. In dieser Zeit und an diesem Ort wäre es doch ratsam, mich an die wenigen schwachen Sicherheiten zu halten, die es noch gab. – Aber das Neue, die Begierde und der Reiz, der von der körperlichen Nähe und der direkten, durch keine Worte und Gedanken beeinträchtigten Zuwendung ausging, zogen mich zu sehr an und überwogen alle Bedenken und Zweifel.

Um fünf Uhr stand ich also vor der Türe des Hotelzimmers und klopfte schüchtern an. Ildiko öffnete einen Spalt breit. „Komm herein, ich habe schon Tee für uns zubereitet“, sagte sie lächelnd.

Es roch sehr angenehm in ihrem Zimmer, und sie trug dasselbe luftige Kleid wie vor einigen Tagen. Diesmal hatte sie ein buntes Band im Haar, wodurch ihr klares Gesicht und ihre Augen noch strahlender wirkten. Wir setzten uns wieder an den kleinen Tisch, und sie schenkte Tee ein. Dabei lachte sie, ich konnte ihre schönen weißen Zähne sehen sowie den zarten, dunklen Flaum an ihrer Oberlippe, der mir schon bei unserer ersten Begegnung aufgefallen war.

„Du siehst wunderbar aus“, sagte ich. „Wie aus einem Märchen …“

„Das ist lieb von dir! Du schaust auch gut aus …, frisch rasiert und frisiert“, bemerkte sie mit einem verführerischen Lächeln. Sie erzählte mir, dass sie eigentlich Ildiko Babovic hieße und ihr Vater, der in Ungarn einen großen Grundbesitz gehabt hätte, serbischer Abstammung wäre. Zu Hause hätte man ungarisch, deutsch und auch serbisch gesprochen, oft alles durcheinander.

Sie war allein nach Österreich geflüchtet, wo sie sich zuerst bis nach Traisen durchgeschlagen hatte. Wahrscheinlich wegen ihres distanzierten und aristokratischen Auftretens, das sie sich zugelegt hatte, hatten ihr die Einheimischen den Namen Baronin Babo gegeben. Wahrsagen, wovon sie immer schon fasziniert gewesen war, sei ihr von den Zigeunern in ihrer Heimat beigebracht worden. Ihre Mutter, die sie selbst nie kennengelernt hatte, sei ebenfalls eine Zigeunerin gewesen. Ihr Vater hätte immer mit Respekt und nie mit Verachtung über das fahrende Volk gesprochen … Dann sagte sie etwas, das ich so frei und klar noch nie gehört hatte: „Liebe, gerade körperliche Liebe, ist für mich ein Ausdruck der Offenheit und der Freude, von der es ohnehin in dieser brutalen Welt kaum mehr etwas gibt.“ Ich räusperte mich, sie fuhr aber unbeirrt fort: „Das ist einfach meine Lebenseinstellung, mit der ich bisher auch gut überleben konnte. Vielleicht ist es wirklich mein Zigeunerblut, das mich – schon von Jugend an – gegen alle verlogenen Moralvorstellungen immun gemacht hat. Die Bösartigkeit der Nazis, die ja die Lüge zum obersten Gebot gemacht haben, hat mich gezwungen, meine eigenen Vorstellungen zu entwickeln. Die Gefahren kann ich gut einschätzen, glaube ich zumindest …, und meine Seele habe ich nie an irgendjemanden verkauft. Ich bin eine stolze Frau, die sich allein durchs Leben schlagen muss und genau weiß, wie sie halbwegs zufrieden leben kann. Und ich mache mir selbst keine Vorwürfe!“

Nach diesen Worten, die keineswegs als dozierende Lebensweisheit aus ihrem Mund kamen, war ich völlig perplex. Alles, was sie gesagt hatte, entsprach meinem Bild von einem Menschen, der nicht nur klare Vorstellungen hat, sondern diese auch umsetzen kann.

Als ob sie meine Gedanken erraten hätte, sagte sie, etwas resignierend: „Du darfst nicht glauben, dass ich mir dieses Leben, dieses einsame Leben am Rande der Hölle, gewünscht hätte. Es gab und gibt auch Momente, in denen ich alles einfach beenden will.“

Ich erwiderte nur, dass dies sehr schade wäre, denn sie wäre sicher ein im Innersten positiver, lebensfroher Mensch …, wertvoll für sich selbst und für viele andere.

„Ja“, setzte sie nochmals an. „Ich habe dir das alles erzählt, weil ich dir vertraue. Du bist der erste Mensch seit langem, mit dem ich so offen über mich spreche. Und ich will nicht, dass du glaubst, ich sei ein Flittchen.“ Bei diesen Worten brach sie in Tränen aus und schluchzte leise.

Ich stand sofort auf, streichelte ihre Wangen und versuchte, sie zu trösten: „Alles ist gut! Ich danke dir für dein Vertrauen, und ich bewundere deinen Mut!“

Nachdem sie wieder ruhiger geworden war, trocknete sie die Tränen mit einem Taschentuch ab, zog meinen Kopf an ihre Brust, und wir umarmten und küssten uns leidenschaftlich. Dann stand sie langsam auf und führte mich, indem sie mich zart an beiden Händen nahm, zu ihrem Bett.

„Du kannst mir hundertprozentig vertrauen“, flüsterte sie, öffnete flink die Lade ihres Nachtkästchens und holte eine kleine Dose heraus, auf der ‚Goodyear Latex‘ stand. Ich war zwar kurz erstaunt, wusste aber sofort, worum es sich dabei handelte. Meine Hose fühlte sich schon sehr gespannt an.

Sie drückte mich zart, aber energisch auf das Bett und begann mich langsam und mit Sorgfalt zu entkleiden. Gleichzeitig zog sie rasch ihr geblümtes Kleid und ihre Unterwäsche aus, sodass sie nackt neben dem Bett kniete, bis sie mich gänzlich meiner Kleider entledigt hatte. Schließlich löste sie das Band von ihrer Stirn, und die langen, schwarzen Haare fielen auf ihre Schultern. Ich war vollkommen in ihrer Gewalt, sie konnte meine Erregung aber perfekt steuern, sodass ich ihre Manipulation an meinem Glied nur mehr wie von Ferne wahrnahm. Dann lag sie unter mir, ich sah ihr geradezu verklärtes Gesicht und spürte ihre warme Haut. Sie führte mich vorsichtig und behutsam in ihren Körper ein … Alles

Weitere war, soweit ich mich erinnern kann, ein sich steigernder Orkan aus Licht, Feuer und sprudelndem Wasser.

Als ich wie aus einem tiefen, fernen, unglaublich schönen Traum erwachte, stand sie nackt neben mir und lächelte sehr zufrieden. Ich war völlig verwirrt und wusste erst nicht, wo ich mich befand. Nur den intensiven Geruch ihrer Haut - eine Mischung aus Schweiß und Parfum - atmete ich tief ein. Wie aus einer Art von Narkose erwachend, schloss ich immer wieder die Augen und sah einen dunklen Himmel voll leuchtender Sterne.

„Wach auf, Othmar", flüsterte sie und streichelte meine Wange und meine Brust. Sie reichte mir Stück um Stück meiner Kleidung und zog sich langsam wieder an.

Als ich mich wieder halbwegs gefangen hatte, nahm ich ihre Hände und drückte mein Gesicht in ihre Handflächen: „Ich danke dir, ich danke dir tausendmal für diese Zauberwelt, die du mir eröffnest", waren die ersten Worte, die ich herausbrachte.

„Auch für mich war es wunderschön. Es war dein erstes Mal, nicht? Dann habe ich dich zum Mann gemacht!", lachte sie voll Stolz.

Wir setzten uns an den Tisch, und ich trank meinen zwischenzeitlich kalt gewordenen Tee aus. Ich konnte nichts sagen und schaute Ildiko nur begeistert an, während sie sich entspannt zurücklehnte, versonnen lächelte und sich eine Zigarette anzündete.

„Ich bin jetzt auch müde –, sehr angenehm müde. Alle dunklen Gedanken sind verschwunden", bemerkte sie leise. Dabei schaute sie mir in die Augen und summte eine Melodie, die ich noch nie zuvor gehört hatte. „Komm wieder, wann immer du willst, und teile es mir vorher mit, so wie gehabt", flüsterte sie mir zu, als ob wir uns verschworen hätten.

„Ich komme ganz sicher wieder", sagte ich ebenso leise. Dann stand ich auf und ging zur Türe, wo wir uns noch einmal leidenschaftlich küssten …

Auf dem Weg zurück versuchte ich zu ergründen, was tatsächlich geschehen war. Irgendwie hatte ich den Faden verloren. Ich wusste plötzlich nicht, ob ich das alles wirklich erlebt hatte. Die Gegenwart wurde zum Traum, und ich verlor jedes Zeitgefühl.

Kaum hatte ich einen Gedanken gefasst, der halbwegs klar zu sein schien, verschwand dieser wieder in einem Strudel von Erinnerungen, teils aus dem Krieg, teils aus meiner Kindheit. Letztlich hatte ich das unheimliche Gefühl, dass alle Wahrnehmungen fern von mir auf einer anderen Ebene ablaufen würden.

Trotzdem fand ich ohne Schwierigkeiten meinen Schlüssel, sperrte das Zimmer auf und legte mich aufs Bett. Der Eindruck, dass ein Anderer wie aus einer fernen Welt zu mir sprach und mir verwirrende Geschichten erzählte, ließ nicht nach. Ich gab schließlich alle Versuche auf, Ordnung in meinem Kopf zu schaffen und stürzte in einen tiefen, traumlosen Schlaf.

Am nächsten Morgen erwachte ich ausgeruht, mein Kopf war aber alles andere als klar. Ich erinnerte mich an den Vortag, konnte aber nicht wirklich erfassen, was sich ereignet hatte.

Die Arbeit ging flott vonstatten, zugleich aber war ich andauernd von der Vorstellung beherrscht, ein mechanisches Gerät zu sein, das aus der Ferne gesteuert würde.

Zu Mittag teilte mir Hermann mit, dass es am nächsten Tag ein Abendessen im Haus Treiber geben würde. Meine Schwester und die Haushälterin würden sicher etwas Gutes kochen, meinte er und fragte mich, ob ich krank wäre, da ich so geistesabwesend wirkte.

Ich erwiderte, dass ich nur müde wäre und mich gerne ein wenig niederlegen würde. Den Nachmittag und den Abend verbrachte ich in meinem Zimmer, abwesend und in anderen Sphären ...

21

Das große Zimmer war der Familie Treiber zum Glück erhalten geblieben. Als ich mit Hermann eintraf, wurde gerade das Essen aufgetragen. Erst als meine Schwester mich voll Freude begrüßte, erfuhr ich, dass ein Geburtstagsessen für Hermann geplant war.

„Das hättest du mir aber schon sagen können, wenn Hermann Geburtstag hat", bemerkte ich vorwurfsvoll.

„Wir haben ja alle keine Geschenke und wollen nur einmal nett beisammensitzen“, erklärte sie lächelnd und strich mir über den Hinterkopf.

Ich gratulierte meinem Schwager. Luis und auch Robert waren guter Dinge, wir setzten uns zu Tisch. Es gab Leberknödelsuppe, Rehragout mit Rotkraut, dazu hatte Luis wieder eine Flasche Rotwein geöffnet. Während des Essens sprachen wir über die vielen Gäste und Persönlichkeiten, die sich im Ort aufhielten.

„Gastein scheint wieder einmal auf die Butterseite gefallen zu sein“, bemerkte Luis. „In den Hotels, wo bis vor kurzem noch die Nazibonzen Roulette gespielt haben, sitzen jetzt die Amis und amüsieren sich.“

„Die Entourage ist weitgehend dieselbe geblieben, wenn man sich die Damen in den Hotels anschaut“, meinte Robert lachend.

Ich musste an Ildiko im Hotel Gasteinerhof denken und wurde offensichtlich ziemlich blass, denn meine Schwester fragte besorgt: „War's anstrengend heut, bei der Arbeit?“

„Ja, schon“, antwortete ich, etwas verlegen. „Aber ich bin wirklich froh, dass ich beim Hermann arbeiten kann. Ich werde schauen, dass ich bald mein Studium weitermache –, wo immer das halt möglich sein wird.“

Meine Schwester fragte dann, ob ich schon etwas über unsere Eltern wüsste. Ich antwortete, dass wir auf die Mitteilung von unserem Friseur noch warten müssten, worauf sie seufzte: „Leider wissen wir kaum etwas aus Baden, und nicht einmal, ob unsere Eltern noch leben … Die Russen sollen ja fürchterlich gewütet haben und noch immer wüten.“

Dass ich mich in einem Hotel vergnügt hatte, während meine Eltern vielleicht in größter Not oder gar nicht mehr am Leben waren, dieser Gedanke und das schlechte Gewissen trafen mich wie ein Blitz.

Hermann versuchte seine Frau zu trösten und auch mich etwas aufzuheitern. „Wir werden alle wieder in Baden zusammensitzen, so wie hier, da bin ich mir ganz sicher“. Seine Zuversicht ließ unsere Sorgen und meine Gewissensbisse etwas in den Hintergrund treten.

Ich wollte vom Thema ablenken und fragte Luis und Robert, ob sie jemals etwas von einem Professor Freud gehört hätten, der in Gastein zur Kur gewesen sein soll.

„Natürlich, das war der Psychiater oder Neurologe aus Wien, der nach dem Krieg jedes Jahr im Haus Goldegg bei meinem Kollegen Dr. Wassing seine Kur gemacht hat. Ich hab ihn damals, Anfang der Zwanziger-Jahre, mehrmals gesehen und mich mit ihm unterhalten. Er war ein unglaublich gebildeter, geistreicher Mann, der – so war zumindest mein Eindruck – die Menschen sehr rasch und treffsicher durchschauen konnte. – Die Nazis aber haben auch ihn vertrieben, so wie fast alle gescheiten und viele anständige Leute ...“, erzählte Onkel Luis, während er sich die nächste Zigarette anzündete.

Robert, der normalerweise nie lange redete, fuhr begeistert fort. Er hätte sich schon lange mit der Lehre Freuds beschäftigt: „Er hat ein völlig neues Konzept der menschlichen Seele entworfen. Er sagt, dass jeder Mensch in all seinen Gedanken und Handlungen großteils Regungen unterworfen ist, die ihm nicht bewusst sind und die er selbst nicht kennt. Auf dieser Basis hat er eine Therapie für psychische Leiden entwickelt, die Psychoanalyse. Seine Lehre und seine Schule sind inzwischen weltberühmt!“

Auch Hermann war der Name Freud ein Begriff, denn er hielt dagegen, dass bei Freud der Mensch zu sehr auf seine Triebe und die Sexualität reduziert würde ... Und es entwickelte sich eine lebhafte Diskussion, in die sich Luis nur gelegentlich einmischte, eher auf der Seite Hermanns als auf der seines Sohnes.

Schließlich bot mir Robert an, mir Freuds Bücher zu zeigen. Sie wären durchaus lesenswert und sehr gut geschrieben –, nicht so wie unsere Lehrbücher ...

Meine Schwester warf ein, davon noch nie etwas gehört zu haben, aber sie fände diese neuen Lehren unglaublich interessant und spannend.

Ich lachte: „In dem Kurhaus an der Promenade, in dem ich bis vor kurzem untergebracht war, hatte auch Professor Freud gewohnt. Und sogar im selben Zimmer, wie die Wirtin betont hat. – Wahrscheinlich habe ich in seinem Bett geschlafen!“

„Dann wird hoffentlich noch ein wenig von seinem Geist dort präsent gewesen sein. Vielleicht hast du etwas davon abgekriegt –, zumindest in deinen Träumen", schmunzelte Robert.

„Ja, das ist durchaus möglich." Unwillkürlich musste ich an meine jüngsten Erlebnisse denken ...

Am Heimweg – es war schon dunkel – wich mit einem Schlag jegliche Abenteuerlust von mir. Durch mein unüberlegtes Handeln hatte ich mir wahrscheinlich nur zusätzliche Probleme aufgehalst, dachte ich, als mir klar wurde, in welch unsicherer und exponierter Lage ich mich eigentlich befand ... Ich beschloss, ab jetzt klare Ziele zu verfolgen und meinen weiteren Weg überlegter und konkreter zu planen: Als erstes musste ich herausfinden, was mit meiner Familie geschehen war und wie es ihr ging. Zweitens musste ich mir überlegen, wie und wo ich mein Studium fortsetzen und beenden könnte. Schließlich war es bereits August und somit höchste Zeit, diesbezüglich Erkundigungen einzuziehen! – In meinem Zimmer überzeugte ich mich daher sofort, dass mein Studienbuch, mein Soldbuch, die Entlassungsbestätigung sowie der alte österreichische Ausweis sicher verwahrt unter den Kleidern lagen.

Am nächsten Vormittag ging ich schnellen Schrittes und ohne zur Türe zu sehen am Hotel Gasteinerhof vorbei zu meinem Friseur und erkundigte mich, ob es Neues gäbe. Herr Cillimann sagte mir, der Weinhändler wäre jetzt tatsächlich in Gastein.

Ich eilte sofort zu jenem großen Hotel, wo dieser sich aufhielt und erkundigte mich an der Rezeption nach ihm. Nachdem das Fräulein ihn telefonisch informiert hatte, erschien ein dicker Mann mit hochrotem Gesicht, der mich freundlich begrüßte.

Ich stellte mich vor, erzählte kurz meine Geschichte und bat ihn, sobald er wieder in Baden wäre, nachzufragen, ob meine Familie zurückgekehrt wäre. Weiters gab ich ihm einen Brief an meine Eltern, in dem stand, dass ich mit viel Glück nach Bad Gastein zu Traude und Hermann, in das Haus seines Onkels, gekommen wäre und dass es uns hier gut ginge.

„Ich werde schauen, was sich machen lässt. Morgen mache ich mich wieder auf den Weg nach Baden. Du weißt, dass wegen der Russen alles sehr schwierig und gefährlich ist …" Er wäre hoffentlich in zehn Tagen wieder zurück. „Wenn mich die Russen nicht aus irgendeinem Grund nach Sibirien schicken … Die Hälfte meiner Ware bin ich bisher an den Zonengrenzen losgeworden, aber bisher ist es gut gegangen –, zum Glück", seufzte der Weinhändler. Ich bedankte mich bei ihm, worauf er mir aufmunternd auf die Schultern klopfte …

Zwei Wochen später kam er wieder wohlbehalten in Gastein an, diesmal allerdings nur mit einem Viertel des ursprünglich verladenen Weines. Er hätte es erst nach Überwindung einiger Schwierigkeiten geschafft, zu meinem Elternhaus zu gelangen. Meine Mutter und meinen Vater hätte er in Baden angetroffen und ihnen den Brief übergeben. Auch einen Antwortbrief für mich brachte er mit.

In dem Brief der Eltern stand, dass sie Mitte Mai gemeinsam mit meiner älteren Schwester und deren Kind nach Baden zurückgekehrt wären: Unser Haus war ausgeplündert und in einem Zimmer eine Wachstube für die Hilfspolizei eingerichtet worden.

Die Plünderer wären aber großteils nicht die Russen, sondern die Badener Nachbarn gewesen. Mit Hilfe der Polizei, der ja mein Vater angehörte, wäre es gelungen, die lebensnotwendigsten Dinge wiederzubeschaffen, vor allem Bettzeug, Möbelstücke und Kochgeschirr. Weiters schrieben sie, dass eine große Hungersnot herrschte und sie nur durch die Lebensmittel, die wir im Keller eingemauert hatten und durch das Obst aus unserem Garten überleben könnten. Es ginge ihnen den Umständen entsprechend. Niemand wäre krank, und sie würden sich sehr freuen, mich bald wiederzusehen …

Nachdem ich den Brief gelesen hatte, lud mich der niederösterreichische Händler zum Abendessen in das Stüberl des Hotel Europe ein. Mein Vater hatte ihn wahrscheinlich ersucht, sich ein wenig um mich zu kümmern.

Er berichtete, dass ich meine Heimatstadt nicht wiedererkennen würde. Sehr viele schöne alte Häuser wären zerstört, die Russen hätten das Zentrum evakuiert und dort ihr Hauptquartier eingerichtet. Auch den Kurpark gäbe es nicht mehr, weil man die Bäume zu Brennholz gemacht und die Blumenbeete zu Gemüsegärten umgewandelt hätte …

Unter den beängstigenden Wandmalereien im Stüberl des Grand Hotel, auf denen Siegfried, der Drachen, die Walküren, Wotan und Walhalla übergroß dargestellt waren, wirkten diese Nachrichten auf mich wie Hammerschläge. Die Götterdämmerung schien sich bewahrheitet zu haben …

Dem Weinhändler blieb meine Niedergeschlagenheit nicht verborgen. Er meinte in seiner väterlichen Art, dass ich mich glücklich schätzen sollte, hier in Sicherheit zu sein. Und es wäre zumindest positiv zu wissen, dass meine Eltern am Leben wären und es ihnen so weit gut ginge.

Nachdem ich mich nochmals für das gute Essen und die uneigennützige Hilfsbereitschaft bedankt hatte, ging ich zurück in mein Quartier. Natürlich war ich beruhigt, aber zugleich auch zutiefst beunruhigt, weil ich mir große Sorgen um meine Familie und meine Heimatstadt machte.

22

Als ich versuchte, mit Ildiko Kontakt aufzunehmen, entwickelte sich nicht ganz unerwartet ein regelrechtes Drama.

Ich hatte für sie einen Zettel unter ihrer Zimmertüre durchgeschoben – mit der Bitte um ein baldiges Treffen. Beim Verlassen des Hotels stand plötzlich der Portier vor mir. „Ich würde dir dringend raten, hier nicht mehr aufzutauchen", zischte er mit leiser Stimme und eindringlichem Blick – und erhob seine Faust bis knapp vor meine Nase.

Ich nickte kurz, drehte mich um und ging mit möglichst festen Schritten davon. Ich würde sie nie mehr wiedersehen, war mein erster, unmittelbarer Gedanke. Alles, was ich mit ihr erlebt hatte, wäre ein schöner Traum gewesen, sämtliche damit verbundene Vorstellungen reine Illusionen …

Ein eisiger Schauer lief mir über den Rücken. Es war die brutale Wirklichkeit, die ich im drohenden Blick und der geballten Faust des Portiers vor mir gesehen hatte. Für Gefühle oder gar für Liebe war einfach kein Platz in dieser Welt, während des Krieges nicht und jetzt genauso wenig ... Für kurze Zeit hatte ich vergessen, dass es nur ein allgemein gültiges Gesetz gab: Das Gesetz des Stärkeren.

Das Wetter war an diesen Augusttagen strahlend schön, die Bergluft rein und klar, nur in meinem Inneren sah es dunkel aus. Ich lief immer wieder unruhig die Promenade auf und ab, vorbei an den großen Hotels und natürlich am Gasteinerhof. Als ich die Hoffnung Ildiko wiederzusehen schon fast aufgegeben hatte, sah ich sie neben dem Eingang in einer Nische stehen. Offenbar hatte sie auf mich gewartet!

Ich eilte zu ihr, und sie flüsterte verlegen und mit traurigem Blick: „Wir können uns morgen treffen, um halb fünf Uhr unten beim Kraftwerk." Dort könnten wir in Ruhe reden. Jetzt wäre es leider nicht möglich, sie müsste sofort wieder zurück ins Hotel, teilte sie mir noch mit und verschwand.

Ich blieb stehen wie der Ochse vor dem Scheunentor …

Das Kraftwerk lag unterhalb eines großen Hotels, am Fuße der dritten Stufe des Gasteiner Wasserfalls. Das Wasser stürzte hier derartig donnernd in die Tiefe, dass man seine eigene Stimme kaum hören konnte und von der sprühenden Gischt sofort durchnässt war. Ich sah sie schon von weitem: An der dem Wasser abgewandten Seite des Gebäudes ging sie auf und ab.

Als ich mit gesenktem Kopf vor ihr stand, versuchte sie zu lächeln, aber ihr Gesicht schien wie versteinert.

Ich fragte sie, was denn passiert wäre.

Sie nahm meine Hand, räusperte sich, sah mir fest in die Augen und begann ganz ruhig und konzentriert: „Ich habe einen amerikanischen Offizier kennengelernt, schon vor längerer Zeit …

In einer Woche kann er wieder nach Amerika zurückkehren, nachdem er zwei Jahre in Europa war. Er ist ein netter, anständiger Mann, ein Gentleman, der mich unbedingt mitnehmen will –, und ich will es auch. Für mich ist es die einmalige Chance, diesem verwüsteten Kontinent den Rücken zu kehren. Ich hoffe, du kannst mich verstehen." Während sie sprach, wurde ihre Stimme immer leiser und Tränen standen in ihren Augen.

„Ja, ja …, das ist sehr schade …, ich meine für mich." Ich brachte die Worte nur mit Mühe heraus. „Ich habe etwas Ähnliches vermutet, als ich vor deiner Türe vom Portier bedroht worden bin. Immer, jede Tages- und Nachtstunde, habe ich an dich gedacht und werde auch weiter an dich denken", stammelte ich.

Sie drückte meine Hand ganz fest. „Ich habe mich beinahe in dich verliebt … Sei froh, dass das nicht passiert ist, denn ich hätte dich nie mehr losgelassen." Jetzt weinte sie tatsächlich … Sie drehte meine Hand um und schaute auf die Innenfläche. Einige Tränen fielen in meine Hand, ich spürte die warmen Tropfen. Sie schluchzte und hauchte noch leiser, mit brüchiger Stimme: „Mehr kann ich dir nicht mitgeben auf deinen weiteren Weg: Ich wünsche mir, dass du glücklich wirst." Das Grün ihrer Augen verschwamm wie die Oberfläche eines tiefen Bergsees …

Ich war sprachlos, und auch meine Augen wurden nass.

Wir umarmten uns kurz, dann wandten wir uns voneinander ab, und jeder ging seiner Wege. Es kostete mich die allergrößte Überwindung, mich nicht umzudrehen. Ich weiß nicht, was passiert wäre, wenn wir uns beide nur für einen Augenblick weiter angesehen hätten.

Wut und Trauer beherrschten mich in den nächsten Tagen und vor allem während der Nächte, in denen ich kaum Schlaf finden konnte. Ich dachte oft stundenlang nach, während ich wach im Bett lag. Schließlich kam ich zu dem Schluss, dass ich, nachdem ich im Krieg so viel Schreckliches gesehen hatte, für das Schöne dankbar sein müsste, das mir widerfahren war. Nahezu alles Aufregende, das ich bisher erlebt hatte – Krieg, Krankheit und Tod – war auf der Negativseite meines Lebens zu verbuchen gewesen.

Jetzt hatte ich erstmals schöne, positive Erfahrungen gemacht – in zarter und liebevoller Weise –, von denen ich bisher nur vage Vorstellungen gehabt hatte. Wie unsere Begegnung unter anderen Umständen hätte ausgehen können, darüber wollte ich nicht nachdenken –, ich bemühte mich, mir diese Gedanken zu verbieten.

Bald ging mir die Arbeit im Spital wieder leicht von der Hand, obwohl ich einige Zeit brauchte, um wieder halbwegs zu mir zu finden. Ich war zwar innerlich ein anderer geworden, nach außen hin schien mir das aber niemand anzumerken, außer vielleicht meine Schwester. Sie machte immer wieder Andeutungen, die ich zwar genau verstand, aber standhaft ignorierte. Ich wollte mein Geheimnis für mich behalten und mein Selbstmitleid mit niemandem teilen.

Als ich wieder einmal ziemlich niedergeschlagen unterwegs war, traf ich zufällig eine Studienkollegin aus Graz. Sie berichtete mir, dass sie gemeinsam mit den meisten Kollegen der Sanitätskompanie Mitte März nach Innsbruck übersiedelt wäre –, ich war ja einige Tage vorher auf eigenen Wunsch nach Baden abkommandiert worden. Es wäre allen Kollegen möglich gewesen, in Innsbruck das Sommersemester zu inskribieren, welches zwar nicht gelesen, aber dennoch angerechnet worden war. Dort hatte man auch die notwendigen Prüfungen ablegen können, die aber so einfach gewesen waren, dass man sie nur als Farce bezeichnen könnte. Sie selbst und einige unserer Kollegen hatten in Innsbruck sogar promoviert –, ohne Feier, aber immerhin mit Urkunde, berichtete sie voll Stolz. Weiters erzählte sie mir, dass sie hierhergekommen war, weil sie sich mit einem Kollegen aus Bad Gastein verlobt hatte, der zurzeit das Studium beenden würde. Sie gab mir den Rat, die weiteren Prüfungen in Innsbruck abzulegen. „Dort wird nicht so viel gefragt wie in Wien, und außerdem gibt es auch während der Ferien Prüfungstermine. Wenn du die Möglichkeit hast, probiere es in Innsbruck!", betonte sie nachdrücklich.

Ich bedankte mich für die wertvollen Ratschläge, und wir wünschten uns gegenseitig alles Gute für die Zukunft.

Wenn es meine Arbeit zuließ, unternahm ich von nun an ausgedehnte Wanderungen und Spaziergänge im Gasteinertal. Besonders gerne ging ich auf der Kaiserpromenade bis zum Gasthof ‚Grüner Baum'. Die Promenade hieß Kaiser-Wilhelm-Promenade, und es war für mich ein Rätsel, warum dort ein Denkmal des deutschen Kaisers Wilhelm des Ersten stand. Offensichtlich war dieses noch zu Zeiten der k.u.k.-Monarchie für den deutschen Herrscher errichtet worden. Er war, wie ich in Erfahrung brachte, oft in Bad Gastein zur Kur gewesen und hatte sich hier immer wieder mit Kaiser Franz Joseph getroffen, sowohl vor als auch nach der Schlacht von Königgrätz. Die beiden Kaiser – der Sieger und der Besiegte – sollen plaudernd und brüderlich ineinander eingehängt auf der Promenade spazieren gegangen sein.

Angeblich hätten sich die beiden kaiserlichen Hoheiten darüber beklagt, dass ihnen, wenn Bismarck ebenfalls auf Kur war, nicht die gebührende Beachtung geschenkt worden wäre. Nach diesem war die Hauptstraße Bad Gasteins benannt worden. An einem der Hotels fand ich auch eine Gedenktafel: ‚Hier weilte Fürst Otto von Bismarck, der edle Gönner Gasteins', stand darauf in goldenen Lettern. Fast alle europäischen Katastrophen, in deren verheerende Folgen ich hineingeraten war, wären wahrscheinlich schon in der Kaiserzeit als Wetterleuchten über den Bergen Gasteins zu erkennen gewesen, überlegte ich. Hier, dachte ich mir, kann man Geschichte geradezu spüren, wenn man mit offenen Sinnen durch den Ort geht …

Einmal fuhr ich mit dem Rad über die kleinen Weiler am Talboden nach Hofgastein. Der Ort hatte damals, im Gegensatz zur Grandezza Bad Gasteins, einen dörflichen Charakter mit vereinzelten kleinen Kurhäusern und Fremdenpensionen.

Ich ging in die große Hofgasteiner Kirche, setzte mich in die erste Reihe, betrachtete den gotischen Hochaltar und versuchte zu beten. Wie schon in der Bergkirche in Niederösterreich gelang es mir auch diesmal nicht: Ich wusste einfach nicht, zu wem ich beten sollte. Und das ‚Vaterunser' oder ein anderes Gebet herunterzuleiern erschien mir zu kindisch.

Was mich wirklich verwunderte, war die reiche Ausstattung dieser Kirche. Ich begegnete beim Hinausgehen dem Pfarrer, der mir einiges über das Gotteshaus und den Ort erzählte: Hofgastein wäre der Hauptort des Tales, hier hätten vor langer Zeit die reichen Gewerken residiert, die Besitzer der Gold- und Silberbergwerke in den Hohen Tauern. Im sechzehnten Jahrhundert war diese Gegend das Zentrum des europäischen Gold- und Silberbergbaues gewesen. Am Ende des Tales würde es auch jetzt noch viele verfallene Stollen geben, die man besichtigen könnte. Der Reichtum der Salzburger Fürsterzbischöfe wäre damals unermesslich gewesen und habe sich fast ausschließlich auf den Abbau des Tauerngoldes in Gastein und Rauris begründet, erzählte er.

„Jetzt nützt man das aus den Bergen sprudelnde heiße Wasser zur Heilung vieler Krankheiten. Das ist auch eine Goldader, wie du ja in Bad Gastein sehen kannst, junger Mann", gab mir der Pfarrer zum Nachdenken. „In diesem Tal hat es immer Armut und Reichtum sehr eng nebeneinander gegeben, aber letztlich haben alle gut überleben können. So wird es auch jetzt sein, in dieser schweren Zeit", seufzte er. „Wenn du irgendetwas brauchst, kannst du jederzeit zu mir kommen –, dazu bin ich ja hier", meinte der Kirchenmann dann aufmunternd, und er segnete mich, indem er vor meinem Gesicht das Kreuzzeichen machte.

Irgendwie kann die Kirche ja doch Trost spenden, unabhängig von der Religion, dachte ich und bedankte mich für die Zusprache, stieg wieder auf mein Rad und fuhr zurück nach Bad Gastein. Mein Kopf erschien mir klarer und mir war's ums Herz nicht mehr so schwer …

Zu dieser Zeit besuchte ich auch immer wieder unseren Friseur. Gleich nebenan war der von Hotelpalästen umgebene Merangarten, ein beliebter Treffpunkt für Kurgäste und nun vor allem für die Amerikaner. Oft spielte dort die US-Militärmusik der Rainbow-Division, jener amerikanischen Infanterieeinheit, die im Juni 1945 in Salzburg einmarschiert war. Einmal in der Woche trat das Kurorchester mit Operettenmusik auf, und ich hörte auf diesem Platz auch erstmals Jazz, gespielt von einer virtuosen Army-Band.

Eines Nachmittags, als ich gerade den fremden, faszinierenden Rhythmen lauschte, sah ich einen Studienkollegen aus Graz, Hannes Wolf, vor dem daneben liegenden Hotels Bellevue. Ich hatte ihn nicht gleich erkannt, denn er trug ein elegantes Sakko und eine weiße Hose. Dann aber lief ich zu ihm und begrüßte ihn: „Servus, Hannes, wie kommst denn du nach Gastein?"

„Na, du bist gut", antwortete er, sichtlich erfreut über das Wiedersehen. „Du gehst im Garten meines Vaters spazieren und fragst, wieso ich in Gastein bin."

Dass seinem Vater eines der größten Hotels im Ort gehörte. hatte ich in der Tat nicht wissen können. Ich fragte ihn, ob er, wie unsere Kollegin berichtet hatte, mit der Sanitätskompanie nach Innsbruck gekommen wäre und ob er sein Doktorat schon in der Tasche hätte.

„Nein", antwortete Hannes. „Ich war damals gerade in Graz im Krankenhaus –, wegen einem Karbunkel, das sie mir rausgeschnitten haben. Ein paar Tage später bin ich aus dem Spital gekommen, hab mir mein Abschlusszeugnis besorgt, meine Sachen gepackt und versucht, mit der Bahn nach Innsbruck zu gelangen. In der ganzen Steiermark war damals ein riesiges Durcheinander, die Russen waren schon nahe vor Graz. Schließlich hab ich einen Zug nach Innsbruck gefunden. Wie ich dann drinnen gesessen bin, hab ich mir überlegt, ob ich nicht lieber nach Hause fahren sollte, wenn ich schon in der Gegend bin. So bin ich halt in Schwarzach umgestiegen und problemlos nach Gastein gekommen. Ich hab mich dann auf unserer Alm versteckt und gewartet, bis der Krieg endlich vorbei gewesen ist."

Nachdem Hannes mir das alles erzählt hatte, berichtete ich von meinem langen Weg, der mich bis nach Gastein geführt hatte. Ich erzählte ihm, dass ich im Haus ‚Zum Hirschen', bei meinem Schwager Arbeit gefunden hätte und dieser der Neffe des Primarius Luis Treiber sei. „So bin ich mit Hilfe der Familie, eben durch den Mann meiner Schwester, in Gastein gelandet", schloss ich meine Ausführung.

Hannes schlug vor, dass wir uns gleich am nächsten Tag bei ihm im Hotel treffen könnten, um das weitere Medizinstudium zu planen.

Ich wollte in angemessener Kleidung im Hotel bei Hannes erscheinen. Meine Schwester hatte mir schon ein neues Hemd besorgt sowie die Socken geflickt. Aus der Kleiderkammer des Spitals hatte ich mir passende Fußballschuhe aus Leder geholt, die nahezu ungetragen waren. Ein Schuster, der in einem Gewölbe unter der Gasteiner Pfarrkirche seine Werkstätte hatte, konnte die Fußballschuhe mit frischen Ledersohlen versehen. Diese Schuhe sahen wie neu aus und wurden meine bequemen Alltagsschuhe. – Einen Anzug hatte ich schon von Hermann bekommen. Und vielleicht könnte Hannes mich auch ein wenig von meinem Liebeskummer ablenken …

23

Als ich nach der Arbeit zu Hannes ins Hotel kam, erwartete mich dieser bereits in der Eingangshalle, wo ich schon mit Onkel Luis und Professor Bergius gesessen war. Gleich an der Bar fragte ich ihn, wann er denn seine nächsten Prüfungen zu machen gedenke und versicherte ihm, dass ich auf jeden Fall bald das Studium wieder aufnehmen wollte. Am besten wäre für uns wohl die Universität Innsbruck, falls dies möglich sein sollte.

„Ich hab eigentlich nicht wirklich Lust zum Studieren", gestand er mir. „Aber meine Verlobte, die Sophie, hat mir mitgeteilt, dass sie erst wiederkommen will, wenn ich alle Prüfungen gemacht habe. Basta! Sie ist von Wien nach Gastein geflüchtet, aber vor zwei Wochen nach Timelkam zu ihren Eltern abgereist, wo sie in Sicherheit ist und hoffentlich auf mich wartet", seufzte er mit freudigerregtem Unterton. Hannes war ein lieber Kerl: unkompliziert, geradlinig und immer bereit, gute Stimmung zu verbreiten. Also genau das, was ich in meiner Situation dringend benötigte.

„Dann sollten wir aber schleunigst mit dem Lernen anfangen", erwiderte ich lachend und klopfte ihm auf die Schulter.

Wir einigten uns dann rasch, dass wir dem Rat unserer Kollegin folgend das weitere Studium in Innsbruck angehen sollten. Es gab da natürlich noch einige Hindernisse: Welche Dokumente würde die Universität verlangen, wie könnte man nach Innsbruck gelangen, das ja in der französischen Besatzungszone lag, und würden unsere spärlich vorhandenen Zivildokumente ausreichen? Viele offene Fragen …

Zunächst wäre es einmal die Pharmakologie-Prüfung, die wir in Angriff zu nehmen hätten, stellten wir übereinstimmend fest. Als mehr oder weniger theoretisches Fach konnte man dieses am leichtesten aus der Ferne studieren.

Das Lehrbuch würde sicher bei der Familie Treiber zu finden sein, sinnierte ich, denn Onkel Luis hatte eine große Bibliothek.

Wir vereinbarten, dass ich am übernächsten Tag nach meiner Arbeit wieder zu Hannes ins Hotel kommen würde.

Bei einem Besuch von Luis und Robert fragte ich sogleich nach. Wie erwartet existierte das Lehrbuch der Pharmakologie von Eichholtz und eine Rezeptier-Fibel. Beides durfte ich mir ausborgen.

Ich erzählte von meinem Treffen mit Hannes Wolf und dass wir beschlossen hatten, uns gemeinsam auf das weitere Studium vorzubereiten. Sie kannten die Familie Wolf sehr gut und freuten sich, dass ich mit Hannes einen patenten Lernkameraden gefunden hatte. Wir würden auch weitere Literatur bekommen, falls unser Wissensdurst unerschöpflich werden sollte, meinten beide. Robert riet mir ebenfalls das Studium in Innsbruck fortzusetzen - dort hätte auch er promoviert -, die Prüfungen wären nicht allzu schwer, und er könnte mir einige Tipps geben.

Der Vater meines Freundes Hannes war ein soignierter, großzügiger Mann, der sogleich von unserer Lerngemeinschaft begeistert war. Er hatte sich schon Sorgen gemacht, dass sein Sohn das Studium aufgeben würde. Uns wurde der schönste Raum des Hotels, das Gobelinzimmer, zur Verfügung gestellt, und wir vereinbarten, dass ich jeden Tag nach meiner Arbeit dorthin kommen würde. Da wir nun ein gutes Lehrbuch hatten, konnten wir uns gleich hinsetzten und dieses Seite für Seite durchackern. Wir machten

Abschriften und Auszüge, prüften uns gegenseitig ab und bekamen jeden Tag eine köstliche Jause, die uns ins Zimmer serviert wurde –, dazu frischen Kaffee und manchmal auch Kuchen. Für mich war das purer Luxus.

Das Schicksal hatte mir mit Hannes einen Weggefährten zugeführt, ohne den ich wahrscheinlich nicht weitergekommen wäre. Ich war an der Kaiserpromenade bei meinem Schwager Hermann weiterhin beschäftigt und konnte dort wohnen, meine Arbeit wurde aber zunehmend leichter. Die Schwerkranken hatten wir bereits in das Gasteiner Krankenhaus transferiert, und viele Männer konnten in ihre Heimatgemeinden zurückkehren, auch wenn sie noch nicht vollkommen gesund waren. Es blieben letztendlich etwa dreißig Patienten in unserer Betreuung. Sie hatten zumeist schlecht heilende Wunden oder komplizierte Knochenfrakturen. Einige waren einfach zu schwach um aufzustehen und viele durch ihre Kriegserlebnisse so schwer traumatisiert, dass sie einfach nur liegen bleiben wollten. Meine Tätigkeit bestand in der Versorgung von Wunden und in der Beschäftigung mit den kaum zugänglichen Männern. Bei manchen gelang es mir mit viel Geduld, sie zum Sprechen zu bringen, sodass sie bruchstückhaft über ihre Erlebnisse zu berichten begannen. Oft waren die verschiedenen Erzählungen ein Spiegel meiner eigenen Erfahrungen, deren ganze Tragweite mir erst in der Rückschau bewusst wurde. Ich konnte all die Kriegsgräuel, die Entmenschlichungen, die Kälte und den Hunger nur zu gut nachempfinden. Dadurch half ich den Patienten, und diese halfen mir! Es waren die vielfältigen Todesängste und das totale Ausgeliefertsein an die allgegenwärtige Gewalt, die uns in diesem Krieg beinahe erdrückt hätten.

Eines Nachmittags, als wir gerade in das Studium vertieft waren, kam Hannes' Vater aufgeregt in unser Zimmer gelaufen: Die Amerikaner hätten eine Atombombe auf die japanische Großstadt Hiroshima abgeworfen, und diese eine Bombe hätte ausgereicht, die Stadt vollständig dem Erdboden gleichzumachen!

Wir waren entsetzt und empört, denn wir hatten geglaubt, dass der Krieg auch im fernen Osten schon beendet wäre. Andererseits waren wir erleichtert, dass Deutschland bereits vor drei Monaten kapituliert hatte.

Nachdem Herr Wolf sich zu uns gesetzt hatte, erzählte er, dass es auch unter Hitler schon Pläne zur Entwicklung einer Atombombe gegeben hätte. Man habe hier, in Bad Gastein, vor einigen Jahren angefangen, einen neuen Stollen in den Radhausberg zu graben – im Auftrag der Preuss-AG, des größten deutschen Bergbauunternehmens. Alle hätten gerätselt, warum mitten im Krieg plötzlich nach Gold oder Silber gesucht werden sollte, zumal die alten Erzstollen weitgehend taub und seit Jahrzehnten nicht mehr in Betrieb gewesen waren … Da aber auch bekannt war, dass das heiße Quellwasser in Gastein Radon ausstrahlte, ein radioaktives Gas, das aus dem Zerfall von Uran entsteht, ging man davon aus, dass dieses irgendwo tief in den Bergen zu finden sein müsste. Und danach suchte die Preuss-AG so eilig: Uran für die Herstellung einer Atombombe!

Hannes und ich waren schockiert. Wir hatten von all dem natürlich keine Ahnung gehabt, aber wir waren uns schlagartig bewusst, dass einen Krieg mit diesen grauenhaften Vernichtungswaffen niemand, aber wirklich niemand überlebt hätte.

Dem Vater meines Freundes war wohl aufgefallen, dass wir während seiner Erzählung ziemlich blass geworden waren, und er stand auf. „Kommts, Buben, ihr kriegts jetzt was zu essen. Ihr müssts euch ein bisserl erholen, das seh ich!", meinte er.

Wir gingen in den vom Speisesaal abgetrennten Privatbereich und bekamen Wiener Schnitzel, die wir gerne, aber mit deutlich reduziertem Appetit, aßen. Hannes' Vater beteuerte mit ernster Miene: „Wir müssen wirklich froh und dankbar sein, dass wir das alles überstanden haben! Ich hoffe nur, dass ihr in Zukunft ein besseres, friedlicheres Leben haben werdet, als ihr es bisher als junge Männer gehabt habt." Er lächelte uns aufmunternd zu, wirkte aber ebenfalls von den aktuellen Ereignissen deutlich bestürzt.

Es waren spannende und interessante Geschichten, die ich in diesem Sommer 1945 in Bad Gastein gehört und erlebt hatte. Dass hier beinahe das tödliche Grundmaterial für den Bau der deutschen Atombombe gefunden worden wäre, ließ mir damals - wie auch noch heute - kalte Schauer über den Rücken laufen. Im Stollen wurde übrigens nie Uranerz gefunden, aber die Wärme und die geringe radioaktive Strahlung werden bis heute als sehr gut wirksame Heilmittel bei Rheuma und Gelenkskrankheiten angewandt.

Beim Onkel meines Schwagers wurde ich weiterhin immer wieder zum Essen eingeladen, und bei diesen Gelegenheiten erfuhr ich viel über die Geschichte des Landes und die Ereignisse der letzten Jahrzehnte. Luis war unverändert großzügig, Hermann wirkte manchmal etwas nervös und ungeduldig, Robert grübelte vor sich hin, und Traude versuchte, so weit wie möglich gute Laune zu verbreiten ...

Eines Abends kamen wir auf die Gasteiner Einheimischen und ihre beachtliche Wandlungsfähigkeit zu sprechen. Luis berichtete, dass die Nationalsozialisten bereits Anfang der Dreißigerjahre eine rege Versammlungstätigkeit an den Tag gelegt hätten, wobei sie sich als die wahren Vertreter des Volkes präsentierten. Die allgemeine Notlage, die absolut begründeten Existenzängste der Arbeiter, der Angestellten und der Hoteliers hätten nahezu alle in deren Arme getrieben.

Andererseits war Bad Gastein damals als weltbekannter Kurort vor allem auf jüdische Gäste angewiesen, für die der Ort traditionell von großer Bedeutung war. So war offener Antisemitismus zumindest am Anfang nicht zu hören.

Durch das gesetzliche Verbot der Nationalsozialisten ab 1934 hatte die Partei vor allem bei jungen Männern ungeheuer an Attraktivität gewonnen. Illegale Kundgebungen mit demonstrativem Absingen von Nazi-Liedern waren an der Tagesordnung, und es hatte auch immer wieder Sprengstoffanschläge gegeben. Die örtliche Gendarmerie zeigte sich zunehmend hilflos, oder sie drückte einfach beide Augen zu ... Nach dem Anschluss stiegen dann alle vorher Illegalen sofort in führende Positionen auf. Besonders schlimm war der November 1938 gewesen, das Hotel Bristol war geplündert worden, und die restlichen Juden mussten flüchten.

„Darunter war auch mein Freund, der Kurarzt Anton Wassing. Ich hab ihm nicht helfen können, weil die von der SA aufgehetzte Meute, vom Bürgermeister tatkräftig unterstützt, überall gewütet hat. Aber ich hab ihm hier Unterkunft gewährt, bis er sicher abreisen konnte“, erzählte Onkel Luis in resignativ-bedauerndem Ton.

Aktiven Widerstand gegen die Nazis gab es nirgends, allerdings wich die anfängliche Begeisterung nach dem Kriegsausbruch immer mehr einem eisigen Schweigen.

Dieses Schweigen, so endete Luis seinen Bericht, läge jetzt unverändert über dem Tal, etwa so dick und undurchdringlich wie der Gletscher, der es vor zehntausend Jahren bedeckt hatte.

Robert warf ein, dass er nicht schweigen wollte, ihm aber einfach die Kraft fehlen würde, jetzt politisch aktiv zu werden. Und an wen sollte er sich denn wenden? „Niemand möchte jetzt irgendwelche Propagandasprüche hören! Wir müssen alle erst langsam lernen, was es bedeutet, nicht in einer Diktatur zu leben. Frei reden dürfen, nicht gehorchen müssen, seinen eigenen Willen entdecken … Darum gehts jetzt.“

Er sprach mir vollkommen aus der Seele, denn auch ich hatte keine Ahnung, was Demokratie wirklich bedeuten und wie sie funktionieren sollte. Außerdem konnten wir keineswegs sicher sein, ob nicht eine neue Diktatur auf uns zukommen würde.

„Die Amerikaner und vor allem die Russen haben Deutschland nicht besiegt, um uns Freiheit, Wohlstand und Glück zu bringen“, ergänzte Luis. „Sie haben diesen Krieg nicht begonnen, das war einzig und allein Hitler … Und jetzt sind wir ihre Beute. Europa, wie es noch vor dem Krieg existiert hat, gibt es nicht mehr. Wir können alle nur hoffen und hart daran arbeiten, dass wir einen kompletten Neuanfang schaffen.“ Sein Aschenbecher hatte sich rasant mit Zigarettenstummeln gefüllt …

Da er im Laufe des Abends auch einige Gläser getrunken hatte, war er in recht redseliger Stimmung und erzählte uns noch eine Geschichte, die er von seinem Bruder aus Kärnten gehört hatte: „Der ursprüngliche Bauernhof der Familie Treiber befindet sich in Waisach bei Greifenburg im Drautal, wie euch vielleicht bekannt ist“, hob er an. „Der letzte Besitzer des Hofes war mein Neffe Arthur

Treiber. Dessen Vater war durch einen Lotteriegewinn zu viel Geld gekommen, mit dem der Hof zu einem ansehnlichen Betrieb ausgebaut worden ist. Arthur hat den Besitz geerbt und versucht, alles so gut wie möglich weiterzuführen. Er hat seine Sache nicht schlecht gemacht, obwohl er von Landwirtschaft wenig Ahnung hatte und nicht der Typus eines bodenständigen Kärntner Bauern war, störrisch und eben ein bisserl anders. – Der Konflikt hat angefangen, als das sogenannte Anerbengericht in Greifenburg 1942 einen Treuhänder auf dem Hof eingesetzt hat. Der offizielle Grund war schlechte wirtschaftliche Führung, was sicher nicht der Realität entsprochen hatte, aber von der lokalen Neidgenossenschaft und dem Ortsbauernführer festgestellt worden ist. Arthur soll sich auch geweigert haben, die vorgeschriebenen Lebensmittelmengen beim NS-Ortsgruppenleiter abzuliefern. – In der Folge ist dem armen Arthur die Nutzung und die Verfügung über sein gesamtes Eigentum entzogen worden. Den Betrieb hat ein Bauer aus einer anderen Gemeinde übernommen, auch ein Ortsbauernführer und natürlich Parteimitglied. Arthur war nach dieser Entscheidung ein rechtloser Knecht am eigenen Hof, der den Treuhänder um jeden Groschen anbetteln hat müssen. Ich habe Arthur gut gekannt …", Onkel Luis machte eine kurze Pause, dann fuhr er fort: „Er hat versucht, sich gegen die gerichtlichen Maßnahmen zu wehren und den Treuhänder loszuwerden. Er hat einfach geglaubt, dass es doch irgendwo Gerechtigkeit geben müsste. Am Hof ist es dann zu schweren Auseinandersetzungen gekommen, und Arthur ist blutig geschlagen worden. – Er hat sich beim Ortsgruppenleiter beschwert, und dieser hat ihn angezeigt. – Jetzt ist es Schlag auf Schlag gegangen: Arthur ist verurteilt worden, weil er einem französischen Zwangsarbeiter Fische aus seinem Fischwasser und Äpfel verkauft hat. Er war völlig verzweifelt, enteignet und ohne Geld, nur unsere Familie hat ihn immer wieder unterstützt. Das krasse Unrecht wollte er sich nicht gefallen lassen, und er hat dauernd Eingaben bei der NSDAP-Kreisleitung und bei den Bauernbehörden gemacht, die natürlich nur zu seinen Ungunsten ausgelegt worden sind. – Schlussendlich hat sich dann das Arbeitsamt Spittal eingeschaltet, er ist von seinem Hof verwiesen und zu Knechtsarbeiten auf einem fremden Bauernhof verpflichtet worden. Weitere Beschwerden haben dazu geführt, dass der Ortsgruppenleiter den Fall des ‚asozialen Volksschädlings' an die Gestapo weitergeleitet hat. Arthur hat der Vorladung Folge geleistet und ist nie mehr wieder zurückgekommen …"

Onkel Luis seufzte tief, und wir schüttelten ungläubig die Köpfe. „Hat ihm denn in ganz Oberkärnten aus der großen Familie niemand helfen können?", fragte Robert erschüttert.

„Mein Bruder hat es versucht, aber er ist nie zu den entsprechenden Stellen vorgelassen worden. Alle schriftlichen Anfragen sind unbeantwortet geblieben", antwortete Luis. „Vor kurzem erst habe ich von Arthurs Schwester erfahren, dass er in das KZ der Gestapo, das Arbeitserziehungslager Reichenau, gekommen ist. Laut den Berichten eines Mithäftlings ist er dort schwer misshandelt worden. Er soll mindestens zehnmal am Tag geschlagen worden sein, hat ein unbehandeltes Abszess und blaue Flecken am ganzen Körper gehabt. Er ist mit knapp fünfzig Jahren im Jänner des heurigen Jahres dort elendiglich zugrunde gegangen …"

Wir waren alle entsetzt, auch Hermann hatte von dieser Geschichte noch nichts gehört.

„Und das Schlimmste ist: Der Treuhänder sitzt noch immer auf dem Bauernhof und weist jede Schuld vehement zurück!", empörte sich der Onkel mit vor Wut zitternder Stimme.

Hermann sprang auf: „Ich fahr bald nach Hause, dann werden wir, meine Brüder und ich, den Mann eigenhändig hinausprügeln! Das verspreche ich!"

Onkel Luis meinte, dass sie das unbedingt machen sollten, sie müssten sich aber sehr gut bewaffnen, denn die würden alle zusammenhalten … Onkel Luis trank noch ein weiteres Glas Wein, die Zigaretten waren ihm in der Zwischenzeit ausgegangen.

Alle saßen betroffen am Tisch.

Hermann bemerkte, dass fast alle einer verbrecherischen Irreführung aufgesessen wären.

Meine Schwester Traude wandte sich ihrem Mann zu und warf ein, dass sie schon vor einem Jahr gesagt hätte, Hitler und seine Kumpanen wären Verbrecher. „Da bist du sehr böse geworden und hast gesagt, dass diese Bemerkung ein Scheidungsgrund wäre. Das war drei Monate nach unserer Hochzeit …"

Zunächst wirkte Hermann sehr betroffen, und kurz glaubte ich, er würde wütend werden. Aber er schüttelte den Kopf, verzog seine Mundwinkel und erwiderte mit leiser Stimme: „Ich weiß jetzt, dass ich am falschen Weg war –, du hast das offenbar viel klarer und früher erkannt als ich. Es tut mir wirklich leid!"

Robert und sein Vater gestanden, dass sie ebenfalls sehr lange gebraucht hätten, bis sie sich selbst die volle Tragweite ihrer Irrtümer eingestehen konnten. „Es war tatsächlich eine Massenpsychose, der wir ausgeliefert waren. Aber das darf, auch wenn es so war, jetzt keine Entschuldigung sein: für keinen von uns!", meinte Robert.

Auch wenn Hermann erleichtert wirkte und seine Frau ihm nicht böse zu sein schien, lag eine leichte Spannung merkbar in der Luft.

Am Weg zur Türe erzählte er mir noch, dass am nächsten Wochenende eine Bergtour geplant wäre und ich unbedingt dabei sein sollte. „Unser Freund Peter geht auch mit. Robert ist ja kein Bergfex, und Traude ist eher fürs Spazierengehen …" Er versuchte zu lächeln und gab seiner Frau einen Kuss auf die Wange.

„Ja, da komm ich gerne mit", sagte ich und machte mich auf den Heimweg, wieder vorbei am rauschenden Wasserfall …

24

Hermann, Peter und ich trafen uns früh am Morgen vor dem Haus ‚Zum Hirschen'. Es war ein schöner, klarer Sommertag, ich fühlte mich frisch, aber ein verwirrender Traum hing noch diffus in meinem Kopf.

„Wir gehen auf den Gamskarkogel", erklärte Peter kurz und bündig. „Oben kann man übernachten. Jetzt is wer oben, und was zum Essen gibts dort a. A Jackn und a Jausn habts eh mit?", fragte er noch.

Ich hatte einen Bergstock und einen alten Hut im Haus gefunden, war also gut ausgerüstet.

„Dann also los", rief Hermann und lachte freudig.

Nachdem wir eine halbe Stunde gewandert waren, sah ich mitten im Wald an einem Steilhang ein großes, dunkelgraues Haus. Es war fünf Stockwerke hoch und hatte ein schräges Dach, unter dessen Giebel eine Türe zu erkennen war. Die braune Holztüre führte zu keinem Balkon, sondern direkt hinaus ins Nichts. Der Anblick dieser Türe und die kalte Verlorenheit des einsam dastehenden Gebäudes hatten eine unbestimmbare Bedeutung, die mit dem Traum der vergangenen Nacht irgendwie in Verbindung zu stehen schien, und mich überkam das Gefühl eines nicht definierbaren uferlosen Grauens. Noch heute, nach so vielen Jahren, stehe ich manchmal in meinen Träumen vor der Türe, öffne sie von innen und stürze unversehens hinab in den dunklen Wald. Immer erwache ich schweißgebadet, jedes Mal mit der Gewissheit, dass es da in meinem Leben noch etwas gibt, dessen Grund und Tiefe ich nie erfassen könnte, so sehr ich auch darum ringen würde.

Ich fragte Peter, ob er etwas über das Haus wüsste. Er antwortete, dass dieses Gebäude das ‚Gschlief' wäre, ein Haus, von dem niemand wüsste, zu welchem Zweck und wann man es gebaut hatte. Angeblich würde es als Speicher für alte Möbel aus den Hotels verwendet. Die Werkstatt eines Tischlers war für kurze Zeit darin untergebracht. Der Mann sei verblutet aufgefunden worden, nachdem er sich an der Kreissäge beide Hände abgeschnitten hatte …

Wir gingen weiter, vorbei am ‚Grünen Baum' bis zu einer Alm, bei der wir eine kurze Rast einlegten. Es wurde nicht viel gesprochen. Mir war auch nicht danach, denn ich dachte ständig an das Haus und was es mit dieser Türe ohne Balkon auf sich haben könnte? Auch der verblutete Tischler ging mir nicht aus dem Kopf.

War der Weg zunächst flach, so wurde es ab der Baumgrenze ziemlich steil – bis zum Übergang in das nächste Tal. Dort rasteten wir etwas länger, nachdem wir drei Stunden flott gewandert waren. Der Blick hinunter in die Tauerntäler und hinüber auf die mächtigen, schneebedeckten Dreitausender war überwältigend, und ich vergaß meine beängstigenden Gefühle und Gedanken.

Hermann bemerkte wohl meine Stimmung: „Ja, hier heroben kann man sich frei fühlen –, befreit von der Unruhe und den Sorgen, die uns wohl alle verfolgen. Genießen wir einfach die Sonne und die Berge …"

Wir aßen Speck und Brot, tranken Wasser aus unseren Flaschen und legten uns ins frische Gras. Über uns kreisten ruhig und erhaben zwei große Adler. Als ich den Flug der Tiere beobachtete, musste ich an Ildiko denken. Der Wunsch, sie hier und jetzt neben mir zu haben, war so überwältigend, dass ich aufsprang und ein paar Schritte machen musste.

„Willst du scho wieder gehen?", fragte Peter erstaunt.

„Nein, nein", antwortete ich etwas verlegen. „Ich wollt nur nicht einschlafen …"

Wir blieben noch ein wenig sitzen und ließen uns die Sonne ins Gesicht strahlen.

Am späten Nachmittag erreichten wir die Badgasteiner Hütte, die sich direkt auf dem Gipfel des Gamskarkogels befindet. Die Hütte war tatsächlich bewirtschaftet, ein bärtiger Wirt begrüßte Peter überaus herzlich. Wir setzten uns draußen vor die Hütte. Hermann wirkte gelöst, und er berichtete von seinen Plänen, in Gastein eine Praxis als Kurarzt aufzumachen. Es gäbe aber Spannungen, die nie klar ausgesprochen worden wären, weil Onkel Luis natürlich die Ordination seinem Sohn Robert übergeben wollte. Robert hätte auch noch einen älteren Bruder, der in Wien an der Klinik wäre und der möglicherweise auch vorhaben könnte, sich in Gastein niederzulassen. Ob für ihn als Arzt also hier Platz wäre, könnte er im Moment einfach nicht abschätzen. – Aber er hätte eine junge, hübsche Frau, der er ein angenehmes Leben bieten wollte, schloss er mit stolzem Lächeln und stieß mir mit dem Ellenbogen in die Seite.

„Ich glaube, das wirst du alles schaffen –, ehrgeizig und zielstrebig wie du bist. Und die Traude allein ist Motivation genug. Bei deiner Familie habe ich den Eindruck, dass sie, gerade in schwierigen Zeiten, auf jeden Fall zusammenhält –, auch wenn es Platzkämpfe geben sollte …", erwiderte ich.

Hermann erzählte, dass er die Besitzerin des Kurhauses ‚Zum Hirschen' gefragt hatte, ob er eventuell dort seine Ordination aufmachen könnte. Und sie würden es sehr begrüßen, denn im Ort gäbe es nur wenige gut ausgebildete Ärzte. „Ich will es auf jeden Fall versuchen, sonst gehe ich halt nach Kärnten und werde Landarzt, so wie meine Brüder. Nur, der Traude würde das sicher nicht gefallen", sinnierte er.

Dann berichtete er, dass er sich derzeit um viele Kranke in den Hotels kümmere, die als KZ-Entlassene oder ‚displaced persons' kaum eine medizinische Betreuung hätten. „Da habe ich erst gesehen, was wir - und ich sage absichtlich wir - denen angetan haben", seufzte er. „Die Leute sind unheimlich freundlich und dankbar. Bei manchen habe ich sogar den Eindruck, sie wollen mir helfen! Was mir ja fast absurd vorkommt. - In einem Hotel sind zwei ältere Damen untergebracht, die als Jüdinnen den Krieg in irgendeinem dreckigen Versteck überlebt haben. Sie haben nichts und wissen nicht, ob sie bei ihren entfernten Verwandten in Amerika Aufnahme finden werden. Beide sind nicht wirklich krank, aber auch nicht ganz gesund, sie strahlen jedoch eine Energie aus, die mir in den Stunden verzweifelter Mutlosigkeit wirklich Kraft gibt. Ich hab zuletzt täglich vorbeigeschaut und ihnen stärkende Tropfen gegeben. Sie freuen sich über jeden Besuch, und ich erzähle ihnen dann von meinen Plänen. Beim letzten Mal haben sie mir sogar ein kleines Bild geschenkt, eine Wachsmalerei, auf der zwei Frauen in mittelalterlicher Kleidung abgebildet sind. ‚In Dankbarkeit von Frau Baumstark und Frau Morse zur baldigen Ordinationseröffnung' steht hinten auf dem Bildchen. Ihr könnt euch vorstellen, wie gerührt ich war!"
Als es kühl wurde, setzten wir uns in der Hütte an einen Tisch. Nachdem der Wirt uns einen guten Kaiserschmarrn zubereitet hatte, setzte er sich zu uns und erzählte, dass in letzter Zeit immer wieder sehr eigenartige Männer auf seiner Hütte übernachtet hätten. Sie wären eine oder maximal zwei Nächte geblieben, hätten nichts geredet, keine Namen genannt und wären dann plötzlich wieder weg gewesen … „Einer hat mir sogar eine Goldmünze gegeben, nachdem er zwei Nächte bei mir war."

„Na ja", meinte Peter. „Hier wimmelt es vor Flüchtlingen. Die meisten sind gesuchte Kriegsverbrecher. Je höher sie in der Partei gewesen sind und je grauenhafter sie sich aufgeführt haben, desto höher am Berg verstecken sie sich jetzt. Die Amis und die Briten haben genaue Listen und durchkämmen immer wieder das ganze Tal, nur auf die Berge trauen sie sich noch nicht. – Also sei vorsichtig und frag nix! Sonst bist auch du dran – wegen Fluchthilfe!"

„Das weiß ich", sagte der Wirt. „Ich bin aber nur ein Hüttenwirt, der Vorbeikommenden eine Jause und Unterkunft bietet, so wie jetzt euch … In einige Berghütten der Umgebung, von Rauris bis ins Großarltal, ist auch eingebrochen worden. Aber ich weiß nix Genaues und frag nix … Und ich führ auch kein Hütten- oder Gästebuch", lachte der Bärtige unsicher. Er schien doch ein wenig Angst bekommen zu haben –, auch hier auf über zweitausend Metern Höhe, umgeben von satten, grünen Almwiesen.

In dieser Nacht schlief ich herrlich – ohne die üblichen Albträume – und erwachte völlig ausgeruht. Der Sonnenaufgang am Berggipfel war fantastisch –, auch Hermann und Peter waren begeistert. Wir aßen Butterbrote, tranken heißen Tee, den uns der Wirt zubereitet hatte, und brachen auf.

Beim Abstieg ins Tal erzählte mir Hermann, dass er in Innsbruck studiert und promoviert hatte, wo er Mitglied einer schlagenden Burschenschaft gewesen war. Mehrere Familienmitglieder hätten dieser Vereinigung bereits angehört, wobei aber für den Beitritt die Bedingung gestellt worden wäre, zusätzlich einer illegalen NSDAP-Gliederung anzugehören. Dazu war er damals, vom Elternhaus ideologisch entsprechend vorbereitet, ohne Zögern bereit gewesen. Da ihm sowohl SS als auch SA als zu aggressiv erschienen waren, sei er zum NSKK, dem ‚nationalsozialistischen Kraftfahrkorps', gekommen, weil er glücklicher Besitzer eines Motorrads gewesen war. „Die Burschenschaft hat ein tyrannisches Regiment geführt. Es bestand Couleurzwang, das heißt, man hat in der Öffentlichkeit Band, Mütze und steifen Kragen tragen müssen: Die volle Wichs, wie das geheißen hat. Zu Mittag hat man im Café Maria Theresia und am Abend in der Kneipe erscheinen müssen. Für Vorlesungen und Studium war nur wenig Zeit, täglich hat es Heim- und Schulungsabende gegeben, die fast immer in einem Besäufnis geendet haben. Wir waren durch und durch infiltriert vom ‚großen völkischen Gedanken' und glaubten wirklich, diesen nach Österreich tragen zu müssen, um den Anschluss an Hitlerdeutschland vorzubereiten ... Einmal habe ich mitgeholfen, NS-Propagandamaterial über die Grenze von Bayern nach Tirol zu schaffen. Wir sind von der Gendarmerie erwischt worden. In der anschließenden Gerichtsverhandlung habe ich zwei Monate bedingten Arrest abgekriegt. Erst viel später ist mir klar geworden, wie nachsichtig das Gericht mit mir verfahren ist, im Nachhinein betrachtet wohl zu milde."

Er meinte dann noch kopfschüttelnd, dass es wahrscheinlich Jahrzehnte dauern würde, bis all diese irrwitzigen Ideen – der gesamte Rassenwahn – aus den Hirnen der Menschen verschwunden wären, falls überhaupt möglich ... Bei ihm hätte dieser Prozess gerade erst mühsam begonnen, und er fiele immer wieder zurück in die simplen, primitiven Denkschablonen der Nazi-Ideologie.

Wie ich ihm erzählte, dass ich eigentlich nur den Aufbruch, den Umbruch und den Zusammenbruch erlebt hatte, eine atemlose Aufeinanderfolge von Katastrophen, Zerstörung und Tod, antwortete er: „Nein, dich trifft wirklich keine Schuld!" Er blieb kurz stehen und schaute mir in die Augen: „Aber ich, ich wäre alt genug gewesen, um den Wahnsinn zu erkennen. Stattdessen habe ich fast bis zum Ende daran festgehalten." Jetzt würde er als Arzt versuchen, vorurteilslos Gutes zu tun und dankbar sein, wenn er dazu die Chance bekommen sollte.

Nach diesen langen Ausführungen gingen wir schweigend zurück. Es hatte inzwischen zu nieseln begonnen. Mit durchnässten Kleidern, aber trockenen Fußes kamen wir schließlich wieder beim ‚Hirschen' an.

Peter, der bei der ganzen Tour hauptsächlich geschwiegen hatte, meinte beim Abschied, dass er viel aus unseren Unterhaltungen gelernt hatte. Bei ihm zu Hause würde meist nur das Notwendigste geredet, man hätte sich aber über viele Dinge gewundert. ‚Heil Hitler' statt ‚Servus' und ‚Pfiat di' zu sagen: Diese Anordnungen waren im privaten Bereich nie beachtet worden. Und auch jetzt würde man nie, wie von den Amerikanern neuerdings angeordnet, zum Pongau ‚Pongebiet', und zum Pinzgau ‚Pinzgebiet' sagen!

Wir fanden diese neuen Vorschriften eher erheiternd als bedrohlich. Und Hermann meinte kopfschüttelnd, dass man den Amis vielleicht einmal die Bedeutung der Salzburger Gaue erklären sollte. „Aber St. Johann im Pongau muss wenigstens nicht mehr ‚Johann im Pongau' heißen, wie von der Reichsgauleitung damals verordnet, weil ja alle religiösen Bezüge aus deutschen Ortsbenennungen entfernt werden mussten. Dafür soll der Ort jetzt eben ‚St. Johann im Pongebiet' heißen … Auch nicht viel besser. Wirklich absurd ist das alles!", beteuerte er ziemlich aufgeregt.

„Die Pongauer werden immer Pongauer und die Pinzgauer immer Pinzgauer bleiben – da mach ich mir keine Sorgen –, und von den Flachgauern reden wir nicht", endete Peter lachend, und wir verabschiedeten uns frohen Mutes.

25

Mein Studienfreund Hannes und ich wurden eine verschworene Lerngemeinschaft mit dem festen Ziel, möglichst rasch unsere Prüfungen zu absolvieren. Wir ergänzten uns ideal: Er war mehr Psychologe und versuchte, mich aufzurichten, wenn mich der Mut zu verlassen drohte. Ich als beflissener Pädagoge – und Besserwisser – bemühte mich, ihm durch meine rationelle und effektive Lernmethode beim Erlernen des Stoffes zu helfen. So kamen wir in beachtlichem Tempo voran, nicht zuletzt auch durch die Unterstützung von Onkel Luis, Hermann und Robert.

Einmal saßen wir am Balkon unseres Studierzimmers in der Sonne, als ein Stubenmädchen auf einem Tablett zwei Bananen brachte. „Mit vielen Grüßen vom Herrn Direktor", meinte sie lachend. Wir hatten von diesen tropischen Früchten bisher nur gehört und natürlich Abbildungen gesehen, jetzt lagen sie vor uns. Vorsichtig nahmen wir die gelbe Schale mit einem Messer ab, schnitten die Frucht in kleine Stücke und wagten es schließlich, diese zu essen. Von dem fremden, exotischen Geschmack waren wir sofort begeistert …

Bezüglich des geplanten Studiums in Innsbruck ergab sich für mich die Schwierigkeit, dass ich, um dort immatrikulieren zu können, das Abgangszeugnis einer anderen Universität vorlegen müsste. Ich hätte also, um dieses zu beschaffen, nach Graz fahren müssen. Das war für mich nicht möglich, da die Briten für die Einreise in ihre Zone einen gültigen österreichischen Ausweis verlangten, den ich mir wiederum nur in Baden besorgen hätte können.

Die Lage war also ziemlich verzwickt – da kam mir ein rettender Zufall zu Hilfe: Hannes' Vater, der mehrere Autos besaß, hatte dem Besitzer der Böhler-Werke in Leoben versprochen, diesem eine alte Chrysler-Limousine zu verkaufen. Der Wagen war von Hannes' Bruder, der Flugzeugingenieur war, tadellos hergerichtet worden, und Hannes sollte das Auto nach Leoben liefern. Mein Freund war sofort bereit, mir zu helfen, und ich gab ihm meine Unterlagen. Er fuhr mit dem Auto zunächst nach Graz. Dort konnte er mit meinem Studienbuch ohne Schwierigkeiten das Abgangszeugnis der Universität besorgen.

Hannes fuhr auch noch in meine alte Grazer Unterkunft und fand mein Zimmer offenbar unverändert vor. Meine Mitschriften, die Lehrbücher, Hemden, Unterhosen, Pullover und zwei Hosen –, alles war noch vorhanden. Er packte die Sachen, inklusive der alten Teekanne, in meinen dort abgestellten Koffer und fuhr damit nach Leoben. Das Auto lieferte er beim Chef der Böhler-Werke ab, danach musste er per Bahn mit meinem Gepäck nach Gastein zurückfahren. Als Hannes zuhause ankam, war er ziemlich erschöpft und ich ihm unendlich dankbar! Nun hatte ich alles Nötige, um das Studium in Innsbruck fortsetzen zu können.

Ein weiteres Problem, das mich schon den ganzen Sommer über belastet hatte, wurde immer drängender: Ich war praktisch völlig geld- und mittellos. Hermann hatte mir immer wieder, wahrscheinlich auf Geheiß meiner Schwester, ein paar Reichsmark zugesteckt. Er hatte aber selbst kein Geld, das wenige verdiente er bei diversen Visiten in Hotels. So war es mir zunehmend unangenehm, ihm gegenüber als Bittsteller aufzutreten, obwohl er immer wieder betont hatte, wie wertvoll meine Mithilfe für ihn wäre.

Mir fielen die drei Goldstücke ein, die noch im Innenfutter meiner Uniformjacke eingenäht waren. Ich fragte Hannes, ob es eine Möglichkeit gäbe, das Gold umzuwechseln. Dieser machte sich über Geld nie den geringsten Gedanken, sicherte mir aber zu, seinen Vater zu fragen.

Am nächsten Nachmittag kam sein Vater, der Herr Kommerzialrat und Hotelier Leopold Wolf, in unser Studierzimmer. Er legte mir die Hand auf die Schulter und meinte in väterlich-beruhigendem Ton: „Ich bin so froh, dass du mit dem Hannes gemeinsam lernst! Ich hab ja schon gefürchtet, er gibt sein Studium wieder auf. Das wär ja ein Wahnsinn gewesen. Wenn ihr gemeinsam nach Innsbruck geht, werd ich für eure Unterkunft und Verpflegung aufkommen –, mach dir da bitte keine Sorgen. Aber damit du dir nicht als Almosenempfänger vorkommst, kannst du dem Hannes eines von deinen Goldstücken geben, und ich werd es dir in Reichsmark umwechseln, und zwar zu einem realistischen Kurs."

Hannes lachte und freute sich, weil ihm eine schöne Überraschung gelungen war.

Mir wiederum fiel ein gewaltiger Stein vom Herzen. Ich wusste nicht, was ich sagen sollte und bedankte mich mehrmals.

„Ist schon gut, das mach ich gern für euch", beteuerte Hannes' Vater lachend. „Gute Ärzte werden alle brauchen, ich wahrscheinlich auch … Also lernts jetzt brav weiter!" Mit diesen Worten verließ er unsere bescheidene Studierstube, das Gobelinzimmer des Hotels Bellevue.

In den nächsten Tagen gab mir Hannes das Geld, nachdem sein Vater meine Goldmünze umgetauscht hatte. Ich weiß nicht mehr, wieviel es war, aber zum selbständigen Überleben reichte es für einige Zeit –, und die Zusicherung für eine Unterstützung in Innsbruck hatten wir. Ich kaufte mir sogleich neue Socken, denn meine bestanden, obwohl immer wieder von meiner Schwester gestopft, fast nur mehr aus Löchern.

Wir begannen nun, über Innsbruck und unsere dortigen Möglichkeiten nachzudenken. Es gab damals keine öffentlichen Medien, aus denen irgendwelche klaren Informationen zu erhalten gewesen wären. Niemand wusste, was sich in den anderen Besatzungszonen tatsächlich abspielte, alle Rundfunkberichte kamen über amerikanische Sender. Die einzige Zeitung, die ich manchmal im Hotel Bellevue oder bei Onkel Luis lesen durfte, waren die zwei Seiten starken Salzburger Nachrichten, herausgegeben vom Armeekorps der US-Army. Und diese enthielten keine verwertbaren politischen Informationen. Private Telefonverbindungen in die sowjetische Besatzungszone waren praktisch nie herstellbar, und die Post funktionierte nur sporadisch. Eine österreichische Regierung gab es zwar, aber diese war, aus unserer damaligen Wahrnehmung, völlig bedeutungslos: Sie saß im fernen Wien und war wahrscheinlich kommunistisch …

Meine nächste Aufgabe bestand darin, mir eine Reiseerlaubnis nach Innsbruck zu besorgen. Für Hannes war das kein Problem, denn er war offiziell in Bad Gastein gemeldet, ich aber in Baden, also in der russischen Zone, und ich hatte kein Zivildokument außer meinem alten österreichischen Ausweis. Ich machte mich also auf den Weg zur amerikanischen Behörde im Hotel Europe und trug dort meine Bitte vor, wobei mich Hermann wieder begleitete. Wir gaben an, dass im Lazarett für mich kein Bedarf mehr bestehen würde und ich in Innsbruck mein Studium fortsetzen wollte.

Der Officer erteilte mir ohne Probleme die Erlaubnis und vermerkte diese in meinem Soldbuch, in dem auch meine Entlassung aus der Wehrmacht bestätigt worden war. Ich könnte dieses Buch als Ausweis verwenden, teilte uns der Beamte mit. „Good luck and have a nice trip“, meinte er noch.

Hermann kam diese Freundlichkeit etwas verdächtig vor, wie er mir nachher mitteilte …

An einem der nächsten Abende war ich neuerlich im Kurhaus Treiber, diesmal um allen Lebewohl zu sagen. Im Spital gab es ohnehin keine Arbeit mehr für mich, da inzwischen auch die letzten Verwundeten und Kranken das Haus verlassen hatten und Hermann tatsächlich bereits dabei war, seine Praxis einzurichten. Die Stimmung war, im Gegensatz zu den früheren Abenden, eher gedrückt.

Onkel Luis ging es gesundheitlich nicht gut, er bekam schlecht Luft und hustete nahezu ununterbrochen. „Ach, das ist nix, ich hab mich nur ein bisschen verkühlt", versuchte er uns zu beruhigen.

Obendrein hatte sich die finanzielle Lage im Haus Treiber deutlich verschlechtert, es gab keine zahlenden Kurgäste, und die Reserven neigten sich dem Ende zu. – Robert war zwar inzwischen im Krankenhaus angestellt worden, verdiente aber praktisch nichts, und auch das Gehalt des Primarius war von eher symbolischem Wert.

Hermann wiederum hatte beschlossen, dass seine Frau in sein Elternhaus nach Möllbrücke in Kärnten übersiedeln sollte. Dort könnte sie bei der großen Familie im geräumigen Haus Aufnahme finden. Sein Vater würde sich freuen, eine zusätzliche Hilfe im Haushalt zu haben, und mit der Frau seines ältesten Bruders würde sie sich bestimmt gut verstehen.

Die Begeisterung teilte Traude überhaupt nicht. Sie würde allein mit einer ihr nicht bekannten Familie zurechtkommen müssen, denn Hermann wäre ja weiter in Gastein, um sich dem Aufbau seiner Ordination zu widmen. Dazu kam noch, dass sie in anderen Umständen war, was ihre Lage natürlich zusätzlich erschwerte.

„Ich bin doch nicht weit weg", versuchte Hermann sie zu beruhigen. „Die Züge fahren jetzt zweimal am Tag durch den Tauerntunnel, sodass ich jedes Wochenende bei dir sein kann."

Da brach Traude endgültig in Tränen aus, auch wenn sie wusste, dass es keine andere Möglichkeit gab, da auch Hermann das Haus seines Onkels verlassen und sich ein neues Quartier suchen musste.

Dass sie mich nicht mehr in der Nähe haben würde, machte meine Schwester zusätzlich sehr traurig. „Ich bin jetzt noch weiter weg von unserer Familie und der Heimat! – Und noch dazu bekomme ich ein Kind. Es wird eine schwere Zeit, in der ich gerne unsere Mutter bei mir hätte. Ich weiß gar nicht, ob ich all meine Lieben überhaupt jemals wiedersehen werde ...", seufzte sie voller Sorge.

Ich nahm sie fest in die Arme, und wir weinten beide, als wir uns verabschiedeten. Niemand konnte etwas Sicheres über die Zukunft sagen, deshalb ersparten sich alle Anwesenden, auch Onkel Luis und Robert, jegliche Worte des Trostes.

Nach diesem schweren Abschied bedankte ich mich bei Onkel Luis für die großzügige Aufnahme und für alles, was ich bei ihm medizinisch und menschlich gelernt hatte.

Ich glaube, er hatte mich irgendwie ins Herz geschlossen, denn er und auch Robert, der sehr zurückhaltend war, umarmten mich.

Ich würde ja sicher mit meinem Freund Hannes wieder nach Gastein kommen, beteuerte ich.

Mein Fahrrad sollte ich auf alle Fälle bei ihnen lassen, denn in Innsbruck wäre es wahrscheinlich schon nach einem Tag weg, meinte Robert. – Es sollte sehr lange dauern, bis ich es wieder an mich nehmen konnte.

Zwei Tage war ich noch im nahezu komplett leeren ‚Hirschen', wo Hermann schon begann, seine Praxis einzurichten. Er würde, sobald Traude in Kärnten war, in diesem Haus wohnen können, da ihm die Besitzerin eine kleine Wohnung zur Verfügung gestellt hatte. Trotz aller Schwierigkeiten wirkte er entspannt und positiv. „Ein bisschen Sorgen mach ich mir um Onkel Luis. Er hustet permanent, und – was wirklich bedenklich ist – er raucht nicht mehr. Leider ist er sehr stur, er lässt sich kein Lungenröntgen machen. Ich werde meinen Vater bitten, dass er aus Kärnten herkommt und ihn anschaut ..."

Ich bedankte mich nochmals, wir wünschten uns alles Gute, und Hermann versprach mir, gut auf meine Schwester aufzupassen. Meine Habseligkeiten hatte ich schnell beisammen, und abends legte ich mich zum letzten Mal in mein Bett in Gastein. Ich dachte an all die unglaublichen Dinge, die ich hier erlebt hatte.

Das Schönste konnte ich noch immer nicht richtig einordnen –ich würde noch lange und oft davon träumen müssen.

26

Nachdem wir uns Bahnkarten besorgt hatten, stiegen Hannes und ich in den ersten Zug, der Richtung Innsbruck fuhr. Meine Kleider, mein sonstiges Zeug, der Teekocher und die Bücher befanden sich in meinem Koffer, den mir Hannes aus Graz mitgebracht hatte. Im Rucksack waren ein paar Medikamente, Verbandszeug, Klappmesser, Taschenlampe und ein altes Stethoskop, das ich von Onkel Luis zum Abschied bekommen hatte. Von der Küche des Hotels Bellevue waren wir mit Brot sowie größeren Mengen Speck und Wurst versorgt worden, und in unseren Feldflaschen hatten wir sogar Himbeerwasser.

Der Zug fuhr den Berg entlang hinunter nach Hofgastein und dann aus dem Tal hinaus. Ich erinnerte mich, wie und mit welchen Mitreisenden ich nach Gastein gekommen war, und mir wurde ein wenig bange. Was würde mich nun wieder erwarten? Hannes wirkte hingegen fröhlich und aufgekratzt …

In Schwarzach mussten wir umsteigen, und nach weiteren eineinhalb Stunden erreichten wir Zell am See.

Knapp vor der Grenze zur französischen Zone, in Leogang, hielt der Zug abrupt an. Wir wurden von der amerikanischen Militärpolizei kontrolliert und mussten unsere Ausweise vorweisen. Ich fühlte mich durchaus sicher und zeigte mein Soldbuch, in dem sowohl meine Entlassung aus der Wehrmacht als auch meine Reiseerlaubnis mit amerikanischem Stempel vermerkt waren. Aber meine Fahrt war damit wieder einmal unerwartet zu Ende!

Ich wurde festgenommen und aufgefordert, den Zug zu verlassen, da kein gültiges österreichisches Zivildokument vorlag. Ich verabschiedete mich von Hannes, der ziemlich betroffen meinen Koffer übernahm und mir versicherte, in einem Hotel in Innsbruck auf mich zu warten. Die Adresse schrieb er schnell auf einen Zettel …

Ohne weitere Erklärungen wurde ich abgeführt und in ein Wartehäuschen direkt an der Zonengrenze gesperrt, mein Rucksack mit dem Proviant war mir zum Glück nicht abgenommen worden.

Am Abend holten mich zwei Militärpolizisten ab und eskortierten mich nach Zell am See, wo sie mich bei der amerikanischen Besatzungsbehörde abliefern sollten. Offenbar waren sie an der weiteren Verfolgung meines Falles nicht sonderlich interessiert, denn als sie das Büro des Gouverneurs geschlossen vorfanden, ließen sie mich einfach wieder frei. Ich erhielt die Anweisung, mich am nächsten Tag bei der Behörde zu melden. Die beiden verschwanden, nachdem sie mir noch eine Zigarette angeboten hatten.

Das Krankenhaus von Zell am See war nicht schwer zu finden. Ich bat um ein Quartier, welches mir als ehemaligem Sanitäter ohne weiteres gewährt wurde, und ich bekam sogar ein bescheidenes Essen.

In der Früh – es war ein strahlender Herbsttag und der See glitzerte im Morgenlicht – ging ich in die Stadt und überlegte, was ich nun tun sollte. Auf den Besuch beim amerikanischen Gouverneur verzichten und mir eine Wanderkarte besorgen, um über die grüne Grenze in die französische Zone zu gelangen? Vor den Besatzungsbehörden, egal, ob Amerikaner, Franzosen, Briten oder Russen, war ich in ständiger Angst, wie fast jeder Österreicher. Sie waren unberechenbar und könnten mich in irgendein Lager stecken, lange Zeit festhalten oder irgendwohin deportieren. Dann wären meine weiteren Studienpläne und meine Zukunft als Arzt wohl zu vergessen.

Als ich in Gedanken vertieft dahinschlenderte, kam mir ein Polizist entgegen, der mich anhielt. Ich rechnete damit, neuerlich kontrolliert zu werden, aber der Mann war ein ehemaliger Schulkollege aus meiner Gymnasialzeit und hatte mich erkannt. Ich konnte mich an ihn zwar nicht mehr genau erinnern, erzählte ihm aber kurz meine Geschichte und meine augenblicklichen Probleme. „Ich muss unbedingt nach Innsbruck! Kannst du mir vielleicht einen Zivilausweis besorgen?“, fragte ich unverblümt.

„Wir können es ja versuchen“, antwortete er zuversichtlich nickend und führte mich in die Wachstube zu seinem Kommandanten.

Ich begrüßte den Chef meines Kollegen ehrfürchtig mit den Worten: „Grüß Gott, Herr Revierinspektor.“

Dieser fragte mich erstaunt, wieso ich denn seinen Rang kennen würde. Mein Vater wäre auch Revierinspektor, in Baden bei Wien, antwortete ich.

„Ja, dann! Was hast du denn auf dem Herzen?“, fragte er, und ich erzählte ihm alles. Auf die Frage, ob ich nicht einen früheren österreichischen Ausweis besäße, zeigte ich ihm den alten Ausweis sowie mein Soldbuch mit der darin vermerkten Entlassungsbestätigung und der Reiseerlaubnis.

„Damit kann ich dir schon eine neue Identitätskarte ausstellen“, meinte der Postenkommandant. „Eigentlich würde ich zwar einen hiesigen Meldezettel benötigen, aber nehmen wir es halt nicht so genau … Als Sohn eines Kollegen bekommst du den Ausweis bei mir sogar umsonst.“ Dabei klopfte er mir freundschaftlich auf die Schulter.

Erleichtert bedankte ich mich hundertmal und fiel meinem ehemaligen Schulkameraden sogar um den Hals.

Ich hatte jetzt endlich einen gültigen österreichischen Zivilausweis!

Mein Kollege begleitete mich noch zum Bahnhof. Am Weg dorthin erzählte er mir, dass er so bald wie möglich in unsere Heimatstadt zurückkehren wollte, wo seine Mutter lebte. Er gab mir seine Adresse, und wir versprachen, wenn möglich, in Kontakt zu bleiben. – Mit einer amerikanischen Polizeieskorte war ich in Zell am See angekommen, in Begleitung eines österreichischen Polizisten und mit frisch abgestempeltem Personalausweis konnte ich die Stadt wieder verlassen: Neuerlich war mir eine zufällige, unerwartete Begegnung zu Hilfe gekommen …

Im nächsten Zug konnte ich dank meines neuen Ausweises ungehindert die Zonengrenze passieren. Es gab weder bei der amerikanischen noch bei der französischen Kontrolle größere Schwierigkeiten. Dann fiel ich in einen unruhigen Schlaf.

In der Morgendämmerung erreichte der Zug Innsbruck. Zunächst suchte ich nach der Unterkunft, in der Hannes auf mich warten sollte und fand ein vornehmes Hotel am Ufer des Inn.

Ich traf ihn noch im Bett liegend in seinem Zimmer.

„Ich hab gewusst, dass du bald da sein wirst! Auf dich ist Verlass", lachte er.

Während ich mich rasierte und Wasser in die Badewanne laufen ließ, berichtete ich von meinem Abenteuer in Zell am See.

Hannes zog sein elegantes Sakko an, ich war frisch gebadet, und wir gingen in den Frühstückssalon, wo es Kaffee, Semmeln mit Butter und Marmelade sowie Spiegeleier für uns gab.

Mein Freund wirkte äußerst zufrieden, aber bei aller Liebe zum Luxus war er doch immer Realist. „Zwei Nächte können wir hierbleiben, das hat mein Vater mit dem Hotelbesitzer, der ein guter Freund von ihm ist, ausgemacht", meinte er, seinen schwarzen Kaffee schlürfend.

„Das heißt, wir müssen uns gleich auf den Weg machen und eine Wohnung suchen", stellte ich fest.

„Ja, ich hab mich schon beim Hotelbesitzer erkundigt. Er wird alles versuchen, aber momentan ist in der ganzen Stadt kein Quartier frei. In der Aula der Universität liegen mindestens zweihundert Studenten auf Luftmatratzen und in Schlafsäcken zwischen ihren Gepäcksstücken … Alle suchen verzweifelt eine Unterkunft", erzählte Hannes.

Es war also klar, was wir zu tun hatten: Sofort machten wir uns auf den Weg in Richtung Universitätsklinik. Der Portier am Haupteingang schickte uns, nachdem wir ihn gefragt hatten, wo eine Unterkunft für Studenten zu bekommen wäre, kopfschüttelnd zu einem Schalter im ersten Stock. Dort fanden wir eine lange Schlange von Studenten, viele saßen am Boden, einige dürften bereits am Gang übernachtet haben.

Wir beschlossen wieder umzukehren und gingen ziemlich ratlos durch das Klinikgelände. Vor jeder Abteilung gab es einen eigenen Portier, der in seinem Häuschen saß und das Treiben gelassen beobachtete.

Den Wächter der chirurgischen Universitätsklinik fragten wir höflich, aber bestimmt: „Haben Sie vielleicht eine Wohnung für zwei Studenten?“ Er schaute uns an, als ob wir direkt von der Psychiatrie kämen.

Ich reagierte schnell, legte ihm fünfzig Mark auf den Schalter. „Herr Portier, wenn Sie ein Zimmer für uns haben, bekommen sie nocheinmal so viel!“

Nun hob er langsam den Kopf, schaute uns prüfend an und schrieb dann bedächtig auf einen kleinen Zettel: ‚Völser Straße 13, Frau Schlatterbeck‘. „Das Zimmer wird passen, ich leg euch nicht hinein“, beteuerte er und nahm ohne zu zögern den zweiten Geldschein. „Auf wen können wir uns berufen, wenn wir dort sind?“, fragte Hannes. Daraufhin erhielten wir einen zweiten Zettel, auf dem ein Name stand. „Das wird genügen. Zimmer sind sehr rar, also beeilt euch“, meinte er noch.

Wir bedankten uns und gingen mit mulmigem Gefühl in die Völser Straße.

Was wir dort auf Nummer dreizehn vorfanden, war ein stark durch Bomben beschädigtes Haus, dessen Eingang hinter einem Schuttberg nur schwer zu finden war. Im Erdgeschoß trafen wir Frau Schlotterbeck an. Nachdem wir ihr erklärt hatten, dass der Portier der Klinik uns bei ihr ein Zimmer vermittelt hätte, führte sie uns in den ersten Stock und zeigte uns den Raum. Es war ein langgestrecktes Kabinett mit einem Erkerfenster, in dem alle Scheiben fehlten. Dieses und auch die anderen Fenster waren zugenagelt, es gab nur eine kleine, etwa einen Quadratmeter große Lichtluke, die verglast war. Von den Wänden war der Putz abgebröckelt, und die elektrischen Leitungen hingen mehr oder weniger lose von der Decke. In der einen Ecke stand ein alter Kachelofen, in der anderen ein altväterischer Waschtisch mit Marmorplatte, darauf ein Lavoir und ein Blechkrug, und dahinter hing ein riesiger, nahezu blinder Spiegel. Es gab einen wackeligen Holztisch, drei Sessel, einen Kasten und ein verrostetes Eisenbett.

„Wasser gibts draußen am Gang, in der Früh auch manchmal warmes, wenn mein Durchlauferhitzer funktioniert“, erklärte uns

Frau Schlotterbeck. „Die Toilette ist jenseits des Ganges, ein echtes indisches Klo“, fügte sie mit einem angedeuteten kurzen Lächeln hinzu.

„Wir wollen zu zweit hier wohnen, ist das möglich, Frau Schlotterbeck?“, fragten wir ziemlich ratlos angesichts dieses Loches.

„Kein Problem“, erwiderte sie. „Im Keller steht ein zweites Eisenbett, das könnt ihr aufstellen.“ Wir fragten, ob es dann auch bei den dreißig Mark im Monat bleiben würde, und sie meinte, dass das in Ordnung wäre –, samt Stromverbrauch, wobei sie auf den abenteuerlichen Zählerkasten am Gang zeigte.

Wir trugen das Bett in den ersten Stock, stellten es auf, unsere Wirtin hatte sogar Matratzen, die allerdings total vermodert rochen und mit Flecken übersät waren. Die zwei Tuchenten und die Pölster sahen auch nicht besser aus, aber die Bettwäsche war frisch gewaschen.

In der Ecke hinter der Zimmertüre stand am Boden eine Kochplatte, und Frau Schlotterbeck brachte uns noch eine alte Pfanne sowie einen Metalltopf.

Hannes war ziemlich schockiert, aber wir hatten eine Bleibe gefunden –, das war vorläufig das Wichtigste.

Am nächsten Tag gingen wir zum Rektorat der Universität Innsbruck, um zu immatrikulieren. Mit unseren Zeugnissen aus Graz und den Zivilausweisen war dies ohne Probleme möglich, sodass wir uns sogleich zum Dekanat der medizinischen Fakultät begeben konnten.

Dort erkundigten wir uns, ob es möglich wäre, die restlichen Prüfungen des zweiten Rigorosums abzulegen.

Die Sekretärin erklärte uns, dass wir zuerst das Sommersemester 1945 nachinskribieren müssten. Für Kriegsteilnehmer mit Entlassungsbestätigung wäre dies ohne weiteres möglich, weil dieses Semester zwar nie gelesen worden war, aber dennoch angerechnet werden würde. Es wäre aber notwendig, dafür um die persönliche Erlaubnis des Dekans der Fakultät anzusuchen. Dieser sei Herr Professor Lang, er müsse im Auftrag der französischen Besatzung alle Neuzugänge überprüfen.

Weil Hannes sagte, dass er die Familie Lang gut kennen würde, gab uns das Fräulein nach langer Diskussion die Privatadresse des Professors. Er hatte aber lediglich mit einem Kollegen namens Ferdinand Lang in Innsbruck die Sanitätsausbildung gemacht. Er glaubte sich dunkel zu erinnern, dass dieser von seinem Vater erzählt hätte.

Als wir vor dem Gartentor des schönen alten Hauses standen, hatten wir natürlich beide unsere Zweifel, aber Hannes läutete einfach an und fragte, ob er mit dem Sohn des Herrn Professors sprechen könnte.

Dieser kam gleich aus dem Haus: Es war tatsächlich der Kollege, an den sich Hannes erinnert hatte!

Über das Wiedersehen ehrlich erfreut, fragte er, wie er uns helfen könnte. Wir müssten mit seinem Vater sprechen, und zwar um unser Studium fortsetzen zu können, erklärten wir.

„Der Vater ist eh zuhause, kommts gleich mit“, meinte der Kollege und führte uns zu diesem.

Der Herr Professor wollte, nachdem ihm sein Sohn unser Anliegen vorgetragen hatte, die Zeugnisse aus Graz und die Studienbücher sehen. Dann meinte er, dass wir an seiner Fakultät willkommen wären und er sich über jeden ordentlichen Zugang freute. „Ich wünsche Ihnen alles Gute und viel Erfolg“, waren seine aufmunternden Worte, nachdem er mit dem Fräulein vom Dekanat telefoniert hatte.

„Na, jetzt gehts euch offenbar besser“, lachte Hannes' Freund, während er uns hinausbegleitete. „Wir werden uns sicher irgendwo sehen, und wenn ihr was brauchts, dann meldets euch.“

Wir bedankten uns und marschierten zurück zum Dekanat, wo unsere Inskription rasch erledigt wurde –, der Weg für unser weiteres Medizinstudium war endlich frei!

Mein Zug ist wieder auf Schienen, auch wenn ich nicht weiß, wo diese hinführen werden, dachte ich mit neu aufkommender Zuversicht, als wir am Weg zu unserer Unterkunft die Gleise der Westbahn überquerten.

27

Nachdem wir unsere neue Wohnung - sie war wohl eher als Höhle zu bezeichnen - halbwegs eingerichtet hatten, begaben wir uns zum Pharmakologischen Institut und baten um einen Prüfungstermin. Wir fühlten uns beide gut vorbereitet, obwohl wir keine Ahnung hatten, wie und was in Innsbruck geprüft werden würde. Es waren noch Semesterferien, dennoch erhielten wir einen der nächsten Termine am 20. September.

Die nächsten Tage nützten wir, um nochmals intensiv den Lehrstoff zu wiederholen: Arzneimittel, deren Wirkweisen und die richtige Form der Verabreichung …

Vor der Prüfung war Hannes sehr nervös, er griff mit zitternden Fingern immer wieder in sein leeres Zigarettenetui und murmelte, dass er alles vergessen hätte.

Ich kam zuerst an die Reihe und wurde ausführlich über Digitalis, das Herzmittel aus den Fingerhutgewächsen, befragt. Alle Wirkungen und Nebenwirkungen konnte ich gut schildern. Zuletzt musste ich noch ein Rezept schreiben.

Dann kam Hannes dran, wobei der Professor sofort seine Anspannung erkannte. „Herr Kollege, ich gebe Ihnen am besten die Sedativa als Prüfungsthema", meinte unser Prüfer schmunzelnd, und er befragte ihn über Baldrian, welche Wirkungen dieser hätte und bei welchen Symptomen man ihn verordnen könnte.

Hannes beantwortete, nachdem er sich beruhigt hatte, alle weiteren Fragen problemlos. Auch er musste ein Rezept ausstellen, und zwar für Baldriantee …

Zuletzt riet ihm der Professor, er sollte sich die Rezeptur gut merken und vor jedem Examen beruhigenden Tee trinken! Wir hatten beide gut bestanden.

„Heute gönnen wir uns ein gutes Essen", meinte Hannes nach der Prüfung erleichtert.

„Träum weiter", antwortete ich ihm, aber Hannes hatte noch einen Talon im Ärmel. Sein Vater hatte ihm versprochen, dass wir einmal in der Woche in das Hotel am Innufer essen gehen könnten. Er habe das mit dem Hotelbesitzer besprochen und würde die Rechnung begleichen, wenn sie im Rahmen eines üblichen Hotelessens bliebe.

Wir beide waren tatsächlich schon ziemlich ausgehungert, denn das Wenige, das wir uns im Zimmer selbst zubereiten konnten, bestand nur aus Brot, Butter, manchmal auch Eiern und Wurst in verschiedenen Variationen. Diese Grundnahrungsmittel hatten wir uns um teures Geld in einem kleinen Laden in der Völser Straße besorgt, zu dem wir von unserer Wirtin geschickt worden waren. Lebensmittelmarken hatten wir keine, und in der Mensa gab es nur selten ausreichende und meist kaum essbare Mahlzeiten …

Umso mehr genossen wir am Abend im Hotel die Grießnockerlsuppe, die Schnitzel mit Bratkartoffeln und den Pudding als Nachspeise. Dazu gönnten wir uns je ein Glas Bier. Es war ein gutes Gefühl, die Prüfung bestanden zu haben und ausreichend essen zu dürfen!

Am Weg nach Hause scherzten wir übermütig, und wir machten uns über die Tiroler lustig. Ich war vor allem dankbar, dass es mir gut ging und ich wieder gesund war. Aber wie so häufig, wenn man eigentlich zufrieden sein könnte, schlich sich bei mir das Gefühl ein, dass mir etwas abginge. Es war schnell klar, was mir fehlte: meine Familie, meine Heimat und natürlich ein halbwegs sicherer Boden unter den Füßen. Weiters überkam mich eine Sehnsucht nach Ildiko und ihren Berührungen.

„Ich kann mir vorstellen, wovon du jetzt vor dich hin träumst", zeigte sich Hannes mitfühlend und lachte leise.

Wir begaben uns ohne weitere Worte in unser kaltes Zimmer.

Als nächstes wollten wir die Pathologie angehen, bekanntlich die umfangreichste Materie und die schwerste Prüfung des gesamten Medizinstudiums. Die Vorlesungen hatten Anfang Oktober begonnen, im kalten Hörsaal vor sehr vielen Studenten und mit eher missmutigen Professoren und Vortragenden. Wir konnten uns die Lehrbücher der allgemeinen Pathologie sowie der pathologischen Anatomie besorgen und begannen unverzüglich, diese zu studieren. Ein Sezierkurs stand nicht am Lehrplan, aber zwei Mal pro Woche konnte man, wenn man einen Platz bekam, in der Prosektur bei den Obduktionen und Demonstrationen zusehen. Histologie wurde in kleinen Kursräumen unterrichtet, wobei es nahezu unmöglich war, an Präparate heranzukommen. –Es gelang Hannes und mir, einen Prüfungstermin für Ende November 1945 zu bekommen, womit wir uns selbst unter gewaltigen Druck gesetzt hatten.

Bevor wir das Lernen angingen, mussten wir uns aber noch dringend um Lebensmittelmarken bemühen, denn ohne diese war es praktisch nicht mehr möglich, an Essbares heranzukommen. Dazu musste man sich polizeilich im Bezirk anmelden. Am Meldeamt verlangte der Beamte von Hannes und mir eine Bestätigung der Abmeldung am Hauptwohnsitz, die wir natürlich nicht vorweisen konnten. Der Beamte sah auf unseren Zetteln, dass wir uns in der Völser Straße anmelden wollten, und meinte unwirsch, dass für uns eine andere Stelle zuständig wäre.

Also marschierten wir zum nächsten Amt, wo ein freundliches Fräulein unsere Formulare entgegennahm. Sie verlangte nur den Zivilausweis und den Wehrmachts-Entlassungsschein und stempelte unsere Meldezettel ohne weitere Fragen ab. Somit waren wir beide in Innsbruck polizeilich angemeldet und bekamen unsere Lebensmittelmarken. Als neu zugezogene Einwohner wurden wir verpflichtet, Wiederaufbauhilfe zu leisten. Dies bedeutete, drei Tage lang Bombenschutt wegzuschaufeln, was wir gerne und ohne zu murren taten.

Es war nicht leicht, sich mit ganzer Kraft dem Studium zu widmen, wenn es im Zimmer kaum Tageslicht gab! Nur durch die Luke drang ein diffuser Strahl. Von der Decke bröckelte immer wieder der Putz, und die Glühbirne unserer Lampe gab nur äußerst schwaches, meist flackerndes Licht. Also mussten wir uns um eine stärkere Birne umschauen. Da beim Elektriker keine zu bekommen war, schlich ich am Abend zum Bahnhof, wo es mir gelang, aus einer Straßenlaterne eine Birne herauszuschrauben und durch unsere zu ersetzen. Dabei beobachtete mich ein Bahnbeamter und fragte, was ich da täte.

„Ich hab nur die Glühbirne ausgetauscht, weil meine ist viel zu schwach. Ich brauch dringend eine stärkere, um lernen zu können", beteuerte ich so ruhig wie möglich.

Der Mann sah, dass die Lampe im Kandelaber zumindest schwach leuchtete, schüttelte den Kopf und ging schweigend davon. In unserer Wohnhöhle hatten wir eine einzige Steckdose, an dieser hing die Kochplatte. Um auch den Teekocher anschließen zu können, mussten wir uns eine Fassung mit Steckkontakten besorgen. Es waren abenteuerliche Geräte, die man damals häufig verwendete …

Beim Elektriker war man bereit, im Lager nachzuschauen, und tatsächlich wurde nach längerem Suchen eine solche Fassung gefunden.

„Itzt konscht dein Tee kocha", lächelte das Fräulein.

„Dankschö, pfiat di", brachte ich heraus, nicht ganz so guttural wie sie. Aber ein wenig hatte ich schon gelernt, wie man sich in Tirol verständlich machen kann.

Wann immer es unsere Zeit erlaubte, besuchten wir auch klinische Vorlesungen. Besonders die Chirurgievorlesung, die oft gemeinsam mit den Prüfungen im Hörsaal stattfand, war sehr beliebt. Der Professor, an dessen Namen ich mich nicht erinnern kann, war eine imposante Erscheinung und ein angesehener Chirurg. Er verstand es wie kein anderer, seine Vorlesungen mit unerwarteten Pointen zu würzen.

Bei einer Prüfung im gut besuchten Hörsaal musste einmal der Kandidat einen Patienten untersuchen, der einen leicht zu tastenden Dickdarmtumor hatte. Nachdem der Prüfling die Diagnose gestellt hatte, fragte der Professor, was denn zu machen wäre.

„Da würde ich einen Anus praeter, einen künstlichen Ausgang, durch die Bauchdecke anlegen", war die richtige Antwort.

Der Professor sah den Kandidaten unter seinen dichten, schwarzen Brauen listig an und fragte, wie denn der Anus auf Deutsch hieße.

Der Kandidat, offenbar ein aus dem bäuerlichen Milieu stammender Tiroler, wurde feuerrot und presste stotternd: „Arschloch", hervor.

„Um Gottes willen", rief daraufhin der Prüfer mit gespieltem Entsetzen. „Herr Kollege! Das heißt doch After ..., After! – Sie haben die Prüfung aber dennoch bestanden. Das von Ihnen verwendete Wort passt ja wirklich besser zur deutschen Sprache", schloss er trocken, und alle im Hörsaal lachten.

Hannes hatte inzwischen von seinem Vater die schriftliche Aufforderung erhalten, nach Gastein zu kommen. Er machte sich offenbar Sorgen um seinen Sohn und wollte ihm wieder Geld zukommen lassen. Ich hatte leider keinen betuchten Vater und war finanziell weitgehend von meinem Freund abhängig, was er mich allerdings nie spüren ließ.

Mit meinen Eltern war ich in regelmäßigem brieflichen Kontakt ... Alle Kuverts kamen geöffnet an, es war aber nie etwas herausgestrichen worden.

Es schien ihnen halbwegs gut zu gehen, zumindest klagten sie nicht. Meine Mutter berichtete, dass sie nach wie vor sehr wenig zu essen hätten und vor allem das Kind meiner älteren Schwester, ein zweijähriges Mädchen, oft vor Hunger schreien würde. Mein Vater war wieder im städtischen Polizeidienst, wurde aber von den Russen lediglich als Wachmann eingesetzt. Manchmal gelang es ihm, Wurst, Eier, Erdäpfel oder sogar Rindfleisch mitzubringen. Heizmaterial war kaum zu bekommen, im Haus sei es meistens sehr kalt.

Ich schrieb ihnen von meinem Studienerfolg, dass wir eine Unterkunft gefunden hätten und nicht Hunger leiden müssten. – Von der Kälte und den sonstigen Nöten berichtete ich nicht.

28

Anfang Oktober fuhren wir mit dem Zug nach Gastein, wie es von Hannes' Vater gewünscht worden war. An der Zonengrenze gab es keine Schwierigkeiten, und wir genossen den strahlenden Herbsttag, indem wir uns während der Fahrt immer wieder aus dem geöffneten Zugfenster lehnten. Auf den Bergen lag schon Schnee, die Lärchen an den Hängen leuchteten wie Gold, und die herbstlichen Sonnenstrahlen fielen immer wieder kurz auf unsere Gesichter.

Als wir in Bad Gastein ankamen, gingen wir sogleich zum Hotel Bellevue, wo man mit Kaffee und Kuchen auf uns gewartet hatte. Ich bekam sogar ein eigenes Zimmer, und für den Abend hatte Hannes' Vater Onkel Luis, Hermann und Robert zum Essen eingeladen. Wir sollten unseren Erfolg gemeinsam feiern, meinte er …

Das Abendessen wurde im noblen Privatspeisezimmer des Hotels serviert. Ich war glücklich, als ich meinen Schwager Hermann, Robert und Onkel Luis bei der Türe hereinkommen sah.

Letzterer hatte sich offensichtlich wieder gut erholt, denn er rauchte bereits im Foyer eine Zigarette. Er erzählte, dass ihn eine Lungenentzündung fast niedergestreckt hätte. Dank der Behandlung mit Penicillin, das er sich über Schleichwege besorgt hätte, wäre aber jetzt wieder alles in Ordnung.

Hermann wirkte entspannt: Erste Patienten wären schon in seiner neuen Praxis aufgetaucht. Und Robert war, so wie immer, eher nachdenklich und ruhig.

Als wir uns zu Tisch setzten, erhob der Kommerzialrat Leopold Wolf sogleich das Glas. Es gab französischen Weißwein. Mit bewegten Worten drückte er seinen Stolz auf Hannes und mich aus.

Daraufhin fühlte sich Onkel Luis bemüßigt, ebenso eine Ansprache zu halten, in der er mehr auf die Entbehrungen einging, die man in unseren abgemagerten Gesichtern erkennen könnte. „Wir werden schon schauen, dass ihr wieder Fleisch auf die Rippen bekommt", meinte er zuversichtlich. Dann bedankte er sich sehr herzlich bei seinem alten Freund Leopold für die großzügige Einladung.

Noch bevor ich etwas sagen konnte, meinte Hannes, jetzt wäre genug geredet worden, wir sollten endlich essen. Es gab nach der Suppe Tafelspitz mit gerösteten Erdäpfeln und Spinat –, die Hotelküche hatte alles hergegeben, was sie bieten konnte.

Hermann erzählte, dass meine Schwester gut in Kärnten angekommen wäre und es ihr dort gut ginge. Er wäre jedes Wochenende mit der Bahn zu ihr gefahren, und sie hätte schon ein deutlich erkennbares Bäuchlein. Auch Hannes war mit seiner Verlobten Sophie in regelmäßigem brieflichem Kontakt. Er hoffte, dass sie bald nach Innsbruck kommen könnte.

Irgendwie kam dann die Rede auf Hannes' Mutter, von der ich nur wusste, dass sie schon vor drei Jahren verstorben war. Sie hatte an Multipler Sklerose gelitten und war viele Jahre lang an den Rollstuhl gefesselt.

Luis hatte sie bis zu ihrem Ende betreut und behandelt. Die Gasteiner Kur hätte immer wieder eine Linderung gebracht, vor allem bei schweren Schüben, erzählte er, aber letztlich wäre die Krankheit nicht aufzuhalten gewesen. „Es ist eine geheimnisvolle neurologische Erkrankung, von der wir nicht viel wissen, außer dass sie fast immer fatal endet", seufzte Onkel Luis und nickte seinem Freund Leopold mitfühlend zu. Man merkte, dass zwischen den beiden eine herzliche Atmosphäre herrschte.

Irgendjemand fragte dann Luis direkt, ob er etwas von seiner Gattin Gretl wüsste. „Nein, meine Frau ist wahrscheinlich noch immer in Klagenfurt bei ihrem Liebhaber, dem Musikanten", entgegnete er mit einem bitteren Lachen. „Wenn sie wiederkommen sollte, werde ich sie trotzdem aufnehmen", beteuerte er mit einer Mischung aus Resignation und schwacher Hoffnung.

Hannes' Vater legte seine Hand auf die von Onkel Luis und drückte sie fest, um ihm Mut zu machen. Robert meinte, dass es ihm inzwischen schon völlig egal wäre, was seine Mutter so triebe. Aus seinem Tonfall und seiner gebrochenen Stimme war aber deutlich zu erkennen, dass das ganz und gar nicht stimmte. Hermann schlug vor, dass sein Vater vielleicht versuchen könnte, über Verwandte in Klagenfurt mit ihr Kontakt aufzunehmen.

„Das wäre sehr gut", waren auch Hannes und sein Vater dieser Meinung. Sie blickten nickend zu Onkel Luis und seinem Sohn Robert …

Nach einer Flasche Rotwein lockerte sich während des Nachtisches die Stimmung deutlich auf. Ich empfand es als wohltuend, dass so offen über persönliche Probleme und Angelegenheiten gesprochen wurde.

„So friedlich ist es nur dann, wenn keine Frauen dabei sind", raunte mir Onkel Luis im Hinausgehen augenzwinkernd zu.

Mitten in der Nacht wachte ich mit heftigen Zahnschmerzen auf. Offenbar war ein Backenzahn, der schon längere Zeit immer wieder Beschwerden verursacht hatte, akut rebellisch geworden. Das Frühstück im Hotel konnte ich nicht genießen, obendrein machte sich Hannes über meine geschwollene Wange lustig.

Ich ging gleich zu Onkel Luis, dieser sah sich die Sache an und stellte lapidar fest: „Der Zahn muss raus!"

Ich erkundigte mich, ob es im Ort einen Zahnarzt gäbe, aber er meinte, dass er das gleich selbst machen könnte.

„Was? Hier? Jetzt?", fragte ich entsetzt, aber er meinte, dass er ohnehin am Weg ins Krankenhaus wäre und dort sogar ein Lokalanästhetikum zur Verfügung stünde. Wir marschierten gleich los –, der Herr Primarius in seinem typischen watschelnden Gang mit leicht nach außen gedrehten Fußspitzen.

Im Spital befand sich ein Zahnarztstuhl, auf den ich mich erwartungsvoll setzte. Onkel Luis nahm eine Spritze zur Hand, zog aus einer Ampulle Novocain auf und injizierte die Substanz in das entzündete Zahnfleisch.

Nach zehn Minuten hatte der Schmerz nachgelassen, und der Herr Primarius griff zur Zange, lockerte den Zahn und extrahierte ihn mit einer raschen, ruckartigen Bewegung. Ich verspürte nur einen leichten Schmerz.

„Da haben wir den Übeltäter", lachte Luis. Es hatte ihm offenbar Spaß gemacht, und ich war erleichtert, als ich den Zahn mit einer kleinen Eitertasche an der Wurzelspitze in der blutigen Blechschale liegen sah. Ich erhielt noch ein paar Aspirin-Tabletten und eine Desinfektionslösung zum Spülen, dann verabschiedete sich Luis mit den Worten, dass in drei Tagen oder spätestens bis zum Heiraten alles wieder gut sein würde. Am nächsten Tag sollte ich noch einmal bei ihm vorbeischauen, um die Wunde zu kontrollieren und die Einlage zu entfernen.

Ich beschloss noch Hermann in seiner neuen Ordination im ‚Hirschen' zu besuchen. Er zeigte sich begeistert, wie rasch sein Onkel das Problem gelöst hatte. Leider wäre er selbst in praktischen

Dingen nicht so begabt, aber er hoffe, ein guter Kurarzt zu werden. Er zeigte mir die noch dürftig eingerichteten Räumlichkeiten, und ich bat ihn bei dieser Gelegenheit um ein Dienstzeugnis, welches für die Ablegung der klinischen Prüfungen in Innsbruck nötig wäre. – Stolz setzte er seinen neuen Stempel darunter.

Am Weg zurück zum Hotel Bellevue passierte ich wieder den Gasteinerhof. Mein Herz begann heftig zu klopfen, als ich eine junge Frau vor dem Hoteleingang stehen sah, die auf den ersten Blick wie Ildiko aussah. – Sie ist es nicht, stellte ich gleichzeitig erleichtert und enttäuscht fest, aber alle Erinnerungen waren mit einem Schlag wieder wach geworden.

In der Hotellobby traf ich Hannes. Ich erzählte ihm, dass der Zahn schon gezogen worden wäre, worauf er uns einen guten englischen Tee servieren ließ. „Wir werden erst morgen wieder zurückfahren können", meinte ich. „Onkel Luis will mich noch einmal sehen."

Meinem Freund machte das überhaupt nichts aus, da es – wie er verlautete – bei ihm zu Hause ohnehin viel gemütlicher wäre als in unserer kalten Bude. „Aber übermorgen fahren wir wirklich, sonst besteht die Gefahr, dass ich tatsächlich hierbleibe … Also reiß dich zusammen und ruh dich jetzt ein bisschen aus", lachte er, wobei er mir kräftig auf die Schulter klopfte.

Am Nachmittag ging ich ein wenig im Ort spazieren und besuchte unseren Friseur, Herrn Cillimann, der sich sogleich über meine Haare hermachte. Wir sprachen über Baden, ich erzählte ihm, dass ich von meiner Familie Nachrichten erhalten hatte –, leider nicht viel Positives.

Zu Abend aßen wir mit Hannes' Vater, wobei ich mich nochmals für die Aufnahme in seinem Hotel und die großzügige Unterstützung bedankte.

Er lachte und fragte, ob ich sonst etwas benötigen würde. Es war mir zwar nicht angenehm, aber ich brachte den Mut auf und bat ihn, mir nochmals ein Goldstück zu wechseln.

„Ja natürlich, das mache ich gerne", versicherte er mir. „Ich bin ja so froh, dass ihr halbwegs ordentlich studieren könnt, auch wenn das Überleben in der Stadt nicht leicht ist, wie ich weiß."

Nachdem jeder noch ein Gläschen Grappa getrunken hatte – laut Hannes zur Desinfektion dringend erforderlich –, gingen wir zu Bett. Ich schluckte zwei Tabletten Aspirin und konnte in der Nacht ohne Schmerzen schlafen.

Am nächsten Vormittag besuchte ich Onkel Luis im Kurhaus Treiber, wo er zufrieden feststellte, dass meine Wange stark angeschwollen und dies ein Zeichen für eine einsetzende Heilung wäre. Er gab mir einen Eisbeutel, entfernte die Einlage und wünschte mir alles Gute, nachdem ich ihm nochmals für die rasche Hilfe gedankt hatte.

Danach ging ich zu Robert, der über mein entstelltes Gesicht lachte, mir aber noch zusätzliche Schmerztabletten gab.

Neben seinem Zimmer im Dachgeschoß befand sich seine Holzschnitzerwerkstatt. Er zeigte mir die teilweise schon fertigen, teils noch in Arbeit befindlichen Plastiken. Ein angenehmer Geruch nach frischem Holz und Sägespänen erfüllte den Raum. Hier wirkte Robert völlig entspannt und glücklich.

„Du bist ein echter Künstler", bewunderte ich ihn. „Deine Figuren sind wirklich stark und ausdrucksvoll!"

Robert lachte verlegen: „Die Halleiner Bildhauerschule von Professor Adlhart hat mich geprägt: Dort war ich oft vor dem Krieg, und da hab ich viel gelernt." Er überreichte mir eine kleine Holzfigur, eine nackte Frauengestalt, die wie eine der afrikanischen Plastiken aussah, die ich von Abbildungen kannte. „Die schenk ich dir –, ich hoffe, sie gefällt dir."

Überrascht und überwältigt nahm ich die Figur. „Danke, danke! Ich werde sie gut bewahren", antwortete ich etwas beschämt. – Die kleine Holzplastik habe ich noch immer. Sie steht als Erinnerung seit vielen Jahren auf meinem Schreibtisch und bewacht mich wie eine fremde, aber vertraute Göttin.

In der Zwischenzeit hatte Hannes begonnen im Hotel allerhand Dinge zusammenzutragen, die das Leben in Innsbruck erträglicher machen sollten. Neben warmen Bettdecken, ordentlichen Pölstern, einer Tischlampe, Glühbirnen, einem Doppelstecker und einem Kochtopf organisierte er auch einen alten Volksempfänger, dessen Röhren erst vor kurzem ausgetauscht worden waren. In der Küche wurden Nahrungsvorräte für uns zusammengestellt, und zusätzlich bekamen wir stangenförmig gepressten Tee, Salz, Zucker und Saccharintabletten.

Als Hannes' Vater alles aufgetürmt in der Halle liegen sah, schüttelte er den Kopf: „Wie wollt ihr denn das nach Innsbruck schleppen?"

„Ich weiß auch nicht", antwortete Hannes etwas ratlos.

„Hubert hat momentan eh nix zu tun", dachte Hannes' Vater laut nach. Den kann ich euch mitschicken, damit er euch tragen hilft ..." – Der Hoteldiener Hubert, das Faktotum des Hauses, war sehr gerne bereit, uns nach Innsbruck zu begleiten. Mein Goldstück war auch inzwischen eingewechselt und der Zahnschmerz kaum mehr vorhanden ...

Am nächsten Tag während des Frühstücks erzählte uns Hannes' Vater, dass die Züge an der Zonengrenze immer wieder von französischen Soldaten – es waren hauptsächlich Algerier oder Marokkaner – geplündert würden. Unser Riesengepäck wäre natürlich eine willkommene Beute. Die einzige Möglichkeit, dies zu verhindern bestünde darin, ihnen gleich bei der Kontrolle Geld zu geben. Wir erhielten zu diesem Zweck eine größere Menge Münzen, die zwar nicht viel wert, aber bei diesen Soldaten angeblich sehr begehrt waren.

Nach weiteren guten Ratschlägen machten wir uns zu dritt schwer beladen auf den Weg zum Bahnhof. Hannes und ich trugen jeder ein Leinenbündel mit der Bettwäsche und eine Reisetasche, Hubert schleppte einen Koffer und den prallgefüllten Rucksack.

Auf der Fahrt erzählte uns Hubert einige amüsante Geschichten aus dem Hotelleben: Obskure Gäste, peinliche Fauxpas' des Personals, unbedarfte Stubenmädchen ... Vor allem das Phänomen des Kurschattens schilderte er uns in allen Facetten.

Die Kontrolle an der Zonengrenze verlief von Seiten der Amerikaner völlig problemlos, aber bei den Franzosen wurde der Zug angehalten, und es wurde verlautbart, dass niemand aussteigen oder aus den Fenstern schauen dürfte. Mehrere französische Soldaten stiegen ein und kontrollierten unsere Papiere. Es waren wild aussehende, bewaffnete Männer, die wahrscheinlich aus den nordafrikanischen Kolonien stammten. Jeder von uns gab ihnen - wie geplant - eine Handvoll Münzen. Sie waren begeistert, lachten und ließen unser Gepäck völlig unbehelligt.

Gegen Abend langten wir in Innsbruck ein und schleppten unser umfangreiches Gepäck in die Völser Straße, wo wir müde und erschöpft auf unsere Eisenbetten fielen, Hubert schlief am Boden in seinem Schlafsack …

29

Allmählich wurde es in Innsbruck immer kälter, sodass wir sehr froh über unsere warmen Decken waren. In der ganzen Stadt war kein Brennmaterial zu bekommen. Auch unsere Wirtin musste frieren, sie hatte aber einen Heizstrahler und riet uns, in den Geschäften nach einem Gerät zu fragen.

Das Fräulein bei unserem Elektriker, offenbar dessen Tochter, bedauerte, derzeit keinerlei Heizgeräte zu haben. In ihrem Tiroler Dialekt, der aus ihrem Mund trotz der harten Aussprache charmant klang, riet sie mir, einfach öfters nachzufragen, denn in Jenbach würden Strahler hergestellt, und sie könnte uns gerne einen reservieren, falls eine Lieferung eintreffen sollte.

Unsere Vermieterin Frau Schlatterbeck war inzwischen freundlicher und zugänglicher geworden. Nachdem wir sie mehrmals auf die eisige Zugluft in unserem Zimmer aufmerksam gemacht hatten, gelang es ihr einen Glaser aufzutreiben, der zumindest im großen Erkerfenster neue Scheiben einschneiden konnte. Die beiden kleinen zugenagelten Fenster dichteten wir mit Fetzen und Klebstoff so gut wie möglich ab.

Anfang November bekamen wir schließlich einen Heizstrahler, den wir gemeinsam mit der Herdplatte an den Doppelstecker anschlossen. Die Sicherungen am Gang brannten sofort durch, es gelang mir aber, diese mit Eisennägeln zu überbrücken. Als wir den Strahler einschalteten, drehte der Zähler durch, die eingegipsten Drähte wurden glühend heiß, der restliche Verputz bröckelte von den Wänden …

Wir hätten das Haus fast in Brand gesteckt!

Frau Schlatterbeck tobte und wollte uns, als sie den beißenden Geruch am Gang bemerkte, sofort hinauswerfen. „Verschwindts, ihr Deppen", rief sie.

Mit viel Charme und ein bisschen Geld konnte Hannes sie überreden, es nicht zu tun. Mehr noch, sie organisierte sogar einen Freund, der eine stärkere elektrische Leitung in unserem Zimmer verlegte. Die Höhe unseres Mietzinses wurde verdoppelt, aber in der ganzen Stadt war nach wie vor keine bessere Unterkunft zu finden. Ich hatte ein schlechtes Gewissen, denn ich fühlte mich für die Heizaktion und die elektrischen Eskapaden verantwortlich, aber Hannes beruhigte mich und beteuerte, dass sein Vater ihm genug Geld gegeben hätte, um auch die höhere Miete begleichen zu können.

Das Schlimmste war der Hunger, da die für eine Woche vorgesehenen Lebensmittel zumeist nur für einen oder zwei Tage reichten. Wenn wir die Mensa nicht gehabt hätten, in der wir mittags Kartoffeln und irgendein Kraut- oder Rübengemüse bekamen, wären wir wahrscheinlich verhungert. Vor allem gab es zu wenig Brot. Beim Bäcker um die Ecke fanden wir fast immer nur lange Menschenschlangen vor dem Geschäft und gähnende Leere in den Regalen. Die Leute wirkten verzweifelt und resigniert, und manchmal gab es auch Raufereien, wenn der Duft von frischem Brot aus dem Laden für die Wartenden unerträglich wurde.

In der Früh rösteten wir meistens rohe, gesalzene Erdäpfelscheiben auf der Kochplatte: unser Frühstücksgebäck … Dazu tranken wir kräftigen Tee, den wir zusammen mit Kristallzucker aus Gastein mitgenommen hatten. Unsere Bäuche knurrten dann zwar noch lauter, aber wir mussten nicht mit ganz leerem Magen zu lernen beginnen.

Eine deutliche Verbesserung war unser Radiogerät. Auf Radio Tirol hörten wir dreimal täglich die Nachrichten in deutscher und französischer Sprache. Manchmal wurden auch Hörspiele gesendet, so zum Beispiel in Hörfolgen ‚Das Lied von Bernadette', nach dem Roman von Franz Werfel. Gebannt und fasziniert, dabei meistens vor Kälte zitternd, saßen wir vor dem Gerät.

Radiohören war unsere einzige Unterhaltung und Ablenkung in den Lernpausen. Gerne lauschten wir auch den Predigten des Paters Heinrich Suso Braun, der in seiner sehr beliebten Sendung versuchte, den Menschen Mut zuzusprechen. Seine in tiefer Stimme vorgetragenen ‚Begegnungen mit dem namenlosen Gott' sind mir noch heute in Erinnerung. In der damaligen Not waren diese Übertragungen tatsächlich eine Hilfe für uns, zumindest wurden wir intensiv zum Nachdenken angeregt. Besonders beeindruckte mich die schonungslos klare Sprache des Paters. Er ließ seine Zuhörer mehr oder weniger deutlich wissen, dass es eigentlich keinen Trost gäbe, nur menschliche Anteilnahme. Aus den permanenten Veränderungen, denen alle unterworfen wären, sollten wir mit Gottes Hilfe das Beste machen …

Hannes hatte von seinem Vater auch größere Mengen von Saccharin in Originalpackungen mitbekommen. Die kleinen weißen Tabletten waren damals eine der beliebtesten Tauschwährungen, besser als die Geldscheine, von denen niemand wusste, was sie wirklich wert waren.

Einmal in der Woche machte ich mich auf den Weg, um hamstern zu gehen. Hannes war zu solchen Touren nicht bereit, er hatte Angst vor gewalttätigen Menschen und natürlich vor der Polizei. Solange kein Schnee lag, ging ich zu Fuß das Inntal hinauf bis nach Zirl, wobei vor jedem Dorfeingang ein französischer Wachsoldat stand, der den Ausweis kontrollierte. Meistens gelang es mir, bei den Bauern Eier oder Speck gegen Saccharintabletten einzutauschen, manches Mal bekam ich auch Erdäpfel.

Handeln war nur bei den Höfen auf der Schattenseite des Tales möglich, die Bauern auf der Sonnenseite zeigten sich abweisend und neidisch, wie ich bald herausfand.

Am Weg zurück in die Stadt war ich durchwegs nervös, denn ich wusste, dass zivile Beamte im Einsatz waren, die Leute mit auffälligem Gepäck kontrollierten. Die Hamsterware wurde dann konfisziert, man konnte auch festgenommen und eingesperrt werden.

Einmal, als die Straßen tief verschneit waren, musste ich mit der Bahn fahren und konnte bei einem Bauern einen ganzen Rucksack voll Kartoffeln ergattern. Als ich am Rückweg beim Bahnhof in die Straßenbahn stieg, folgte mir ein Polizeibeamter, dem mein voller Rucksack aufgefallen war. Er tastete diesen ab und fragte mich laut, was denn da drinnen wäre, und gleichzeitig flüsterte er mir zu, ich sollte sagen, dass es Äpfel wären.

„Es sind Äpfel“, antwortete ich laut.

Er öffnete den Rucksack und sagte: „Ja, das sind Äpfel, die darfst du mitnehmen!“

Ich nickte ihm dankbar zu und kam erleichtert mit einem Sack voll Erdäpfeln zuhause an.

Am Weg zur Mensa begegnete mir an einem eisigen Vormittag auf der Maria-Theresien-Straße ein Bekannter aus meiner Schulzeit. Er hatte drei Jahre vor mir maturiert, dann Medizin studiert, das Studium in Rekordtempo abgeschlossen und war Stabsarzt bei der Luftwaffe geworden.

Er erzählte mir, dass seine Mutter während eines Fliegerangriffs, bei dem sein Elternhaus zerstört worden war, ums Leben gekommen wäre. Jetzt lebte er in Innsbruck am pathologischen Institut und wäre dort Vorlesungsassistent.

Nachdem ich von meinem Plan, als nächstes die Pathologieprüfung abzulegen, berichtet hatte, schlug er mir vor, ihn im Institut zu besuchen. Er könnte mir gute Tipps für die Übungen und die Prüfung geben.

Wir vereinbarten, dass ich gleich am nächsten Tag nach der Vorlesung zu ihm zu kommen könnte. „Ich helf dir gerne“, sagte er aufmunternd. An diesem Tag schmeckte mir sogar das Essen in der Mensa.

Mein Bekannter organisierte Hannes und mir tatsächlich Plätze bei den Obduktionsübungen. Er war uns eine große Hilfe. Fast wie im Privatunterricht wurden uns die wichtigsten erkennbaren Krankheiten und Organleiden anhand der im Seziersaal säuberlich aufgelegten Leichen gezeigt und erklärt. Mit dem Messer und der Knochensäge in den Körper eines soeben Verstorbenen hineinzuschneiden und die noch warmen Organe zu entnehmen kostete mich, vor allem aber Hannes, große Überwindung. Wenn der Schädelknochen aufgesägt war und das Gehirn weißlich schimmernd vor uns lag, durften wir dieses mit dem Hirnmesser in Scheiben schneiden, wobei die weißen und grauen Strukturen im Inneren erkennbar wurden. – Einigen unserer Kollegen wurde übel, aber die beißende Kälte im Saal machte den von den geöffneten Körpern ausströmenden Gestank zumindest halbwegs erträglich.

Mitte November erschien wie ein rettender Engel Hannes' Verlobte Sophie. Als sie unser Zimmer betrat, sah sie sich kurz um und stellte fest: „Aus dieser Höhle, aus diesem Sumpf müsst ihr dringend heraus! Es ist eiskalt, und außerdem stinkts. Ihr habt offenbar nie gelüftet."

Innerhalb eines Tages gelang es ihr, in einer schönen Pension in der Tempelgasse ein Zimmer zu bekommen. Hannes zog sofort mit Sack und Pack aus. Ich half natürlich mit, aber dann blieb ich allein in der kalten Unterkunft zurück …

Ich fühlte mich zwar einsam und verlassen, allerdings gab es die Möglichkeit, jeden Tag im gut geheizten, hellen und sauberen Pensionszimmer Hannes zu besuchen und dort zu studieren. Unsere Lernfortschritte nahmen deutlich an Geschwindigkeit und Intensität zu –, wir konnten uns in das Lehrbuch und die Skripten in dieser Umgebung wirklich vertiefen.

Sophie bereitete im Zimmer der Pension täglich ein einfaches Mittag- und Abendessen. Sie war eine sehr offene und fröhliche junge Frau, die anpackte und gerne kochte. Bezüglich Ernährung und

Komfort fühlte sie sich nicht nur für ihren Verlobten, sondern auch für mich in fürsorglicher Weise verantwortlich. Knapp vor der schweren und entscheidenden Pathologie-Prüfung war das für uns die größte Hilfe. – Irgendwie gelang es Sophie auch meistens, in der Stadt genügend Essbares aufzutreiben, und ich musste mich nur mehr selten auf Hamstertour begeben. Fürs Lernen hatte ich damit viel mehr Zeit, und auch mein Freund, der ja ein wenig zum Laissez-faire neigte, war plötzlich durch Sophie ungeheuer motiviert.

Ende November traten wir schließlich zur Prüfung an. Diesmal zitterte nicht nur Hannes, auch ich war sehr nervös. Wie bei der letzten Prüfung empfohlen, tranken wir beide in der Früh Baldriantee, und Hannes verzichtete sogar auf seine Zigarette.

Als erstes mussten wir histologische Präparate mikroskopieren, wobei mein Bekannter, der Vorlesungsassistent, die Prüfung überwachte. An einem langen Tisch saß jeder Kandidat vor einem Mikroskop, die Präparate lagen schon vorbereitet dort.

Hannes flüsterte mir nach einiger Zeit zu, dass er nicht weiterkäme. Unser Bewacher hatte das gehört und verließ den Raum, worauf mir Hannes seinen Objektträger unter dem Tisch zukommen ließ. Ich sah mir diesen im Mikroskop an, schrieb meine Diagnose auf einen Zettel und schob beides langsam auf der Tischplatte zu ihm. Unser Bewacher, dessen kurze Abwesenheit auch andere Kandidaten ausgenützt hatten, erschien dann wieder …

Nach Abgabe der Diagnosen wurden jeweils drei Prüflinge zum Professor gerufen. Mir wurde ein Schienbeinknochen vorgelegt, der deformiert und aufgetrieben aussah. Auf die Frage, um welche Erkrankung es sich handeln könnte, antwortete ich, dass es wahrscheinlich ein Osteosarkom – also Knochenkrebs – wäre. Die zugehörigen Fragen und alles Weitere konnte ich gut beantworten, und der Professor war zufrieden.

Auch Hannes hatte keine Schwierigkeiten und bestand nach anfänglicher Nervosität das Examen problemlos.

Die Prüfungen in Innsbruck waren insgesamt relativ leicht –, nicht nur, weil das Fach Rassenkunde aus dem Vorlesungsverzeichnis verschwunden war. Bei einem Kriegsjahrgang wurden offenbar von Seiten der Universität andere Kriterien angelegt als in früheren und späteren Jahren. Vor allem im Hinblick auf die vielen Kranken, Kriegsversehrten und Hilfsbedürftigen benötigte man im ganzen Land dringend Ärzte. Wichtiger als theoretisches Wissen waren in dieser Situation praktische Erfahrungen. Und davon hatten wir während unserer Kriegs- und Sanitätsjahre mehr als genug gesammelt.

Am Abend nach der bestandenen Prüfung besuchten wir mit Sophie die Pradler Ritterspiele. Die Vorstellung fand ich weder lustig noch anregend. Der derbe Humor und die wiederholten Pseudohinrichtungen waren nach all dem Geschehenen für mich einfach geschmacklos. – Aber viele konnten sich anscheinend damit identifizieren, denn das Publikum johlte vor Begeisterung. Die Schauspieler schrien laut, sangen zwischendurch vulgäre Lieder und die zerstörten Häuser in der Umgebung sahen tatsächlich aus wie Ruinen von Ritterburgen. Das war also geblieben von unserer vielgepriesenen Hochkultur, dachte ich mir ... Sophie und Hannes fanden die Aufführung zumindest amüsant oder betrachteten sie einfach als willkommene Ablenkung.

Am nächsten Tag wagten wir uns – mit Sophie – wieder in das Hotel, in dem uns von Hannes' Vater einmal wöchentlich eine ordentliche Mahlzeit versprochen worden war. Unsere letzten diesbezüglichen Versuche waren gescheitert, da wir den Besitzer nicht finden konnten und vom Personal nicht in den Speisesaal gelassen wurden.

Diesmal aber trafen wir den Hotelier an. Er entschuldigte sich und erklärte uns, dass höhere Gewalten ihn festgehalten hätten: Im Land Tirol lief damals die erste große Entnazifizierungswelle, und er wäre sechs Wochen lang in einem Lager interniert gewesen. Man hätte ihn – sozusagen auf Bewährung – wieder freigelassen, und nun könnte er unter französischer Aufsicht seinen Betrieb weiterführen. Wir erlaubten uns kein Nachfragen.

Wir bekamen ein gutes Essen, und der Hotelier setzte sich zu uns an den Tisch. Er erklärte uns, dass die politische Lage völlig unübersichtlich wäre und niemand wüsste, wie es im Land weitergehen würde. Es gäbe Gerüchte, dass Tirol und Vorarlberg von Österreich abgespalten werden könnten und dann auch eine Chance auf eine Wiedervereinigung mit Südtirol bestünde. Dieses Land, das nach dem Ersten Weltkrieg verraten und von Hitler an die italienischen Faschisten verkauft worden war, hätte wohl jedes Recht, nun endlich seine Zukunft selbst zu bestimmen … Das große Feindbild aller wären aber, wie schon unter den Nazis, die Kommunisten, und denen wollte man unter keinen Umständen in die Hände fallen. Nach diesen ausführlichen Erläuterungen versicherte uns der Hotelbesitzer, dass wir jederzeit mit seiner Hilfe rechnen dürften –, nicht nur, wenn wir Hunger hätten.

Ich war verwundert, dass der Krieg, die vernichtende Niederlage der Nazis und die Internierung in einem Lager offenbar keine Umkehr oder Änderung der Gesinnung dieses Mannes bewirkt hatten. Zumindest war in einigen Nebenbemerkungen seine tiefe Enttäuschung über den verlorenen Krieg zum Ausdruck gekommen.

Nach dem Essen begaben sich Sophie und Hannes in ihre Pension, und ich ging in mein kaltes Zimmer in der Völser Straße. Am Abend war der Föhn plötzlich über die Stadt hereingebrochen –, ich war unruhig und nervös. Beim Einschlafen fühlte ich mich wie in einem tiefen, dunklen Loch, über das der Sturm erbarmungslos hinwegpfiff.

30

Während des Krieges war es mir gelungen, jedes Jahr zu Weihnachten irgendwie nach Hause zu kommen. Ich wollte auch jetzt unbedingt bei meinen Eltern und in meiner Heimatstadt sein –, nach so langer Zeit und nach allem, was ich durchgemacht hatte. Das Gefühl, an irgendeinem Ort in Sicherheit zu sein, war für mich schon lange verloren gegangen, und Begriffe wie ‚Heimat' und ‚Familie' waren ohnehin nur mehr verschwommene Vorstellungen. Die Sehnsucht danach war aber umso größer, gerade in der Einsamkeit und aus der Ferne.

Um in die russische Zone zu gelangen, war eine besondere Reisegenehmigung erforderlich, die man sich am Meldeamt und bei der Besatzungsbehörde zu besorgen hatte. Bei der französischen Kommandantur tauchte wieder das Problem auf, dass meine Entlassung aus der Wehrmacht lediglich in meinem Soldbuch vermerkt war. Nach einigen Diskussionen und vielen Rückfragen, deren Inhalt ich nicht verstand, erhielt ich schließlich die Reiseerlaubnis und die offizielle Bestätigung in französischer, englischer, russischer und deutscher Sprache.

Vor meiner Abreise ging ich noch zu meinem Bekannten auf die Pathologie, um mich für seine Hilfe und Unterstützung zu bedanken. Ich erzählte ihm, dass ich nach Baden fahren wollte, worauf er mich bat, niemandem zu sagen, dass er in Innsbruck wäre. Ich fragte nicht, warum, denn möglicherweise wurde er gesucht …

„Ich hätte noch eine Bitte", sagte er dann. „Ich hab keinen Wintermantel und würde dringend meinen alten Ledermantel brauchen, den eine frühere Angestellte für mich aufgehoben hat. Geh bitte zu dieser Frau, nenn meinen Vornamen, und sie wird dir alles geben", ersuchte er mich eindringlich. Ich schrieb mir Adresse und Namen auf und versprach, ihm den Mantel zu bringen.

Sophie war schon zu ihren Eltern abgereist, und Hannes fuhr mit der Bahn nach Bad Gastein, nachdem wir uns versprochen hatten, dass wir gleich nach unserer Rückkehr ein neues Quartier suchen und dann das Studium zu Ende bringen würden.

In der Nacht auf den 23. Dezember stieg ich in Innsbruck in den Zug. In meinem Rucksack hatte ich ein wenig Proviant, die Wasserflasche und drei Konservendosen. Um bei der Rückreise den Mantel des Kollegen aus Baden anziehen zu können, war ich nur mit meiner dünnen Windjacke bekleidet, wodurch mir im ungeheizten Waggon eiskalt war. Zum Glück hatte ich meinen Schlafsack dabei, weiters Wollsocken und eine Haube. So saß ich in den

Sack gewickelt am Boden, denn im überfüllten Wagen gab es nur schmale hölzerne Sitzbänke, und die waren alle belegt.

Vor Wörgl hielten wir mitten in der Nacht an: Eine Brücke war gesprengt worden, und alle Passagiere mussten auf einem schmalen Steg über den Fluss gehen, um am anderen Ufer den neuen Zug zu erreichen, der erst nach langer Wartezeit abfuhr. Auch diese Waggons waren überfüllt, und ich musste mich neuerlich am Gang auf den Boden setzen. Vor mich hindösend merkte ich, dass es immer wieder lange Aufenthalte auf freier Strecke gab.

Im Morgengrauen erreichten wir Salzburg, wo ich bei dichtem Schneetreiben bald den Anschlusszug Richtung Wien fand. Im hintersten Wagen konnte ich einen Sitzplatz ergattern.

An der sowjetischen Zonengrenze in Enns gab es einen sehr langen Aufenthalt, da die russischen Soldaten alle Reisepapiere genau überprüften. Meine Dokumente waren in Ordnung, ich erhielt einen Stempel mit rotem Stern auf meiner viersprachigen Reisegenehmigung –, der Zettel war schon von den Franzosen und den Amerikanern vorher abgestempelt worden.

Ich bin im zerstörten und zerstückelten Österreich zum internationalen Reisenden geworden, dachte ich: Draußen sah ich im Schneesturm frierende Menschen, russische Soldaten und Ruinenfelder … Dieses Heimkommen war kein Abenteuer mehr, es hatte für mich die unmissverständliche Bedeutung einer Heimsuchung …

Mein Kopf war voll von unruhigen Gedanken, während sich die Eisenbahn langsam und kurvenreich entlang der Donau weiterbewegte. Die Westbahnstrecke vor Wien war nicht befahrbar, sodass der Zug nördlich der Donau über Nebenstrecken geführt werden musste. Erst gegen Mitternacht kam ich müde, erschöpft und fast erfroren am Wiener Nordbahnhof an.

Am nahezu komplett zerstörten Bahnhof fand ich eine Übernachtungsstelle für ehemalige Soldaten und Flüchtlinge, in der ich, fest in meinen Schlafsack gewickelt, die Nacht verbringen konnte.

Nachdem ich am Bahnhof heißen Tee bekommen hatte, machte ich mich auf den Weg zur Badener Bahn, die wieder in Betrieb sein sollte. Mein Weg führte mich durch die großteils zerstörte Leopoldstadt. Da alle Donaukanalbrücken gesprengt worden waren, gelangte ich nur über eine wackelige Ersatzbrücke in den ersten Bezirk.

Der Stephansdom war ausgebrannt – er hatte nicht einmal mehr sein Dach –, die Kärntnerstraße von Ruinen gesäumt, und die Staatsoper lag in Schutt und Asche.

Die Station der Badener Bahn war tatsächlich noch am Platz vor der Oper, aber dieser Platz existierte nicht mehr: Er war nur mehr ein Schuttberg …

Wie in Trance stieg ich in einen der alten, rostigen Tramwaywagen. Ein Teil der Strecke war derart zerstört, dass ich zwei Stunden bis Guntramsdorf zu Fuß gehen musste, von wo aus ich bis zur Endstation knapp vor Baden weiterfahren konnte.

Keine freudige Erwartung war in mir, stattdessen spürte ich stumpfe Erschöpfung und Entsetzen …

Am frühen Nachmittag – den Hausschlüssel hatte ich unterwegs verloren – näherte ich mich unter unerträglicher Anspannung unserem kleinen, unbeleuchteten Haus. Vor der Türe stehend riss ich mich zusammen und klopfte laut an –, genauso laut pochte mein Herz …

Drinnen hörte ich Schritte und dann die Stimme meines Vaters: „Wer ist da, was wollen Sie?“

„Ich bin es“, rief ich. Nachdem er die Kette entfernt hatte, öffnete er, sichtlich überrascht, die Türe, und wir fielen uns um den Hals. Mein Vater schüttelte ungläubig den Kopf …

Die Mutter war nicht im Haus, sie war zu meiner Schwester nach Kärnten abgereist, um dieser in den letzten Wochen ihrer Schwangerschaft beizustehen. Aber die ältere Schwester, meinen Schwager und deren kleine Tochter traf ich zu Hause an, und wir umarmten uns mit Tränen in den Augen.

Mein Vater hatte vollkommen weiße Haare bekommen, und seine Gesichtszüge wirkten noch schärfer, gezeichnet von allem Erlebten. Aber die blauen Augen strahlten noch immer Zuversicht und Energie aus. Er war sichtlich glücklich, mich unverletzt und äußerlich gesund wieder zu Hause zu haben. Und natürlich war ich genauso erleichtert, dass er unversehrt den Horror des Krieges und der Bomben überlebt hatte.

Nachdem wir uns im Wohnzimmer um den Tisch gesetzt hatten, bekam ich als erstes etwas zu essen und heißen Tee. Dann begann ich zu erzählen, und anschließend hörte ich gespannt zu, was zu Hause passiert war.

Konrad, dem Mann meiner älteren Schwester, war es gelungen, seine Familie aus Krems nach Baden zu holen. Zur Überraschung aller war er als österreichischer Landwirtschaftsminister vorgeschlagen worden, da ihn mit Leopold Figl, den neuen Bundeskanzler, eine jahrelange Freundschaft verband. Mit diesem war er gemeinsam beim Bauernbund, im Kartellverband und schließlich zwei Jahre im KZ Dachau gewesen. Nachdem Konrad 1943 von dort entlassen worden war, konnte er weiterhin im Untergrund Kontakte mit seinen Kommilitonen aufrechterhalten –, ein äußerst gefährliches Unterfangen, das ihn mehrfach in Lebensgefahr brachte.

Konrad berichtete darüber in seiner ruhigen, unaufgeregten Art. Es war ihm anzumerken, dass er von Anfang an seinen Grundsätzen gefolgt und sicher gewesen war, richtig zu handeln.

Die politische Funktion in der Regierung lehnte er damals ab. Jede Partei wäre ihm suspekt, und nach all dem, was geschehen war, wollte er mit Macht und deren Handhabung nichts zu tun haben!

Er hatte sich einen guten Posten aussuchen können und war zum Direktor der Badener Molkerei bestellt worden, worauf meine Schwester sehr stolz war …

In Baden herrschte noch immer große Hungersnot, aber dank der Position meines Schwagers verfügte die ganze Familie zumindest über ausreichend Milch, Butter, Käse und auch Brot. Lediglich Fleisch war kaum zu bekommen.

Ich hatte in meinem Rucksack als Weihnachtsgeschenk drei Dosen mit Fleischkonserven mitgebracht, die ich über alle Hindernisse hinweg behütet hatte. Die Büchsen waren noch aus dem Lazarettzug in Stainach-Irdning, von dort hatte ich sie auf den Tauernpass geschleppt. Mit dem Theologiestudenten waren sie dann nach Bischofshofen gekommen, von wo ich – mit den Konserven – nach Gastein gefahren war. Dort hatte ich sie in meinen Zimmern aufbewahrt, schließlich waren sie nach Innsbruck und nun im Rucksack nach Baden transportiert worden …

Unser Weihnachtsessen bestand also nun aus dem weitgereisten Büchsenfleisch, das meine Schwester mit Kartoffeln zu einem bescheidenen Mahl zubereitete.

Konrad hatte einen kleinen Christbaum und Kerzen aufgetrieben, in deren Lichterschein er das Weihnachtsevangelium vorlas.

Die Augen meiner kleinen Nichte leuchteten vor Freude, und wir waren alle von Dankbarkeit und einem Hauch weihnachtlicher Glückseligkeit erfüllt: Das Haus war nicht zerstört worden, die Besatzer hatten uns nicht daraus vertrieben, wir mussten an diesem Abend nicht frieren, und wir hatten genug zu essen. Ein Schimmer neuer Hoffnung erfasste mich, gleichzeitig aber auch das Gefühl, ja die Gewissheit, eines unwiderruflichen Abschieds.

Nachdem ich erstmals wieder in meinem eigenen Bett geschlafen hatte, konnte ich nach dem Aufwachen kaum glauben, dass ich wirklich zu Hause angekommen war. – Möglicherweise war meine lange Reise mit den unzähligen Gefahren nur ein Albtraum gewesen? Doch dann hörte ich die Stimme meines Vaters, der mich zum Frühstück holte, das in der Küche schon zubereitet war.

Ich wusch mich und zog mir die von meiner Schwester bereitgelegte frische Wäsche an.

Der Küchenherd wurde mit Holz geheizt, da es kein Gas gab und die wenigen verhandenen Kohlen zum Heizen des Wohnzimmers verwendet wurden. An diesem Weihnachtsmorgen fiel auch der Strom komplett aus, und wir zündeten wie am Vorabend

eine Kerze an … Es gab Semmeln, Butter, Marmelade und sogar echten Kaffee, den mein Schwager Konrad besorgt hatte. Ich erzählte den ganzen Vormittag ausführlich von meinen Erlebnissen, von Bad Gastein und Innsbruck, von der Familie Treiber und meinem Freund Hannes sowie von meinen Studienerfolgen …
Am Nachmittag musste mein Schwager in seine Molkerei. Mein Vater und ich machten uns auf den Weg in die Stadt: Er wollte mir zeigen, was aus ihr geworden war.

Das Hauptquartier der sowjetischen Besatzungsmacht befand sich in Baden. Der gesamte innere Bereich war von der Roten Armee evakuiert und für ihre Zwecke requiriert worden, wobei das ausgedehnte Sperrgebiet von einem zwei Meter hohen Wall aus stacheldrahtbewehrten Holzplanken umgeben war. Eine russischen Festung, vor deren wenigen Toren schwer bewaffnete Wachposten standen.

„Dawai, dawai", riefen sie, wenn wir stehenbleiben und hineinschauen wollten.

Es regnete leicht, der Himmel war grau verhangen, und ich ging betroffen schweigend neben meinem Vater her. Er erzählte mir, dass sich sein Polizeirevier, in dem er jetzt Wachmann wäre, im freien Teil der Stadt befände. Auch dort, in den sogenannten besseren Gegenden, würden jetzt fast ausschließlich Russen wohnen. Und es herrschte neben der Hungersnot auch große Wohnungsknappheit.

„Fast alles Wertvolle unserer Stadt ist gestohlen, geplündert, verbrannt oder in den Osten abtransportiert worden. Viele Frauen haben sie brutal vergewaltigt, und leider hat sich auch der Abschaum unserer eigenen Bevölkerung daran beteiligt, wie ich gehört habe", erzählte er mit ungläubigem Kopfschütteln.

Die elegante Kurstadt Baden war ein Elendsquartier für von Angst und Schrecken gejagte, hungernde und frierende Menschen geworden!

Das wäre die bittere Wahrheit, meinte mein Vater, indem er auf die Ruine eines ehemals stolzen Biedermeierhauses zeigte. Wir blieben kurz stehen, und er legte seinen Arm um meine

Schulter, nachdem er bemerkt hatte, wie unfassbar erschüttert ich war.

Einige Tage blieb ich zu Hause und versuchte zu lernen. Ich fand auch viele meiner alten Bücher, die mein Vater wieder im Bücherregal aufgestellt hatte. Kierkegaards ‚Angst und Schrecken' begann ich neuerlich zu lesen, diesmal aus einer viel realistischeren und geradezu körperlich spürbaren Perspektive.

Ich versuchte auch, mich mit Poesie abzulenken, was mir schon allein wegen des Hungers und der Kälte nicht gelang. – Wie ich den Band mit Rilkes Gedichten in Händen hielt, erinnerte ich mich an meine kurze Liebe, die mir aus der derzeitigen Situation wie ein ferner Traum erschien.

Während langer Spaziergänge, die ich allein im Wienerwald und im Helenental unternahm, dachte ich über meine Zukunft nach. Ich war – nicht viel anders als bei meiner überstürzten Abfahrt – zutiefst bedrückt, wenn auch um einige Erfahrungen reicher. Als ich den verwüsteten Kurpark mit den gefällten Bäumen und den umgestochenen Beeten vor Augen hatte, kamen mir starke Zweifel, ob es je wieder möglich sein würde, in meiner Heimatstadt Fuß zu fassen.

Mit meinem Schwager Konrad, den ich wegen seines klaren Urteilsvermögens schätzte, konnte ich gut über meine Sorgen und die weiteren Aussichten sprechen.

Er riet mir, im Westen Österreichs zu bleiben. In Baden wäre es zu unsicher, niemand wüsste, ob die Russen jemals wieder abziehen würden. Sobald ich mein Studium beendet hätte, könnte ich mich in Salzburg oder Oberösterreich niederlassen, ich wäre ja schließlich ungebunden. Und um die Eltern würden sich er und meine Schwester schon kümmern …

Epilog

Ich bin jetzt am Ende meiner Erzählung angelangt. Nach meiner Rückkehr fanden Hannes und ich in Innsbruck eine wesentlich bessere Unterkunft, wir hatten auch bei den weiteren Prüfungen keine Schwierigkeiten. Mein Medizinstudium schloss ich im Juni 1946 in Innsbruck mit der Promotion ab –, gemeinsam mit Hannes.

Es ist nicht schwer zu erraten: Ich kehrte entgegen vieler Ratschläge in meine Heimatstadt Baden zurück! In einem großen Wiener Gemeindespital fand ich eine Stelle als Turnusarzt und begann die Facharztausbildung für Röntgenologie. Als Radiologe wechselte ich in das neu eröffnete Unfallkrankenhaus im Süden Wiens, wo ich schließlich Unfallchirurg wurde –, eine Arbeit, die mich mein Leben lang begeistert hat.

Einige Jahre später heiratete ich und gründete eine Familie –, das ist aber eine andere Geschichte … Mein Heimatort war immer Baden bei Wien geblieben. Größere Reisen unternahm ich nur selten, zur Entspannung ging ich am liebsten in die Berge und meistens allein. Die Lebererkrankung ist mir bis heute geblieben als immer wieder aufflackernde Erinnerung, aber zum Glück ohne schwerwiegende Konsequenzen. Wohlstand und Besitz haben in meinem weiteren Leben keine zentrale Rolle gespielt. Als Arzt gab es für mich andere, unmittelbarere Prioritäten.

Von Kindheit an beschäftigte mich die Frage, ob mein Leben irgendeinen Sinn habe. Natürlich war niemand in der Lage, mir darauf eine Antwort zu geben, und ich habe auch niemanden gefunden, der mir sagen könnte, wer ich wirklich bin. Auch die intensive Beschäftigung mit Philosophie und Religion hat mir nicht weitergeholfen.

Erst später habe ich die Sinnlosigkeit der Frage nach dem Sinn erkannt. Es gibt, den vorgegebenen Abläufen folgend, keinen höheren Sinn, weder für das Leben an sich noch für mein individuelles Leben.

Wenn man aber das Wort ‚Sinn' durch ‚Bedeutung' ersetzt, verliert diese existentielle Fragestellung, so scheint mir, ihre Bedrohlichkeit. Was ich denke und was ich mache, ist für mich und auch für andere nahezu immer bedeutsam. Es kann ge-deutet und be-deutet werden, und diese Deutungsmöglichkeiten ergeben den Inhalt der eigenen Existenz. Natür-

lich kann man den Ablauf der Ereignisse nicht beeinflussen, was ich ja schmerzhaft erleben musste, aber ich kann ihnen eine individuelle Gewichtung verleihen –, zumindest für den Augenblick und manchmal auch darüber hinaus.

Auch das Nichts, das ich so bedrohlich als tiefes Loch immer in mir gespürt habe, hat sich im Laufe des Lebens langsam in eine beruhigende, formlose Leere verwandelt. Diese Verwandlung war aus meiner jetzigen Perspektive nur möglich gewesen, weil ich den Sturz in den Abgrund, als Höllensturz, am eigenen Leib erfahren habe. Die Flut aber, in der ich beinahe ertrunken wäre, kehrt nachts in den Träumen immer wieder unerwartet zurück …

Weiters wurde eine historische Erkenntnis, so bitter sie auch sein mag, durch meine individuellen Erlebnisse in voller Härte bestätigt: Was geschehen war, war nicht ein Unfall der Geschichte, sondern ein Auswuchs der westlichen Zivilisation.

Lange Zeit habe ich gehofft, dass unser Kontinent bereit sei, aus der Geschichte zu lernen und der Krieg – das Schlimmste, was Menschen einander antun können – nie mehr nach Europa zurückkehren würde. Diese Hoffnung ist enttäuscht worden.

Anmerkung des Autors

Im Februar 2011 war ich zum 90. Geburtstag meines Onkels eingeladen. Nach der Feier nahm er mich zur Seite und gab mir ein Heft mit seinen Aufzeichnungen, - es enthielt seine Erinnerungen an die letzten Kriegsjahre und den anschließenden langen Weg, der ihn durch beinahe ganz Österreich geführt hatte. „Schau, ob du daraus etwas machen kannst," bat er mich. Ich solle ihn nicht namentlich erwähnen und, wenn ich die Geschichte weiter ausführen wollte, mögen keine lebenden Personen darin vorkommen. Ansonsten hätte ich in der Interpretation seiner Erlebnisse freie Hand und er würde sich sehr freuen, wenn eine Veröffentlichung gelingen würde.

In der Folge habe ich die Aufzeichnungen durchgelesen und meinen Onkel mehrfach besucht, um weiterführende Fragen zu stellen. Sein Gesundheitszustand hat sich leider rasch verschlechtert, sodass er kurz darauf verstarb, ... und das Heft geriet in Vergessenheit. Meine Mutter, die jüngere Schwester des Onkels, hatte ihr Leben in Bad Gastein verbracht. Einige Jahre nach ihrem Bruder verstarb auch sie, nachdem sie mir noch einige Geschichten über ihn, seine Jugend, seinen Charakter und die Zeit während und nach dem Krieg erzählt hatte. Aus den Berichten und Aufzeichnungen meines Onkels sowie meiner Mutter, aber auch aus den Lebenserinnerungen meines Vaters ist schließlich diese freie Nacherzählung entstanden. Es handelt sich dabei um eine Zusammensetzung verschiedener authentischer Berichte, wobei die Anwesenheit historischer Persönlichkeiten in Bad Gastein[5], und die tragische Geschichte[6] des Bauern Arthur Thaler[7] (im Buch Arthur Treiber) dokumentiert und belegbar sind. Dem Schicksal

[5] Heribert Thaler: „Der blaue Papagei. Erlebte Medizin - erlebte Welt." Reprintverlag, Leipzig 1993.

[6] S. Rolinek, G. Lehner, C. Strasser: „Im Schatten der Mozartkugel. Reiseführer durch die braune Topografie von Salzburg." Czernin Verlag, Wien 2009. S.183- S.185.

[7] Das Buch der Namen: Die Opfer des Nationalsozialismus in Kärnten. Kitab-Verlag, Klagenfurt-Wien 2010. S.771 - S.775.

der über achtzig SS-Männer, die Anfang Mai 1945 mit dem Zug nach Bad Aussee verfrachtet worden sind, wäre sicher noch von Seiten der Geschichtsforschung nachzugehen.

In der Gesamtheit der Erzählung war es mir unter Beibehaltung des historischen Kontexts nicht möglich, ohne Abwandlungen auszukommen, – die teilweise erdachten Einschübe sind den erzählerischen Notwendigkeiten geschuldet.

Ich bin zur Überzeugung gelangt, dass diese persönlichen Geschichten und privaten Erlebnisse dafür geeignet sind, historische Abläufe zu spiegeln und ganz allgemein die verheerenden Auswirkungen von Krieg und Gewalt darzustellen. Weiters war es mir wichtig, ein Licht auf die damalige medizinische Praxis und deren Gepflogenheiten zu werfen. Ansonsten wäre die Faszination, die diese Berichte und Erzählungen auf mich immer ausgeübt haben, wahrscheinlich im Familiär-Anekdotischen hängen geblieben.

Heinrich Thaler, Dezember 2022

WIEN
Stockerau
Klosterneuburg
Floridsdf.
St. Pölten
Baden
Mödling
Schwechat
Bruck a. L.
Neustadt
Neunkchn.
Ödenburg
Gloggnitz
Pottschach
Melk
Tulln
Tullner Feld
March-feld
Wiener Wald
Neusiedler See
Leitha Geb.
Eisenstdt.
Lilienfeld
Wilhelmsburg
Herzogenburg
Mariazell
Gr. Göller
Schwarzau
Puchbg.
Wr. Neustadt
Hainburg
Petronell
Marchegg
Gänserndf.
Leopoldsdf.
Pressbaum
Purkersdf.
Neu Lengbach
Traisen
Kirchberg
Frankenfels
Türnitz
Hohenbg.
Rohr
Pernitz
Gutenstn.
Reichenau
Hirschwang
Mürzsteg
Veitsch
Kapellen
Traiskchn.
Ebreichsdf.
Pötsching
Mattersdf.
Heiligenstn.
Zurndf.
Neusiedl a. See
Weiden
Gols
Podersdf.
Kittsee
Rohrau
Gattendf.
Trautmannsdf.
Götzendf.
Himbg.
Schwadf.
Fischamend
Orth
Eckartsau
Essling
Aspern
Gr. Enzersdf.
Lassee
Korneuburg
Königstetten
Judenau
Sieghartskchn.
Pyhra
Kilb
Rabenst.
Mank
Loosdf.
Aggsbach
Karlstetten
Prinzersdf.
Böheimkchn.
Kaumberg
Altenmarkt
Klausen Leopoldsdf.
Alland
Heiligenkreuz
Weissenbch.
Pottenst.
Berndt
Leobersdf.
Sollenau
Vöslau
Fischau
St. Egyden
Grünbch.
Kaiser St.
Schneeb.
Nasswald
Prein
Annabg.
Josefsberg
Mitterbch.
Traismauer
Göttweig
Mautern
Spitz
Dürnstein